rowohlt
rotfuchs

Anna McPartlin

DIE FURCHTLOSEN FÜNF

... tun das Falsche, aber richtig!

Aus dem Englischen
von Christine Strüh

Rowohlt
Taschenbuch Verlag

Deutsche Erstausgabe
Veröffentlicht im Rowohlt Taschenbuch Verlag,
Hamburg, Oktober 2019

Lektorat Marie-Ann Helle
Die englische Originalausgabe erschien 2019
unter dem Titel «The Fearless Five»
bei Piccadilly Press, Bonnier Zaffre Ltd, London

Satz aus der ITC Mendoza
Gesamtherstellung
CPI books GmbH, Leck, Germany
ISBN 978 3 499 00060 7

Drei Dinge, die man wissen sollte – DDDMWS

Die Wissbegier der Menschen ist unterschiedlich, und weil ich eine lange Geschichte zu erzählen habe, möchte ich nicht, dass jemand sich langweilt. Deshalb füge ich ein paar Infos ein, die man zwar nicht unbedingt braucht, aber jeden Wissbegierigen erfreuen.

Zum Beispiel:

1. Meine Katze beißt mich, um an meine Pommes zu kommen.
2. Sie jagt gerne Autos.
3. Sie ist unter den Rädern eines Ford Cortina zu Tode gekommen, das Maul voller Pommes.

RIP Mittens.

Lauter Sachen, die man nicht unbedingt wissen muss, aber wissen sollte. Ihr habt die Wahl, ihr entscheidet.

WER HAT DIE
FURCHTLOSEN FÜNF
GESEHEN?

Die Fünf

Es gibt ein Foto, das damals in den Nachrichten kam und fünf Kinder zu den meistgesuchten Kindern in Irland gemacht hat. Das Bild hängt gerahmt bei meiner Mam, an der Wand über ihrem wertvollen Marmorkamin, neben dem Krankenpflegediplom meiner Schwester Rachel und der goldenen Schallplatte meines Bruders Rich. Auf dem Foto sind meine vier Freunde und ich zu sehen, von Kopf bis Fuß in Grün, Weiß und Gold, die Gesichter mit Kleeblättern und Harfen bemalt, und wir grinsen alle wie wild. Wir sehen aus, als wären wir irre. Wir waren auch irre. Nur wussten wir es nicht.

Ganz links ist Sumo Lane.

Sumos richtiger Name ist Brian, aber er war nie ein Brian. Das Hauptmerkmal echter Brians ist, dass sie bemerkenswert intelligent und manchmal langweilig sind. Sumo ist weder das eine noch das andere. Er ist gigantisch. Mit zwölf Jahren war er schon eins achtzig und breiter als eine Haustür.

Die Leute gingen aus dem Weg, wenn Sumo ihnen die Straße runter entgegenkam. Mir ist der Name Sumo eingefallen, als wir uns mit sechs Jahren kennengelernt haben. Zwar war er da noch keine eins achtzig, aber er hatte pechschwarze Haare, dicke Backen, und egal wo er hinkam, er war immer der Größte seiner Altersklasse. Der Name ist einfach hängengeblieben. Andere Kinder, Lehrer, Eltern (sogar seine eigenen) - alle nannten ihn Sumo.[DDDMWS1]

Der daneben ist Sumos bester Freund, Walker Brown. Wie ihr seht, ist er dünn und winzig. Auf dem Foto ist er dreizehn, könnte aber jederzeit als Achtjähriger durchgehen.

Walker ist der Einzige auf dem Foto, der keinen riesigen Plüschzylinder in den irischen Flaggenfarben auf dem Kopf hat, sondern sich geweigert hat, einen aufzusetzen, weil er seine Frisur nicht ruinieren wollte. Damals trug er die Haare an den Seiten kurz und oben lang und bürstete sie immer so nach hinten, dass sie sich wie eine polierte Welle auf seinem Kopf türmten. Und weil er so viel Haarspray draufsprühte, bewegten sie sich nicht das kleinste bisschen. Walker investierte ziemlich viel Mühe in seine

DDDMWS1

1. Ich vermute, Sumos Eltern haben es bereut, dass sie den Namen Brian ausgesucht haben.
2. Sumo ist ein Riese, aber sanft und freundlich.
3. Er ist besessen von Comics und riecht immer nach Spam. Das ist dieses ekelige, schmierige rosa Fleisch aus der Dose, das riecht wie ungewaschene Füße.

Haare, aber durch die Frisur war er bestimmt fast fünf Zentimeter größer, also lohnte es sich. Seine große dicke Hornbrille war so schwer, dass er sie die meiste Zeit auf der Nase festhalten musste, damit sie nicht runterfiel. Er hatte Asthma, deshalb keuchte er oft und nuckelte an seinem Inhaliergerät, und ich machte gern den Witz, dass er «Walker» hieß, obwohl er definitiv kein Läufer war.[DDDMWS2] Das brachte immer ein paar Lacher. Walker ist der Einzige, der nicht so tut, als lächelte er in die Kamera. Er hat immer darauf bestanden, dass wir irre wären und garantiert erwischt würden. Er hatte recht.

In der Mitte und ein bisschen vor uns steht Charlie Eastman. Sie ist zwölf und sieht hier aus wie unsere Anführerin, was sie (manchmal) auch war, obwohl es mir überhaupt nicht gefiel!

Die grünen Irland-Shorts, die sie anhat, sehen an ihr eher aus wie eine ausgebeulte lange Hose, aber das ist mir damals nicht aufgefallen. Weil sie die Hände in die Hüften stemmt, zeigen ihre knochigen Ellbogen nach außen. So

DDDMWS2

1. Walker ist kein Spitzname, er heißt wirklich so. Seine Mutter mochte den Klang des Namens, und weil sie die herrschsüchtigste Frau von ganz Irland ist, hat sein Vater mehr oder weniger kampflos nachgegeben.
2. Mit Walker Brown legt sich keiner an. Er ist klein, aber schlau und gerissen wie eine Schlange.
3. Walker sagt nach jeder Erklärung, die er als wichtig erachtet, «Fakt», und er findet das meiste wichtig, was er sagt. Fakt.

hat sie sich immer hingestellt, wenn sie deutlich machen wollte, dass man sie gefälligst ernst nehmen muss. Sie blinzelt unter dem riesigen Hut, und die roten, wilden Locken, die ihr über den Rücken hängen, sind ihre normalen Haare. Die Lippen hat sie sich grün geschminkt, damit sie zu den beiden großen Kleeblättern passen, die sie sich auf die Wangen gemalt hat. Ich wollte sie an dem Tag eigentlich nicht dabeihaben. Sie war neu in der Gang und hatte uns per Bestechung gezwungen, sie aufzunehmen. Aber ehrlich gesagt brauchten wir sie für unser Vorhaben (denn das war echt gefährlich).[DDDMWS3]

Neben Charlie steht noch jemand mit wilden Wuschelhaaren, und zwar mein bester Freund der Welt, Johnny J Tulsi. Er ist dreizehneinhalb und der Älteste von uns. Alle lieben Johnny J, sogar die Erwachsenen. Er ist einfach cool.

Johnny J sah ziemlich anders aus als der Rest von uns, denn wir waren allesamt blass, rotbackig, hatten Pickel und Sommersprossen. Seine Haut war glatt und karamellfarben, er hatte die braunen Augen und Wahnsinnslocken seines Vaters, nur dass seine hellbraun waren wie

DDDMWS3

1. Charlie ist ein Kletterprofi, kein Baum ist vor ihr sicher. Außerdem macht sie tolle Stunts auf ihrem Fahrrad (ein rosa Triumph 20).
2. Sie ist mal mit einem gebrochenen Knöchel noch nach Hause gegangen. (Ihr war auf ihrem gelben Triumph 20 ein Stuntsprung über ein ausgetrocknetes Flussbett misslungen. Das Fahrrad brach mittendurch.)
3. Sie ist verrückt.

die von seiner Mutter.[DDDMWS4] Meine Mam nannte ihn immer «gutaussehend» und lud ihn jedes Mal, wenn sie ihn sah, zum Essen ein. Charlie folgte ihm wie ein Schatten und kicherte, wenn er was sagte, selbst wenn es überhaupt nicht komisch war. (Mich fand Charlie nie lustig, obwohl ich offiziell der Witzbold der Gang war.)

Doch Johnny J lachte immer über meine Witze. Wir hatten die tollsten Gespräche, die jemals von zwei noch nicht vierzehnjährigen Jungs geführt wurden, und wenn ich mal ängstlich oder traurig oder nervös war, sagte Johnny J immer genau das Richtige, und mir ging es sofort viel besser. Wir kannten uns so gut wie sonst niemand auf der Welt, und wir erzählten uns alles.

Auf dem Foto lächelt er, obwohl seine ganze Welt drauf und dran war, auseinanderzubrechen. Ich hab ihn echt bewundert, Johnny J war echt tapfer. Er war ein Einzelkind, sein Vater war bei einem Autounfall gestorben, als Johnny J erst zwei Jahre alt war, deshalb hat es ihm ziemlich zugesetzt, als seine Mam krank wurde. Aber er

DDDMWS4

1 Johnny Js Großvater kam in den 1950ern aus der Karibik nach Irland und heiratete Johnny Js Großmutter, die aus dem Norden Dublins stammte.

2 Sie hatten zwei Söhne. Beide blieben sogar im Winter braun, und alle Leute sagten, die Tulsis wären die bestaussehenden Jungs von ganz Irland.

3 Johnny Js Vater heiratete seine Mutter, ebenfalls eine Frau aus Dublin (hellbraune Haare und echt hübsch, mit großen blauen Augen und einem wunderschönen Lächeln). Er sah exotisch aus, und alle Mädchen schwärmten für ihn.

hat sich nie beklagt. Selbst als es richtig schlimm wurde und er wusste, dass sie stirbt. Nicht mal da hat er nach Hilfe gefragt. Aber was wären wir für Freunde, wenn wir sie ihm nicht angeboten hätten?

Also, das bin ich, Jeremy Finn, dreizehn Jahre und zwei Wochen, an meinen Freund gelehnt. Beide Daumen in die Luft gestreckt, breit und schnulzig grinsend, tue ich so, als hätte ich alles im Griff. (Was nicht stimmte.) Achtung, Spoiler – die Sache geht nicht gut aus.

Und ja, ich hatte damals schulterlange Haare (wie ein Mädchen!), so trug ich sie seit jeher. Ich hasste Veränderungen, und meine Mam fand, dass ich damit individuell wirkte.[DDDMWS5] Trotz der schiefen Kleeblätter auf meinem Gesicht sind meine Sommersprossen immer noch groß genug, um aufzufallen. Und natürlich sieht man *das* auf dem Bild nicht – aber ich hatte seit einer ganzen Woche Durchfall gehabt, und ich hatte mich zweimal übergeben müssen.

DDDMWS5
1. In der Schule musste ich mir die Haare zu einem Pferdeschwanz oder einem Knoten binden.
2. Für mich war das okay, denn es war eine supergute Methode, um Kulis und Bleistifte rumzutragen.
3. Ich hasste meine Sommersprossen abgrundtief, und als ich zehn war, versuchte Rachel, meine damals sechzehnjährige Schwester, sie zu entfernen – zwei Löffel Bleiche auf eine Tasse Zitronensaft. Dabei hätte sie fast mein Gesicht weggeätzt, und die Sommersprossen sind trotzdem geblieben.

Die Überschrift auf dem Zeitungsausschnitt kreischt: «Wer hat die Furchtlosen Fünf gesehen?» Wir hatten keine Ahnung, worauf wir uns eingelassen hatten. Wir waren dumm und hätten unser Leben richtig versauen können, aber wir haben wirklich alles gegeben. Das denke ich immer, wenn ich mir diesen verblassten alten Zeitungsausschnitt anschaue, der über Mams geliebtem weißem Marmorkamin hängt, direkt neben dem Krankenpflegediplom meiner Schwester Rachel und der goldenen Schallplatte meines Bruders Rich. *Wir haben alles gegeben ... Und einen Riesenschlamassel angerichtet ... Es war die traurigste, schrecklichste und sonderbarste Zeit meines Lebens. Aber es war auch die Zeit, die am meisten Spaß gemacht hat.*

Und so hat alles angefangen ...

1
Das Match

Es war der 13. Juni 1990, und ein Fußballspiel, das in Italien bei der Weltmeisterschaft zwischen zwei ausländischen Nationen gespielt wurde, war ein Wendepunkt für uns – nicht nur für meine besten Freunde und mich, sondern für ganz Irland. Die Sowjetunion musste gegen Argentinien verlieren, und weil diese sowjetische Niederlage tatsächlich erfolgte, kam Irland in die K.-o.-Runde der Fußballweltmeisterschaft. Das war eine RICHTIG GROSSE SACHE. Wir schwebten auf Wolke sieben, meine Freunde und ich. Alles schien möglich. Vermutlich fing die ganze Geschichte eigentlich genau damit an.

Wir waren im Park und machten uns bereit für einen Boxkampf. Gerade hatten wir den allerletzten Tag der Grundschule hinter uns gebracht und freuten uns auf einen ganzen Sommer voller Vergnügungen, ehe wir im September in unserer jeweiligen weiterführenden Schule anfangen würden. Überall wimmelte es von Kids, alle waren wie berauscht, sangen Fußballhymnen und redeten aufgeregt über Fußball und darüber, dass Irland wirklich und wahrhaftig bei der WELTMEISTERSCHAFT mitmischte!

Johnny J hüpfte auf und ab, und seine Korkenzieherlocken wippten in mein Gesicht, als ich ihm die Boxhandschuhe überzustreifen versuchte. Er sollte gegen einen Jungen namens Fitzer boxen, einen miesen Schlägertypen, der größer war als Johnny J und außerdem bösartig. Er hatte eine tiefe Stimme, fettige Haare, die ihm schlapp vom Kopf hingen, und einen vagen dunklen Schnurrbart, der halbwegs auf seiner Oberlippe aufhörte, und sah einfach nur verquer aus. Aber Freaky Fitzer hielt sich für flink, stark und knallhart.[DDDMWS6] Eigentlich war ich ziemlich sicher, von den Jungs, die gegen Johnny J antraten, wäre er am einfachsten zu schlagen.

Das Zuschauen kostete pro Kopf ein Pfund, hundertfünfundzwanzig Kids kreuzten auf. Nachdem wir Fitzer den vereinbarten Zehner ausgezahlt und ihm noch einen Marsriegel gekauft hatten (den wir ihm ebenfalls versprochen hatten), belief sich unser Profit auf 114 Pfund 51 Pence, unabhängig davon, ob unser Kandidat gewann oder verlor. Das war auch deshalb gut, weil Johnny J eigentlich überhaupt kein Kämpfer war. Aber er brauchte unbedingt Geld für seine Mam.

Damals nahm niemand das Wort in den Mund, aber wir wussten alle, dass Mrs. Tulsi schon seit ein paar Jahren Krebs hatte. Allem Anschein nach wurde es trotz allem, was sie versuchte, nicht besser, und Johnny J war

DDDMWS6

1. Freaky Fitzer war langsam, aber bösartig.
2. Freaky Fitzer war schwach, aber brutal.
3. Freaky Fitzer war ungefähr so hart wie ein Sack junger Katzen, aber er kratzte auch genauso.

verzweifelt. Es war Walker, der als Erster meinte, wenn sie in Amerika leben würde, wäre alles gut. In Amerika war man in medizinischer Hinsicht wesentlich weiter. Das behauptete Walker jedenfalls, und weil er für seine große Schwester April den Young Scientist of the Year, den Preis für den besten Nachwuchswissenschaftler des Jahres, gewonnen hatte[DDDMWS7] und der einzige Mensch in unserer Bekanntschaft war, der einen Computer hatte, glaubten wir ihm.

«Mrs. Tulsi muss nach Amerika. Fakt», sagte er. Er überzeugte uns, dass wir für Mrs. Tulsi nur ein Flugticket und Geld für ein Taxi zur Verfügung stellen mussten, dann konnte sie in jedes Krankenhaus Amerikas marschieren, die würden sie willkommen heißen und im Handumdrehen heilen. Da wir selbst nicht bei Google nachschauen konnten, glaubten wir ihm. Wir waren naiv, aber wenn wir Walker nicht glaubten, was dann? Mrs. Tulsi durfte nicht sterben! Johnny J völlig elternlos auf dieser Welt?! Nein, das ging gar nicht, das konnte ich nicht zulassen. Wir würden sie retten. Und ihn ebenfalls. FAKT!

Ich machte mir oft Sorgen um Johnny J und seine Mam und seinen armen Onkel Ted, den Bruder seines toten Vaters. Onkel Ted war sehr nett und kümmerte sich sehr gut um Johnny J und seine Mutter. Jedes Mal, wenn

DDDMWS7

1. Walker war noch zu jung, um an dem Wettbewerb teilzunehmen, aber er machte die ganze Arbeit an ihrem Projekt.
2. Seine Schwester hat die ganzen Lorbeeren eingeheimst.
3. Er kam nie drüber weg.

er mich sah, zwinkerte er mir zu und sagte, ich sei ein guter Junge, was mir natürlich gefiel. Sonst sagte mir das nie jemand. Onkel Ted war brauner als Johnny J, hatte dunkle lockige Haare und trug coole Klamotten, Lederhosen und Band-T-Shirts. Er spielte Gitarre, und als Johnny J noch klein war, hatte er es ihm auch beigebracht. Johnny J sagte, Onkel Ted hätte Rockstar werden können, aber nach dem Tod von Johnny Js Vater hatte er die Autowerkstatt übernommen und die Musik aufgegeben. Er war voller Elan, was man schon an seinem beschwingten Schritt erkannte, und als ich noch klein war, wollte ich unbedingt lernen, so zu gehen wie Ted Tulsi. Doch sosehr ich es versuchte, es klappte nicht. Wahrscheinlich war ich einfach nicht cool genug.

Nachdem Walker uns das von Amerika erzählt hatte, lag ich nachts wach im Bett und dachte darüber nach, was ich tun könnte, um Geld zu beschaffen. Vom vielen Denken bekam ich manchmal Magenschmerzen. Mein nervöser Magen war mein Fluch. Meine Mam sagte immer, das hätte ich von der Mutter meines Vaters geerbt, von Nanna Finn, die so viel Zeit auf der Toilette verbrachte, dass sie dort ein Bücherregal und Pflanzen und immer eine Gartenschere griffbereit hatte.

Während eines Denkmarathons, der zusätzlich dadurch befeuert wurde, dass ich Bauchkrämpfe hatte wie verrückt, kam ich auf die Idee, Boxkämpfe zu veranstalten und dafür Eintritt zu verlangen. Damals waren die Flüge nach Amerika noch echt teuer, über tausend Pfund. Das sind viele Boxkämpfe für einen Jungen, der nicht wirklich Lust hat, zu kämpfen, aber es war meine einzige Idee.

Also waren wir jetzt hier im Park. Freaky Fitzer und Johnny J tanzten und hüpften umeinander herum, ein paar Zuschauer jubelten, ein paar buhten.

«Zeig's ihm, Johnny J!»

«Hau ihn aufs Maul, Fitzer!»

«Jetzt legt mal 'nen Zahn zu, ihr ollen Omis!»

«Das können ja die Muppets besser!»

Der Boxring war einfach ein mit unseren vier Jacken gekennzeichneter Bereich, eine Jacke pro Ecke. Breitbeinig, mit verschränkten Armen hielt Sumo Wache, wie der Rausschmeißer, der immer vor Barrys Wettbüro stand. Schließlich musste er ja dafür sorgen, dass das Publikum nicht in den Ring stürmte, und er nahm seinen Job sehr ernst.

«Schon gut, Jungs, jetzt beruhigt euch mal ein bisschen. Kommt schon. Lasst den Kämpfern ein bisschen Platz zum Atmen.»

Alle wichen ein paar Schritte zurück, Sumo nickte zufrieden und holte ein Spam-Sandwich aus der Tasche, Toastbrot mit Frühstücksfleisch, klopfte die Flusen ab und verschlang es mit zwei Bissen. Walker saß am Picknicktisch, hielt mit der einen Hand seine Brille fest und zählte mit der anderen unsere Einnahmen. Ich stand in Johnny Js Ecke, hoffte, dass er nicht abgemurkst wurde, und rief ihm aufmunternde Worte zu, während er auf den Zehenspitzen durch die Gegend turnte. Noch bevor der erste Schlag niederging, war er schon so viel gehopst und getänzelt, dass er gar keine Energie mehr übrig hatte. Ich hörte Charlie, bevor ich sie sah, sie brüllte von irgendwo am Himmel zu uns herunter.

«Lass die Hände oben, los, Johnny J, hör auf zu trippeln, fang an zu schlagen.»

Aber die Aufmunterungen gehörten doch zu *meinem* Job! Diese Nervensäge. Als ich aufblickte, sah ich sie auf dem höchsten Baum wie die Black Widow aus dem Marvel Comic, die leuchtend roten Haare rechts und links am Kopf zu zwei Büscheln gebunden, wie sie alles beobachtete und mich mit blitzenden Augen anfunkelte. Diese Wichtigtuerin! Wie sie da rumschrie. *Schaut mich an, ich bin ein Mädchen und kann auf Bäume klettern!* Na und? Das war alles andere als hilfreich. Ich hatte die Nase echt voll davon, dass sie in letzter Zeit überall auftauchte. Sie verfolgte uns wie ein schlechter Geruch, wir wurden sie einfach nicht los. Ich hatte versucht, ihr den Spitznamen Stinki anzuhängen, aber das hatte sich, anders als bei Sumo und bei Freaky Fitzer, überhaupt nicht durchgesetzt. Frustrierend.

Und während Charlie Johnny J mit ihren blöden Kommentaren ablenkte, landete Freaky Fitzer seinen ersten Treffer, und zwar auf Johnnys linkes Auge. Game over, Johnny ging zu Boden. Freaky Fitzer griff sich seinen Zehner und sein Mars und war weg, ehe Sumo Johnny wieder auf die Beine kriegte. Der Kampf war vorbei, bevor er angefangen hatte.

2

Der Knock-out

Nach dem kürzesten Boxkampf aller Zeiten machten die Zuschauer mit lautem Buhen und Zischen unmissverständlich klar, dass sie das Preis-Leistungs-Verhältnis nicht okay fanden. Also rief ich Sumo zu, dass er Walker und das Geld zu einem Treffpunkt tiefer im Wald des Parks bringen sollte, ehe beides dem wütenden Mob in die Hände fiel. Dann platzierte ich mich zwischen dem noch völlig benommenen Johnny J und einem Haufen fieser Kids und versuchte, sie mit dem Versprechen zu beschwichtigen, dass der nächste Kampf besser sein würde.

«Und wer kämpft als Nächster?», brüllte einer.

«Sumo», sagte ich, was selbstverständlich eine Lüge war. Sumo kämpfte nicht. Er hielt nichts vom Kämpfen, weil es angeblich Gott weh tat oder so. Manchmal war er ein bisschen *überfromm* (das sagte mein Vater manchmal von Leuten, die jeden Tag zur Messe gingen und alle, die das nicht taten, verdammten).

Schweigen trat ein. «Wer würde denn gegen Sumo antreten?», fragte ein Junge aus dem Publikum.

«Ah, nein», meinte ein anderer, «der hat doch Hände wie Bratpfannen!»

«Also, wer von euch hat den Mumm?», fragte ich.

Alle sahen ihren Nachbarn an, niemand meldete sich. Natürlich war keiner mutig genug.

«Dann sagt es eben euren Freunden weiter. Der Gewinner kriegt fünfundzwanzig Pfund», rief ich, und alle schnappten hörbar nach Luft. Fünfundzwanzig Pfund waren eine Menge Geld. Munter schwatzend wanderten die Zuschauer davon, und der schreckliche Kampf war vergessen. Charlie kletterte vom Baum herunter.

«Gut gemacht», sagte sie.

«Geh bloß weg», sagte ich.

Charlie schnappte sich ihr Fahrrad, ein rosa Triumph 20, das sie immer dabeihatte, als wäre es ein Teil von ihr. Immer noch benommen saß Johnny J auf dem Gras.

«Alles klar bei dir?», fragte Charlie ihn.

«Ja, alles super.»

«Ich hab Gefriererbsen mitgebracht, in meinem Fahrradkorb. Kannst du auf dein Auge legen, damit es nicht so anschwillt.»

«O ja, cool. Danke», sagte er und hielt sich die Erbsen ans Auge. Johnny J war immer höflich zu Charlie, was mir gewaltig auf die Nerven ging. Ich half Johnny J beim Aufstehen, und wir gingen los. Sie radelte neben ihm her.

«Wir versuchen hier ein Geschäft zu machen», erklärte ich und hoffte, Charlie würde nach Hause gehen.

«Ich weiß, ich möchte helfen.»

«Geht aber nicht.»

«Ich kann boxen», sagte sie.

Johnny und ich lachten beide los.

«Nein, im Ernst. Ich verprügle meine Brüder regelmäßig. Mein Dad sagt, wenn ich ein Junge wäre, wäre ich der nächste Barry McGuigan.»[DDDMWS8] Johnny J und ich lachten wieder. Charlie Eastman war echt die eitelste Person, der ich je über den Weg gelaufen war.

«Du prügelst dich aber nicht», sagte Johnny J.

«Keine Ahnung, warum ihr dauernd lacht. Ich würde gewinnen.»

«Gegen Sumo?», sagte ich und lachte.

«Der würde ja bloß dastehen, natürlich würde ich ihn besiegen, aber ich würde auch ein paar raffinierte Schläge einbauen, um die Zuschauer zu unterhalten», sagte sie, nahm die Hände vom Lenker und fing an, in die Luft zu boxen.

Johnny lachte wieder, aber diesmal mit ihr, deshalb lachte ich nicht mit. «Kein Mädchenboxen», sagte ich.

«Wer sagt das?»

«Ich.»

«Johnny J?» Sie sah ihn an, damit er sich auf ihre Seite schlug und gegen mich Stellung bezog – als wäre das möglich!

«Er hat recht. Sorry», sagte Johnny J.

«Keiner würde dafür bezahlen, ein Mädchen boxen zu

DDDMWS8
1. Barry McGuigan war der berühmteste irische Boxer aller Zeiten.
2. Sein Spitzname war The Clones Cyclone (Zyklon der Klone).
3. Er machte 35 professionelle Kämpfe und gewann 28-mal per K.o. Charlie Eastman, der nächste Barry McGuigan – dass ich nicht lache!

sehen», erklärte ich. Wieder starrte Charlie zu Johnny J, er sollte für sie Partei ergreifen. Was er nicht tat.

«Er hat recht. Tut mir leid», sagte er, und ich wünschte, er würde aufhören, sich zu entschuldigen. Sie war beleidigt. «Natürlich können Mädchen kämpfen. Mädchen können alles», sagte sie und sah aus, als würde sie gleich anfangen zu weinen. (Das Weinen war auch einer der Gründe, weshalb ich es hasste, mit Mädchen rumzuhängen.)

Wir wanderten zu dem Treffpunkt, wo Sumo und Walker auf uns warteten. Sumo legte Johnny J seine Riesenpranken auf die Schultern. «Zeig es mir», sagte er. Johnny J nahm die Gefriererbsen vom Auge.

«Ohhhhh, das nenn ich ein Veilchen!», rief Walker. Johnny Js Auge war schwarz, blau und ein bisschen geschwollen.

«Tut aber nicht weh.»

«Wie viel fehlt uns noch für das Flugticket?», fragte ich.

«Ein ganzer Batzen», meinte Walker. «Wir haben bloß 114 Pfund und 51 Pence eingenommen.» Also fehlte ein Batzen von mindestens siebenhundert Pfund.

«Aber wir müssen meine Mam bald nach Amerika schicken», meinte Johnny J sorgenvoll.

«Ich weiß. Wir finden eine Möglichkeit», versprach ich.

«Die Chemo setzt ihr echt zu», fügte er hinzu[DDDMWS9]

DDDMWS9

1. Chemo ist die Abkürzung für Chemotherapie, eine Behandlungsmethode gegen Krebs.

und sah dabei so traurig aus, dass Charlie plötzlich Tränen in den Augen hatte. Sie heulte nicht rum oder so, die Tränen schimmerten nur nass in ihren Augen, und als eine entwischte, putzte sie sie schnell mit dem Ärmel weg und wandte sich ab.

Ich wurde panisch. Mit Tränen konnte ich nicht umgehen! «Na gut! In Ordnung! Ich mach den nächsten Kampf. Ich mach sie alle.»

«Das bringt doch nichts, Jeremy. Johnny J ist beim ersten Versuch k.o. geschlagen worden, keiner wird dafür bezahlen, dich zu sehen», meinte Walker, zuckte die Achseln und fügte dann auch noch das Wort «Fakt» hinzu.

«Er hat recht, du wärst garantiert furchtbar», pflichtete Charlie ihm bei.

«Sorry, Jeremy, aber du hast ihnen Sumo versprochen, und du selbst würdest einfach nur ausgeknockt», sagte Johnny J. So was von Mr. K.-o.-beim-ersten-Schlag zu hören, tat schon weh.

«Ich will nicht kämpfen, und Jeremy kann nicht.» Sumo schlug die Arme übereinander und nahm eine noch breitbeinigere Haltung ein, genau wie besagter Rausschmeißer vor Barrys Wettbüro.

«In Ordnung, in Ordnung. Was soll das denn? Darf heute jeder mal auf Jeremy rumhacken, oder was?», fragte

2. Im Lauf der Behandlung verlieren die Leute manchmal ihre Haare, viele müssen sich auch übergeben.
3. Damals war eine Chemo für die Patienten noch viel schlimmer als heute. Durch den Fortschritt in der Medizin setzt die Chemo dem Körper nicht mehr ganz so schlimm zu.

ich, und da entspannte sich Sumo und legte den Arm so ungestüm um meine Schultern, dass er mich fast erstickte.

«Aber ich glaube, du wärst großartig», meinte er, was alle verwirrte.

«Gerade hast du noch behauptet, ich kann nicht kämpfen», erinnerte ich ihn.

«Ich meine, du wärst großartig bei was anderem.» Er grinste mich an und klopfte mir auf den Rücken.

«Danke», sagte ich sarkastisch. Er grinste weiter. «Bitte sehr.» Er meinte es ernst und streckte sogar den Daumen in die Höhe, um es zu beweisen.

Auf dem Heimweg war Johnny J äußerst schweigsam. Wir wohnten vier Häuser auseinander, und ich ging oft mit ihm an meinem Haus vorbei, um ihn zu seinem zu begleiten. Manchmal saßen wir auf seiner Gartenmauer und redeten noch eine Weile, aber an diesem Abend nicht. Als wir zu seinem Gartentor kamen, hörten wir seine Mam aus dem offenen Fenster oben nach ihm rufen.

«Ich muss zu ihr.» Er rannte zum Haus, ohne das Gartentor zu schließen. Eine Minute stand ich noch da, lange genug, um zu sehen, wie er zwei Stufen auf einmal die Treppe hinaufrannte und hinter der Badezimmertür verschwand.

Ich hätte nicht bleiben sollen, aber ich konnte mich einfach nicht losreißen, keine Ahnung, warum. Stattdessen ging ich rein, durch die kleine Diele und halb die Treppe rauf, setzte mich auf den verschossenen orangefarbenen Teppich, der nach Desinfektionsmittel und

Pfefferminz roch, und hörte, wie Mrs. Tulsi sich übergab und Johnny J «Ich sehe was, was du nicht siehst» mit ihr spielte, wenn sie grade sprechen konnte.

«Ich sehe was, was du nicht siehst, und das ist blau», sagte Johnny.

«Dein Auge mit dem Veilchen», sagte Mrs. Tulsi wie aus der Pistole geschossen. «Müssen wir darüber reden, was da passiert ist?»

«Ich bin bloß hingefallen.»

«Nein, bist du nicht», entgegnete sie und übergab sich wieder. «Muss ich mir Sorgen machen?»

«Nein, Mam, ich schwöre. Alles gut.»

«Ich sehe was, was du nicht siehst, und das ist hellgelb», sagte sie.

«Deine Zahnbürste.»

«Nein.»

«Das Waschbecken.»

«Nein.»

«Ich geb auf. Was denn?», fragte er.

«Ausgekotzte Galle», sagte sie, und er lachte.[DDDMWS10]

«Krass», sagte er, und sie lachten beide.

«Ich kann das nicht mehr, Schatz», sagte sie, und Johnny J hörte auf zu lachen.

DDDMWS10

1. Galle ist eine grünlich-gelbliche Flüssigkeit, die von der Leber produziert wird.
2. Wenn man sich sehr heftig übergibt, kommt oft auch Galle mit raus.
3. Es ist widerlich und auch ein bisschen beängstigend.

«Was kannst du nicht mehr?»

«Die Chemo, Liebes. Ich hör auf damit.»

«Aber die hält dich am Leben!», rief mein Freund, und in seiner Stimme hörte ich die reine Panik.

«Die Ärzte sagen, es ist Zeit, Johnny J.»

«Ach nein, bitte nicht, Mam!», rief Johnny J.

«Es funktioniert nicht mehr, Johnny J. Es tut mir so leid», sagte Mrs. Tulsi, und obwohl ich keinen von beiden sehen konnte, hörte ich sie beide weinen. Mich überfiel eine solche Traurigkeit und Übelkeit, dass ich mich umdrehte, die Treppe runterrannte, zur Haustür hinaus, den kleinen Gartenweg zur Straße und vorbei an den vier Häusern, die mein Haus und das von Johnny J trennten. Aber in meinem Kopf hörte ich weiter das Echo des schrecklichen Gesprächs.

3

Die Familie

Als ich nach Hause kam, lehnte Dad an der Gartenmauer und unterhielt sich mit unserem Nachbarn, Mr. Lucey.[DDDMWS11] Natürlich redeten sie darüber, dass Irland sich bei der Fußballweltmeisterschaft so hervorragend schlug.

«Ich sag dir, beim nächsten Spiel kommt alles zum Erliegen, im ganzen Land. So was erleben wir doch nie wieder. Sogar meine Frau geht mit in den Pub», sagte mein Dad.

«Na klar, das ganze Land nimmt sich den Tag frei», meinte auch Mr. Lucey. «In ganz Irland wird kein Mensch dieses Spiel verpassen, egal ob Mann, Frau oder Kind.»

«Ich war vorhin in Rolands Tankstelle, die müssen den Laden offen lassen und haben ihre Omi überredet aufzupassen, solange das Spiel dran ist», erzählte mein Dad.

«Ach komm, die Omi ist doch mindestens hundert.»

DDDMWS11

1. Mr. Lucey roch immer nach Kohl.
2. Er war sechzig und wohnte bei seiner Ma.
3. Er hatte ein Gesicht wie ein intensiv durchgekautes Karamellbonbon.

«Nee, sie ist Mitte siebzig, aber sie war lange in Spanien», erklärte mein Dad.

«Ah», sagte Mr. Lucey. «Sie ist ja echt nett, aber sie hat ein Gesicht wie ein ramponiertes Ledersofa.» (Das sagte der Richtige.)

«Die Sonne ist mörderisch, Lucey», meinte mein Vater. «Da gibt's nichts dran zu deuteln.»

«Ich würde durchaus ein bisschen davon in Kauf nehmen, um unsere Jungs in Italien spielen zu sehen», meinte Mr. Lucey.

«Gott, ich würde jederzeit eins meiner Kinder für ein Ticket verkaufen», verkündete mein Vater, und dann merkte er plötzlich, dass ich auf der Mauer saß und ihm zuhörte. «Da bist du ja, mein Sohn!», rief er, ohne sich dafür zu entschuldigen, dass er gedroht hatte, mich zu verkaufen. Er grinste bloß und fuhr dann fort: «Ich sag dir, Lucey, ich würde einen glücklichen Tod sterben, wenn ich runterfahren und unsere Jungs für Irland spielen sehen könnte.»

«Weißt du was? Ich glaube, der richtige Spaß findet hier statt, garantiert, Ron»,[DDDMWS12] entgegnete Mr. Lucey und wischte sich die Nase am Pulloverärmel ab. «Kein Mensch auf der Straße, alle Pubs brechend voll, da geht richtig was ab. Lass es dir gesagt sein.» Mein Dad nickte

DDDMWS12

1. Mein Dad hieß Ronald wie McDonald's' Clown, aber die meisten Leute nannten ihn Ron.
2. Sein Lieblingsessen war der Big Mac.
3. Er hatte höllische Angst vor Clowns.

ernst. «Da hast du sicher nicht unrecht, Lucey.» Dann trennten sie sich, und mein Dad ging ins Haus.

Mein Dad und Mr. Lucey waren total aufgeregt, regelrecht glücklich sogar, und ich fühlte mich schrecklich, weil für Irland zwar gerade das Beste aller Zeiten passierte, aber für meinen Freund das Allerschlimmste. So saß ich auf der kleinen Gartenmauer, kämpfte gegen den Drang zu kotzen und dachte an Mrs. Tulsi und daran, was Johnny J bevorstand, wenn sie starb.

Dann spielte ich mit dem Gedanken, mich für eine Weile in Sumos Gartenhaus zu verstecken. Er war Einzelkind und wurde behandelt wie ein König. Dabei hatte er keine großen Bedürfnisse, wichtig waren ihm eigentlich nur seine Comics und die Spam-Sandwiches. Er hatte eine vollständige Sammlung der Marvel-Comics. Durch ihn habe ich Iron Man, Spider-Man, die X-Men, die Avengers, den Hulk, Captain America, die Black Widow und den ganzen Rest überhaupt erst entdeckt. Wir hingen oft stundenlang über seinen Comics und diskutierten, welcher Superheld stärker, schneller, besser oder welcher Schurke der übelste, gefährlichste oder schrecklichste war. Sumo schätzte sein Privatreich sehr. Sein Vater arbeitete als Bauunternehmer und hatte das Gartenhäuschen zur Feier von Sumos achtem Geburtstag gebaut, ganz für ihn allein. Es bestand aus einem großen Raum, ausgestattet mit einem Videorekorder, einem Atari Computer und einem Ghettoblaster. Außerdem gab es auch noch einen Fernseher, ein Sofa und einen Sitzsack – für einen Jungen, der nicht viel brauchte, hatte Sumo eigentlich alles.

Als ich das erste Mal reinkam, war das der coolste Moment meines bisherigen Lebens, und ziemlich schnell gehörte das Gartenhaus uns allen. Ein echtes Zuhause! Wir hingen die ganze Zeit dort rum, selbst wenn Sumo mal nicht da war. Wenn mir das Leben bei den Finns zu viel wurde, ging ich in Sumos Häuschen, sah mir ein Video an, spielte Space Invaders[DDDMWS13] auf dem Atari oder las einen Comic. Das Gartenhaus war für uns immer offen und sehr gemütlich. Hier fühlten wir uns vollkommen geborgen. Mrs. Lane respektierte das, sie klopfte immer erst, wenn sie uns Sandwiches, Tee und Kekse brachte. Sumo lebte praktisch von Spam-Sandwiches, und Mrs. Lane machte immer genug für alle, aber das bedeutete nur, dass Sumo alle Sandwiches verdrückte, die für ein ganzes Zimmer voller Jungs gedacht waren. Er konnte sich in weniger als zwei Minuten den ganzen Teller voll einverleiben. Ein Anblick für die Götter. Aber obwohl Sumo dieses supercoole Häuschen mit Atari, Fernseher, Videorekorder und Tausenden Comics hatte, sagte er immer, er würde jederzeit alles gegen einen kleinen Bruder oder eine kleine Schwester tauschen. Hab ich schon erwähnt, dass Sumo verrückt war?

Als ich auf die Uhr sah, wurde mir klar, dass ich vor

DDDMWS13

1. Space Invaders war ein zweidimensionales Ego-Shooter-Spiel, in dem der Spieler mit einer Laserkanone, die er unten am Bildrand bewegen kann, auf Aliens schießt.
2. Nach heutigem Standard ein schrecklich primitives Spiel.
3. Aber es war toll.

dem Abendessen keine Zeit mehr hatte, irgendwohin zu gehen. Ich seufzte laut und ging schweren Herzens rein.

Ich war der Jüngste der Familie. Meine Schwester Rachel war neunzehn und machte eine Ausbildung als Krankenschwester. Sie wohnte nicht mehr zu Hause, besuchte uns aber hin und wieder mit ihrem schicken Freund Rupert, der Arzt werden wollte, selbst im Sommer einen Wollschal trug und redete, als gurgelte er mit Murmeln. Meine Freunde fanden meine Schwester alle schön, und viele Jungs blieben stehen, um sie anzustarren, wenn sie an ihnen vorbeiging. Echt krass. Rachel war blond wie meine Mam, ungefähr so groß wie ich, hatte komische stahlblaue Augen, die im Dunkeln leuchteten, und oft schlechte Laune. Sie hasste es, wenn man ihr sagte, was sie tun sollte. Aber wenn man sie in Ruhe ließ und nichts von ihren Sachen anfasste, war sie die meiste Zeit über ganz nett.

Mein Bruder Rich war fünfzehn und im Gegensatz zu mir ziemlich klein. Auf meinen älteren Bruder runterschauen zu können war cool, mal abgesehen davon, dass er sich deswegen umso mehr anstrengte, mir das Leben zur Hölle zu machen. Obwohl er so klein war, war er trotzdem stark, und wenn er mich in den Schwitzkasten nahm, war ich erledigt. Er hatte kurze braune Haare, kleine braune Augen, stummelige kurze Finger und zwei echt scharfe Reißzähne auf beiden Seiten. Meine Mutter wollte unbedingt, dass er sie sich abfeilen ließ, ehe er sich womöglich selbst damit verletzte, aber Rich fand, dass er damit gefährlich aussah. Außerdem sang und tanzte er gern und spielte in einer Boyband. Wenn er grade nicht damit befasst war, mich in den Schwitzkasten zu nehmen, seine scharfen Zähne mit der Zunge zu bearbeiten, zu singen oder zu tanzen, dann kommandierte er mich rum. Er nannte mich gern Doofkopparschgesicht statt Jeremy und hoffte, der Name würde irgendwann hängenbleiben, aber das passierte nicht, weil er viel zu kompliziert auszusprechen war.

Der wahre Boss im Haus war meine Mam. Dad schien das nicht weiter zu stören, denn er konnte ja im Wohnzimmer verschwinden, sich in seinen Lieblingssessel setzen, die Füße hochlegen und mit der Zeitung auf dem Schoß Nachrichten oder Sport im Fernsehen anschauen, während sie mit Rumkommandieren beschäftigt war. Mein Dad hatte den Fleischerladen, deshalb kannte er jeden. Alle mochten ihn, weil er sich um Leute kümmerte, die kein Geld hatten. Wenn jemand sich nichts zu essen kaufen konnte, ging er zu meinem Dad. Nicht dass wir reich waren. Wir wohnten in einem kleinen Haus, das seit zwanzig Jahren nicht renoviert worden war, aber immer nach Rosen duftete, und meine Mam gab gern damit an, dass man bei uns vom Fußboden essen konnte, weil er so sauber war. Aber als Rich ausprobieren wollte, ob das stimmte, und sein runtergefallenes Eis vom Boden auflecken wollte, drohte Mam, ihn mit dem Kochlöffel zu verdreschen.

Mein Vater bekam irgendwann Mitte zwanzig graue Haare, und etwa um die gleiche Zeit ließ er sich einen Bart wachsen. Er rasierte ihn nie, und Mam sagte, dass er damit sehr gut aussah. Im Großen und Ganzen waren wir eine glückliche Familie.[DDDMWS14] Trotzdem wünschte ich mir, ich wäre ein Einzelkind wie Sumo und Johnny J. Johnny J störte es nicht, dass er Einzelkind war, er hatte seine Mam und seinen Onkel Ted, das reichte ihm voll und ganz. Sie hatten auch nicht viel Geld. Zwar gab Onkel Ted sein Bestes, sie zu unterstützen, aber seine Autowerkstatt lief auch nicht besonders, er hatte alle Angestellten entlassen müssen und reparierte die Autos jetzt allein. Nur samstags half Johnny J ihm immer. Er schrubbte die Böden und kaufte Sandwiches im Laden gegenüber, wusch die Autos und schleppte für Onkel Ted die Werkzeuge an, wenn er grade unter einem Auto lag. Als Johnny J elf wurde, brachte Onkel Ted ihm bei, die Autos vom Arbeitsbereich nach draußen auf den Parkplatz zu fahren. Das war nur eine sehr kurze Strecke, und Onkel Ted hatte natürlich immer ein wachsames Auge auf ihn, aber Johnny J fuhr ein echtes Auto, und das war das Coolste überhaupt. Wenn er nicht in der Werkstatt seines Onkels arbeitete, mit uns rumhing oder sich um seine Mutter kümmerte, spielte er in seinem Zimmer Gitarre. Zu seinem Glück kam niemand reingestürzt,

DDDMWS14

1. Meine Mutter und meine Schwester gingen sich beim Thema Klamotten gern an die Gurgel.
2. Mein Bruder machte mir das Leben zur Hölle.
3. Wenn meine Mutter und meine Schwester sich anbrüllten und Rich dabei war, mich zu erdrosseln, tat mein Vater so, als merkte er nichts davon.

um sich auf seinem Bett zu fläzen und alles durcheinanderzubringen. Er hatte Ruhe und Frieden. An seiner Tür hing ein Schild «Zutritt verboten», und er schwor, dass Mrs. Tulsi nie reinkam. Tja, meine Mam wäre mit dem Bulldozer angerückt und hätte meine Tür einfach niedergewalzt, wenn ich es gewagt hätte, so ein Schild aufzuhängen. Meine Schwester Rachel hat ihr Temperament von meiner Mam geerbt. Früher hab ich mir immer gewünscht, ich wäre Johnny J, aber das war, bevor seine Mam krank geworden ist.

4

Die Idee

Eine Woche vor dem Freaky-Fitzer-Boxdesaster saßen wir auf dem Fußweg und sahen einer Gruppe von Jungs zu, die auf dem Grasplatz Fußball spielten. Ich war Fan von Manchester United, Johnny J von Liverpool, und wir stritten uns gerade, wer besser war, als er sich plötzlich zu mir umdrehte und sagte: «Ich hab gestern Abend zufällig mitgekriegt, wie meine Ma und Onkel Ted sich unterhalten haben.»

«Und?»

«Und ...» Er stockte und schwieg ein, zwei Augenblicke. Dann fuhr er sich mit den Händen in seine Korkenzieherlocken und schüttelte heftig den Kopf. Mir war sofort klar, was er damit meinte. Er brauchte ein bisschen Zeit, also schaute ich zu den Fußball spielenden Kids rüber.

«Tante Alison findet, ich sollte zu ihr ziehen.»[DDDMWS15]

Das erschreckte mich dermaßen, dass ich aufsprang

DDDMWS15

1. Tante Alison war die Schwester von Johnny Js Mam.
2. Sie war enorm erfolgreich.
3. Sie hielt uns alle für Bauerntrampel. Jedenfalls sagte meine Mam das immer, und ich glaubte es ihr. Anmerkung: Bauerntrampel sind doof und unkultiviert.

wie von der Tarantel gestochen. «Was?», schrie ich. «Das geht aber nicht, sie wohnt in England!»

«Ich weiß», flüsterte er.

«Nein», wiederholte ich. «Nein, nein, nein.» Darüber wollte ich nicht mal nachdenken.

«Alles gut, ich muss da bestimmt nicht hin, dafür wird meine Mam schon sorgen», versuchte er mich zu trösten.

«Was hat Onkel Ted denn dazu gesagt?» Vor Aufregung kreischte ich beinahe.

«Nichts. Er ist bloß ganz still geworden.»

«Nein», jammerte ich. «Also, das geht wirklich nicht, du kannst nicht weg, fertig.» Dann fing ich an zu weinen, und zwar so heftig, dass mir grüner Rotz aus der Nase und übers Kinn lief, und ich musste husten, bis ich fast erstickte. Es war extrem peinlich und nicht nur ein bisschen schockierend.

Johnny J wusste, dass ich mit Veränderungen nicht besonders gut zurechtkam.[DDDMWS16]

«Fang nicht wieder an, ins Bett zu machen», sagte er leise.

«Wir haben abgemacht, dass wir darüber nie mehr sprechen», murmelte ich.

DDDMWS16

1. Alle sagten das, meine Mam, unser Hausarzt, der Direktor der Grundschule, die Schulschwester und der komische Spezialist, zu dem Mam mich geschleppt hat, nachdem sie und Dad nach Wales in Urlaub gefahren sind.
2. Wir mussten eine ganze Woche bei Tante Valerie wohnen.
3. Danach hab ich sechs Monate lang nachts mein Bett nassgemacht.

Da sah er auf einmal aus, als würde er anfangen zu weinen, dabei weinte er NIE. «Ich kann meine Mam nicht allein lassen, Jeremy. Ich will nicht nach England.»

«Gut, du gehst nämlich hier auch nicht weg», sagte ich und glaubte fest daran. ICH KONNTE MEINEN BESTEN FREUND NICHT VERLIEREN!

Johnny J brachte das Thema nie mehr auf, und ich auch nicht. Stattdessen steckten wir unsere ganze Energie in die Geldbeschaffung, um Mrs. Tulsi nach Amerika schicken zu können. Mir fiel auf, dass Johnny J auf einmal mehr mit Charlie redete, keine Ahnung, warum. Aber es gefiel mir überhaupt nicht.

Charlie Eastmans Mutter war Gemeindeschwester. Sie machte Hausbesuche bei kranken Menschen und half ihnen mit ihren Medikamenten. Schon im Jahr davor hatte sie angefangen, sich um Mrs. Tulsi zu kümmern. Anfangs hatte Charlie immer allein draußen auf der Mauer gesessen und auf sie gewartet. Aber eines Tages gesellte Johnny J sich zu ihr, und am nächsten Tag fing sie an, uns auf ihrem Fahrrad zu verfolgen.

Charlie hatte drei große Brüder, Louis, Sean und Ben. Ben ging noch zur Schule, aber die anderen waren fertig und arbeiteten in der Papierfabrik. Sie hatten alle rote Haare und Louis, der Älteste, außerdem einen verrückten roten Bart. Ich kannte sie alle, weil sie riesig waren und super beim Hurling. Auch Mrs. Eastman war rothaarig, ebenso ihr Mann Declan Eastman, Charlies Vater. Eigentlich sah man die Eastmans immer schon von fern orange leuchten, aber trotzdem hatte Charlie so eine Art, sich unbemerkt anzuschleichen, die mich nervös machte.

Walker Brown verbrachte viel Zeit damit, nervös zu sein, und behauptete immer, das käme von den Asthmaanfällen. Seinen Inhalator musste er immer dabeihaben, denn wenn nicht, konnte er an einem Anfall sterben. Jedenfalls behauptete er das. Allerdings meinte Mam, es würde genauso gut funktionieren, einfach in eine Papiertüte zu atmen, aber Mam glaubte auch, dass jede Krankheit auf der ganzen Welt mit abgestandener 7Up geheilt werden konnte, also ging sie im medizinischen Bereich nicht gerade als zuverlässige Quelle durch. Mam war bei uns der Boss im Haus, aber Walkers Mutter wäre glatt als Oberstabsfeldwebel durchgegangen. Sheila Brown marschierte in engen Hosen, hohen Lederstiefeln, Hemd und Blazer durch die Gegend. Die Haare zurrte sie zu einem straffen Dutt zusammen, und wenn sie einem einen ihrer Blicke zuwarf, war es schwierig, sich nicht in die Hose zu machen. Ihr Mann Denis fuhr die Geldtransporte für die Bank, und Johnny J und ich machten immer Witze, dass er echt gut bezahlt werden musste. Oder dass er sich womöglich jedes Mal ein paar Pfund abgriff, denn Walker und seine Familie lebten in einem schicken Haus, und Walkers Dad – Denis Brown – war der einzige Mensch in unserer ganzen Bekanntschaft, der zur Weltmeisterschaft nach Italien gereist war. Als ich meinem Dad davon erzählte, schüttelte er den Kopf und meinte: «Ich hätte nie gedacht, dass ich den Mann jemals beneiden würde.» Dann ging er ins Bett und machte ein Nickerchen.

Walker hatte drei Schwestern, April, May und June (kein Witz). Sie waren Drillinge, achtzehn Jahre alt und wohnten in London. Walker war das, was meine Mam gern als «Überraschung» bezeichnete. Rich meinte, Überraschung wäre ein Codewort für unerwünscht, und erzählte mir dann, dass ich auch eine Überraschung gewesen sei. Einmal fragte ich Walker, ob er gern drei Schwestern hatte, und er antwortete, dass er es hasste.

«Mädchen sind bösartig», erklärte er. «Fakt.»

Genau wie ich wünschte Walker sich, Einzelkind zu sein. «Hochbegabte Kinder entwickeln sich am besten ohne Geschwister. Ohne April, May und June könnte ich jetzt schon Astronaut sein.» Als er das behauptete, war er zehn Jahre alt und glaubte das tatsächlich.

Aber obwohl mein Bruder mir das Leben zur Hölle machte, obwohl Sumo manchmal einsam war und Walkers Schwestern seine Entwicklung zum Genie behinderten, konnten wir uns alle glücklich schätzen. Jedes Mal, wenn wir mitkriegten, dass Johnny J hinten in einem Notarztwagen die Hand seiner kranken Mutter hielt und sich dann die Türen hinter ihnen schlossen, war das eine Erinnerung daran, wie viel Glück wir hatten.

Und jetzt drohte Johnnys schreckliche Tante Alison nicht nur damit, ihn nach England zu entführen, sondern seine Mutter gab auch noch die Chemo auf! Das war schlimmer als schlimm. Ich saß auf der vorderen Mauer und dachte nach, bis es nach Regen aussah und meine Mam drohte, mich umzubringen, falls ich nicht auf der Stelle zum Abendessen reinkam.

Beim Essen redete Rich von seiner bescheuerten Boyband, Dad las Zeitung, und meine Mam tat so, als würde sie Rich zuhören, obwohl sie in Gedanken offensichtlich ganz woanders war.

«Doofkopparschgesicht, hast du gehört, was ich gesagt habe?», fragte Rich.

«Mir ist vollkommen egal, was du laberst.»

«Tja, mir ist egal, dass dir das egal ist. Wir sind fast so weit, dass wir auftreten können.»

«Seid ihr überhaupt nicht, ihr seid nur grässlich.»

«Woher willst du das denn wissen?»

«Ich hab Ohren.»

Mein Dad lachte. Rich boxte mich in den Arm.

«Autsch», schrie ich.

«Wie grässlich?», fragte Rich und ging in Stellung, um mir den nächsten Boxhieb zu versetzen, aber in diesem Moment fing meine Mam plötzlich an zu heulen. Es war schrecklich. Sie und Mrs. Tulsi waren Freundinnen. *Sie wusste Bescheid*. Rich verstummte. Dad hörte auf, Zeitung zu lesen, und legte seine Hände auf die von Mam. Keiner sagte ein Wort. Mam schluchzte und murmelte «Sorry», aber dann schluchzte sie auch schon weiter. Bestimmt waren es nur ein paar Sekunden, aber sie fühlten sich an wie Stunden.

«Geht doch mal mit eurem Essen vor den Fernseher, Jungs», sagte Dad.

Ehe er den Satz ganz raushatte, waren wir schon unterwegs. Rich und ich redeten nicht, sondern saßen mit unserem Essen auf dem Schoß einfach nur da und hörten erwachsenen Männern zu, die über Fußball redeten. Als wir fertig gegessen hatten, brachten wir uns in unserem jeweiligen Zimmer in Sicherheit.

In meinem Zimmer lag immer ein Walkie-Talkie am Fenster. Johnny J hat es mir gegeben, nachdem sein Onkel ihm ein Jahr vorher ein Set geschenkt hatte. Der Empfang war schlecht, aber damit kamen wir zurecht. Jetzt nahm ich es, öffnete das Fenster, setzte mich aufs Fensterbrett und drückte auf den Knopf.

«Bester Kumpel, hier ist Braunbär. Bitte kommen. Over.»

Keine Reaktion.

«Bester Kumpel, hier ist Braunbär. Bitte kommen. Over.»

Immer noch nichts.

«Bester Kumpel, alles wird gut. Wir kriegen das hin. Over.» Dann sah ich sein Fenster aufgehen, er beugte sich raus und starrte mich an.

«Versprich es. Over», sagte er, und ich nickte und antwortete: «Ich verspreche es. Over.»

Als ich an diesem Abend schlafen ging, machte ich mir Sorgen. Sämtliche Gespräche, die ich tagsüber geführt und gehört hatte, gingen mir im Kopf herum. Die Kids im Wald, die gebuht und gezischt hatten, das viele Weinen. Ich hatte schreckliche Angst, dass Johnny J doch nach England zu seiner Tante ziehen musste, und ich konnte nicht aufhören, an mein Versprechen zu denken. *Alles wird gut. Wir kriegen das hin.* Aber wie? Dann fiel mir ein, was Mr. Lucey zu meinem Dad gesagt hatte, das mit der Weltmeisterschaft. Dass das ganze Land während der Irlandspiele im Pub vor der Glotze hängen würde. Und dass Rolands Tankstelle offen bleiben und von der Omi bewacht werden sollte. Das war's dann. Das war der Augenblick, in dem ich einen Beschluss fasste, nämlich dass wir, wenn wir Mrs. Tulsi das Leben retten und ich meinen besten Freund, der vier Häuser weiter wohnte, behalten wollte, während des Spiels Irland gegen Ägypten Rolands Tankstelle überfallen und ausrauben mussten. Alle anderen Menschen in diesem Land würden anderweitig beschäftigt sein. Das war unsere große Chance. Klar wusste ich, dass die Idee Wahnsinn war, aber es war die einzige Idee, die ich hatte.

5

Das Gartenhaus

Als ich ankam, waren die anderen schon in Sumos Häuschen. Samt Charlie. Das störte mich gewaltig. Sie hatte bei uns nichts zu suchen.

«Was will die denn hier?», fragte ich, so fies ich konnte, und hatte nicht mal Gewissensbisse deshalb. Das Häuschen gehörte uns und war eindeutig mädchenfreie Zone. An der Tür war früher ein Schild gewesen, auf dem stand: «Mädchen ferboten», aber das war bei einem Sturm abgerissen worden und davongesegelt. Ich vermisste dieses Schild, und wie.

«Ich hab sie eingeladen», erklärte Johnny J und warf mir diesen strengen Blick zu, der bedeutete: «Schluss jetzt», also hielt ich den Mund. Ich konnte sowieso keine Ablenkung brauchen, ich hatte einen Plan zu erläutern. Alle setzten sich, und ich stellte mich ans Kopfende des Raums.

«Also, ich hab nachgedacht ...», begann ich.

«Übernimm dich bloß nicht», unterbrach mich Walker, und die anderen lachten, sogar Charlie. Unverschämt, und das auf reinem Jungsterritorium! Ich wurde knallrot, ließ mich aber nicht entmutigen, sondern fuhr fort: «Wir müssen Rolands Tankstelle überfallen.»

«Wie bitte?» Offensichtlich traute Walker seinen Ohren nicht. Fairerweise muss ich zugeben, dass mein Plan wirklich verrückt klang, als ich ihn laut aussprach.

«Am 17. Juni, also in drei Tagen, ist das Spiel Irland gegen Ägypten. Das wird sich niemand entgehen lassen, alle werden vor der Glotze hängen, einschließlich der Bullen. Aus zuverlässiger Quelle weiß ich, dass Jim Rolands Omi an dem Tag auf die Tankstelle aufpasst, damit die Männer in den Pub gehen können ...»

Erst mal waren alle sprachlos, das erkannte man daran, dass sie nichts sagten und bloß den Mund aufsperrten. Aus dem von Sumo fiel ein Stückchen Spam-Frühstücksfleisch.

«Du willst eine Oma ausrauben?», fragte Walker schließlich, schob sich die Brille wieder auf die Nase und schaute sich um, ob nicht auch noch jemand anderes etwas sagen wollte. Aber die anderen blieben stumm, ich glaube, sie standen unter Schock.

«Ich bin ziemlich sicher, dass die Omi sowieso schlafen wird», erklärte ich mit größter Zuversicht.

«Warum?», fragte Charlie.

«Weil Omas das machen», antwortete ich.

«Ich meine, warum überfallen wir Rolands Tankstelle?»

Johnny J schlug die Augen nieder und starrte auf den Boden. Er konnte niemanden ansehen. Nicht mal mich.

«Weil wir nicht länger rumtrödeln können. Wir müssen Johnny Js Mam schnell nach Amerika bringen», sagte ich, und Sumo, Walker und Charlie starrten Johnny J an, der sich die Ohren zuhielt und das Gesicht auf die Oberschenkel legte, wie wir es als Kinder gemacht hatten, wenn wir nicht mehr mitspielen wollten.

«Oh!», sagte Charlie.

«Oh», sagte Walker.

«Okay», sagte Sumo und zuckte die Achseln. «Dann überfallen wir eben die Tankstelle.»

Aber Walker sah total empört aus. «Was? Habt ihr den Verstand verloren?», schrie er Sumo an, aber der wiegte nur den Kopf. «Es geht schließlich um Johnny Js Mam, Walker.»

«Es muss doch was anderes geben, was wir für sie tun können», beharrte Walker.

«Na gut, großartig, ich bin dafür. Wenn du eine bessere Idee hast, sag uns Bescheid, aber bis dahin überfallen wir Jim Rolands Granny», schrie ich. Eigentlich wollte ich gar nicht schreien, aber es war alles so stressig.

Walker stand auf und fing an, auf und ab zu tigern. Immer hin und her, wie ein Raubtier im Käfig.

«Was machst du denn da?», fragte ihn Charlie.

«Ich denke nach», knurrte er, dann musste er auf einmal husten, und schon kriegte er keine Luft mehr, zog den Inhalator aus der Tasche und saugte heftig an ihm.

«Setz dich hin», sagte ich. Er tat es und klemmte den Kopf zwischen die Knie. Sumo hob die Hand.

«Ja, Sumo?»

«Du hast gesagt, Rolands Omi schläft wahrscheinlich. Aber was tun wir, wenn sie wach ist?»

«Gute Frage, Sumo», lobte ich ihn, und er nickte und freute sich.

«Erinnert ihr euch an damals, als meine Mam nach New York geflogen ist?», fragte ich.

«Du hast sechs Monate von nichts anderem geredet, das können wir wohl kaum vergessen haben. *Schaut euch mein cooles amerikanisches Sweatshirt an. Schaut euch meine coolen amerikanischen Jeans an*», spottete Walker zwischen zwei tiefen Atemzügen.

Ich ignorierte ihn.

«Na ja, sie hat Pfefferspray mitgebracht. Hier ist es absolut illegal, aber sie dachte, vielleicht braucht es Rachel, um sich vor irgendwelchen Irren zu schützen, wenn sie in die Schwesternschule geht.»

«Pfefferspray? Du meinst dieses Zeug, mit dem man jemanden blind machen kann?» Walker war sichtlich alarmiert.

«Pfefferspray macht nur vorübergehend blind, es verursacht Atembeschwerden, die Nase läuft, man muss husten ...» Alle starrten mich an, als wäre ich übergeschnappt. «Es hält aber bloß für eine halbe Stunde, dann ist alles wieder normal!», versuchte ich mich zu rechtfertigen.

«Du willst also mit Pfefferspray auf eine alte Omi losgehen?», fragte Sumo.

«Nein, natürlich nicht. Wir drohen ihr nur damit.»

«Ah, ich weiß nicht. Das bringt's doch nicht. Womöglich kriegt sie einen Herzanfall», meinte Sumo.

«Bestimmt nicht», sagte ich.

«Wahrscheinlich weiß sie gar nicht, was Pfefferspray ist», mischte sich Charlie ein, und ich war nicht sicher, ob sie helfen wollte, also sah ich sie lieber nur finster an.

«Vielleicht könnte ich sie einfach in den Schwitzkasten nehmen?», schlug Sumo vor, doch wir ignorierten ihn alle, weil die Idee so eindeutig dumm war. Johnny J nahm die Hände von den Ohren und hob den Kopf. «Was meint ihr, wie viel Geld wir dabei kassieren würden?»

«Genug, um deine Mam nach Amerika zu bringen, so viel ist sicher», sagte ich, und Johnny J nickte nachdenklich.

«Und ihr wollt das wirklich machen?», fragte er dann, und ich nickte.

«Dann bin ich dabei», sagte Johnny J.

Walker machte ein langes Gesicht, Sumo seufzte tief und stürzte sich dann auf den Teller mit Spam-Sandwiches, den seine Mam vorhin gebracht hatte.

«Ich auch», sagte Charlie.

«KOMMT NICHT IN FRAGE!», schrie ich.

«O doch.»

«Niemand hat dich eingeladen. Sag es ihr, Johnny J.» Ich stand kurz vor der Kernschmelze. Ich meine, ein Mädchen wollte Rolands Tankstelle mit uns überfallen?! Das war schlicht lächerlich.

«Ich weiß das wirklich zu schätzen, Charlie, aber Jeremy hat recht. Du kannst nicht mitmachen», sagte er ernst.

«Ich kann es, und ich werde es auch.» Charlie stemmte die Hände in die Hüften, um uns zu zeigen, dass sie es ernst meinte. Ich nahm zur Kenntnis, dass die beiden anderen Jungs stumm blieben.

«Das geht nicht», sagte Johnny J.

«Das geht sehr wohl», widersprach Charlie. «Und wenn ich nicht für euch sein kann, dann bin ich gegen euch.»

«Was soll das denn jetzt heißen?», fragte ich, und ich gebe zu, dass meine Stimme recht schrill klang.

«Ich verpfeife euch.»

«Das tust du nicht!», rief ich, obwohl ich genau wusste, dass sie es tun würde. Mädchen sind solche Petzen.

«Ihr braucht mich, damit es klappt, und wenn ihr mich nicht mitmachen lasst, dann verrate ich euren Plan, weil es besser ist, Ärger mit euren Eltern zu kriegen, als von der Polizei erwischt zu werden.» Sie war todernst und tat so, als würde sie uns einen Gefallen tun. Charlie Eastman kam sich vor, als wäre sie Clint Eastwood.[DDDMWS17] Ich war so wütend, dass ich meine ganze Kraft aufwenden musste, um nicht total auszuticken.[DDDMWS18] Ich ballte

DDDMWS17

1. Clint Eastwood war ein cooler amerikanischer Schauspieler, der Cowboy-Revolverhelden, Gangster, Helden und korrupte Bullen spielte.
2. Charlie war ein echt nerviges zwölfjähriges Mädchen mit wilden roten Haaren.
3. Nur weil sie vor nichts Angst hatte, war Charlie noch lange kein Clint Eastwood. *Von wegen.*

DDDMWS18

1. Als ich elf war, hatte ich eine Phase, in der ich mindestens einmal pro Woche Wutanfälle und Totalausraster hatte. Keine Ahnung, warum.

die Fäuste und versuchte mich zusammenzureißen, wie meine Mutter es mir beigebracht hatte. *Zähl bis zehn, Jeremy, zähl bis zehn und atme dabei tief aus und ein.* 1, 2, 3, 4, 5, 6 ... Ich schaffte es bis sieben, dann merkte ich, dass alle mich anglotzten, als wäre ich irre.

«Wie kommst du denn auf die Idee, dass es ohne dich nicht klappt?», fragte ich Charlie zähneknirschend.

Sie stand auf, wandte mir den Rücken zu und sagte zu den drei anderen. «Weil mein Bruder dort zwei Sommer gearbeitet hat. Ich kenne die Tankstelle wie meine Westentasche. Und zwar auch das Hinterzimmer, wo die Portokasse aufbewahrt wird.»

Ach verflucht!

«Und die Granny, kennt die dich auch?», fragte Walker.

Gute Frage. Die hätte mir einfallen sollen.

«Ich bin ihr ein- oder zweimal begegnet, aber ich setze als Verkleidung den Helm von meinem Bruder Louis auf. Jeremy kann das Reden besorgen. Ich flitze nach hinten und greif mir das Geld.» In Sekundenschnelle hatte sie sich das alles ausgedacht, als wäre sie ein Verbrechergenie. Das war alles sehr beunruhigend.

«Okay», sagte Johnny J.

2. Einmal trat ich mit dem Fuß ein Loch durch die Wand. (Woher sollte ich denn wissen, dass sie aus Rigips war!) Mein Dad drohte, mich verhaften zu lassen, und ich glaubte ihm.
3. Kurz vor meinem zwölften Geburtstag hörten die Wutanfälle auf. Meine Mam sagte, ich wäre rausgewachsen. Ich glaube aber, es war, weil ich nicht ins Gefängnis wollte.

Okay? Okay? Was meinst du mit Okay? Mir war übel.

Charlie sprang auf und brüllte: «JA! Ich bin dabei!» Dann sah sie zu Walker und Sumo. «Und was ist mit euch beiden?»

Sumo wiegte immer noch den Kopf und schaukelte dabei ein bisschen vor und zurück.

«Ja klar ... aber nein, das ist falsch! Aber für Johnny J ... ach, ich weiß nicht, es ist nicht legal. Nicht richtig», stotterte er.

«Nein, Sumo, Omas und Tankstellen ausrauben ist natürlich nicht legal, aber wenn man so Mrs. Tulsi retten kann, dann ist es richtig», argumentierte ich.

«Ich bin Young-Scientist-Gewinner», sagte Walker, als hätte jemand ihn gebeten, alle seine bisherigen Erfolge aufzulisten.

«Was soll das heißen?»

«Dass ich zu schlau bin, um ins Gefängnis zu gehen.»

«Keiner geht ins Gefängnis», sagte ich.

«Wer jemanden überfällt und ausraubt, kommt ins Gefängnis», warf Walker ein. «Fakt.»

«Nur wenn er sich erwischen lässt», sagte Johnny J, und Walker seufzte sehr tief.

«Na gut, ich mach mit, aber nur wenn Sumo auch dabei ist.»

Mir war klar, dass Sumo sich Sorgen machte, weil Gott womöglich weinen würde. «Okay», sagte er schließlich. «Aber ich werde nicht mit Pfefferspray auf Omis losgehen.»

«In Ordnung», sagte ich. Das wollte ja niemand.

6
Der Plan

Als wir endlich Übereinstimmung erreicht hatten, offenbarte ich meinen Plan. Eigentlich war er ganz einfach: Wir ziehen uns in den Irlandfarben an, bemalen uns das Gesicht grün-weiß-gold und setzen große, alberne, pelzige Hüte in den irischen Flaggenfarben auf. So sind wir beim Überfall zumindest zum Teil verkleidet und fallen später zwischen allen anderen Iren nicht weiter auf.

«Wie machen wir uns danach aus dem Staub?», fragte Charlie.

«Auf unseren Fahrrädern», antwortete ich.

«Was, wenn das Geld zu schwer ist?», gab Walker zu bedenken.

«Es handelt sich um Rolands Tankstelle, nicht um die Zentralbank», sagte ich.

«Dann trägt also jeder einen kleinen Geldsack», folgerte Charlie, und alle nickten.

«Okay», sagten sie.

«Okay», sagte ich. «Wir ziehen den Plan durch.»

Dann nahm ich Johnny J beiseite. «Das Pfefferspray nehmen wir mit, nur falls irgendwelche großen starken Männer auftauchen», sagte ich zu ihm. Er nickte. «Aber ich brauche deine Hilfe, um dranzukommen.»

Sumo hatte eine Tafel auf einem Ständer, die schob ich jetzt in die Mitte des Raums und begann eine To-do-Liste zu entwerfen.

TO-DO-LISTE

1. In Rachels Zimmer einbrechen und das Pfefferspray rausholen:[DDDMWS19] KEINE Omis DAMIT ANSPRAYEN (Sumo bestand darauf, dass ich das aufschrieb.)
2. Fußballtrikots erbetteln / leihen / stehlen (einschließlich Schminke)
3. Dafür sorgen, dass die Fahrräder geölt und die Ketten festgezogen sind
4. Bargeld von Jim Rolands Omi stehlen

Jetzt war es Zeit, den Plan zu besprechen. Ich räusperte mich und stellte mich vor meine Freunde (und Charlie).

«Das Irlandspiel soll in drei Tagen um 3 Uhr nachmittags im Stadio La Favorita in Palermo angepfiffen werden.»

«Mein Dad wird dort sein», verkündete Walker, aber niemand kümmerte sich um ihn. Ich schrieb weder den Veranstaltungsort noch die Stadt auf und hatte sowieso keine Ahnung, wie man das alles buchstabierte.

«Das Spiel dauert mindestens neunzig Minuten, plus

DDDMWS19

1. Rachel legte viel Wert auf ihre Privatsphäre.
2. Sie hatte große Vertrauensprobleme.
3. Sie schloss ihr Zimmer ab, selbst wenn sie nicht da war.

fünfzehn Minuten Halbzeitpause, das heißt, wir haben zwischen 3 und Viertel vor 5 Zeit, die Tankstelle auszurauben.» *Kinderleicht.* Wir brauchten ja eigentlich nur fünf Minuten. Ich schrieb für alle sichtbar «45 Minuten Zeit die Tankstelle auszurauben» auf die Tafel. Charlie nickte. Die Jungs machten besorgte Gesichter. Ich prüfte alles noch mal nach, was auf der Tafel stand.

DER PLAN

14 Uhr 30: Wir treffen uns im Gartenhaus und ziehen die Fußballsachen an (inklusive Schminken)
15 Uhr 00: Säcke aus dem Park holen (wo wir sie am Abend vorher versteckt haben)
15 Uhr 20: Zu Rolands Tankstelle radeln
15 Uhr 30: Jim Rolands Omi ausrauben
15 Uhr 35: In den Wald radeln, Geld verstecken
15 Uhr 45: Zu Cornally's Pub radeln
16 Uhr 00: Im Pub unter die Menschenmenge mischen

Ich fand den Plan großartig, aber die Jungs waren immer noch stumm, also schrieb ich noch auf die Tafel: ALLES ERLEDIGT. GANZ EINFACH. KEINER VERLETZT. Johnny JS MAM GERETTET.

«Alles erledigt» und «Johnny Js Mam gerettet» unterstrich ich noch, um es zu betonen. Charlie nickte, die anderen wirkten nach wie vor etwas benommen.

«Noch irgendwelche Fragen?», fragte ich.

«Ja, ich hab zwei», antwortete Walker.

«Schieß los.»

«Kannst du dich hören? Und hast du den Verstand verloren?»

«Ja zu Frage eins, nein zu Frage zwei. Sonst noch was?»

Johnny J hatte noch eine Frage. «Was machen wir, wenn irgendwas schiefgeht?»

«Gute Frage. Wenn etwas schiefgeht, dann verteilt euch. Radelt in verschiedene Richtungen davon, schmeißt das Fahrrad irgendwo in den Graben, lauft zum nächsten Pub und mischt euch dort unauffällig unter die Leute.» Mir gefiel meine Antwort ungemein. Ich hatte das echt gut durchdacht.

Walker hob die Hand.

«Ja?»

«Ich hab Asthma», sagte er, und wir starrten ihn alle an.

«Pubs sind mein Feind», erklärte er, und wir ignorierten ihn. Schließlich senkte er die Hand wieder, schob seine Brille hoch und murmelte vor sich hin, dass er wahrscheinlich im Gefängnis sterben würde.

«Was ist mit dem Geld, wo verstecken wir das?», fragte Charlie.

«An unserem Platz im Wald», antwortete ich.

«Wo ist der?», fragte sie weiter.

«Ich zeig es dir nachher», schaltete Johnny sich ein, und mir gefiel es ganz und gar nicht, dass sie unseren Geheimplatz erfahren würde. Aber verzweifelte Situationen erfordern nun mal verzweifelte Maßnahmen.

«Also, wir verteilen uns, laden das Geld am Geheimplatz ab und mischen uns dann unauffällig unter die Leute», wiederholte Charlie.

«Genau.» *Steht doch dick und fett auf der Tafel, Miss Klugscheißerin.*

«Okay», sagte Walker, hielt seine große Brille fest und schüttelte den Kopf. «Der glatte Wahnsinn ...», murmelte er vor sich hin.

Alle verinnerlichten den Plan. Sie lasen ihn mehrmals von der Tafel ab. Ich hatte Angst, mein Magen tat immer noch weh, aber ich war auch stolz. Ich hatte meinem besten Freund versprochen, dass ich eine Lösung finden würde, wie wir seiner Mam schnell den Flug nach Amerika ermöglichen konnten, und das hatte ich getan. Außerdem – was konnte schon schiefgehen? *Nichts.* Ich glaubte fest daran, dass alles klappen würde.[DDDMWS20]

Am Abend saß ich zu Hause mit meinem Dad vor dem Fernseher, und wir schauten uns eine Analyse des Spiels Jugoslawien gegen Kolumbien an. Ich hörte nicht richtig zu, sondern dachte an meine Mutter und daran, wie sie am Abend vorher geweint hatte. Ich hätte ihr zu gern gesagt, dass sie sich keine Sorgen zu machen brauchte und dass alles gut werden würde. Aber ich war nicht sicher, ob sie nicht womöglich in die Luft ginge. Und ich durfte unseren Plan nicht aufs Spiel setzen.

Bevor ich an dem Abend schlafen ging, sagte ich ihr,

DDDMWS20

1. Es war ein schlechter Plan.
2. Vielleicht der schlechteste Plan in der Geschichte der Menschheit.
3. Aber das wusste ich nicht.

dass ich sie liebhatte. Das tat ich nicht besonders oft, weil, na ja … So was ist doch peinlich, aber an diesem Abend tat ich es trotzdem, und ich umarmte sie auch. Erschrocken stellte ich fest, dass sie aussah, als würde sie wieder anfangen zu weinen, und ich fühlte mich schon ein bisschen unbehaglich, weil sie mich echt lange nicht mehr losließ, aber als wir dann endlich auseinandergingen, da lächelte sie.

«Ich hab dich auch sehr lieb, mein Sohn, du bist wirklich ein guter Junge.»

Ich stieg ins Bett und hoffte, dass sie das auch noch finden würde, wenn wir Rolands Tankstelle ausgeraubt hatten.

7
Der Schlüssel

Als ich zwei Tage vor dem Überfall morgens aufwachte, fühlte ich mich sehr ängstlich und hatte ständig so ein Flattern im Magen, das mich am Essen hinderte ... Aber abgesehen davon, dass ich hungrig blieb und schrecklichen Durchfall hatte, war ich eigentlich ganz froh. *Alles wird gut.* Der erste Punkt auf der Liste war, dass ich mit Johnny J in Rachels Zimmer einbrechen und das Pfefferspray rausholen musste. Ich wusste, dass der Schlüssel irgendwo in der Nähe sein musste, damit meine Mutter, falls im leeren Zimmer meiner Schwester ein Feuer ausbrach, reinrennen und mit einer ihrer drei Löschdecken und vier Schaumsprays die Flammen ersticken konnte.[DDDMWS21] Also musste ich nur rausfinden, wo Mam den

DDDMWS21
1. Die Hauptsorgen meiner Mutter drehten sich um Feuer, Hungersnot, Flut und Läusenissen. Jedes Mal, wenn sie bei uns Nissen entdeckte, tickte sie komplett aus.
2. Außerdem hegte sie ein tiefes Misstrauen gegen Fremde (auch wenn es sich um Omas oder Kinder handelte). Sie hatte immer den Verdacht, es könnten Straßenräuber sein.
3. Mein Dad sagte immer: «Manchmal ist eure Mammy einfach verrückt vor Wut.» Er hatte recht. Er sagte auch: «Manchmal sind wir alle verrückt vor Wut.» Und auch das stimmte.

Schlüssel versteckte. Sie war unterwegs bei ihrem Halbtagsjob im Supermarkt, und Rich verbrachte den größten Teil seiner Freizeit in der Garage, wo er mit seiner Band probte. Er hatte Mam versprochen, auf mich aufzupassen, und dann in mein Ohr geflüstert, dass er mir die Haut über die Ohren ziehen würde, wenn ich ihn auch nur ansatzweise nervte.

Als Johnny J kam, waren Rich und seine Band schon in der Garage am Jaulen, und wir hatten Zeit und Raum für die Schlüsselsuche. Wir durchsuchten alles, die Küche, das Wohnzimmer, den Flurtisch, wir fahndeten überall, konnten aber nichts finden. Oben durchwühlten wir sämtliche Schubladen (sogar die mit Mams Unterwäsche!).

«Ist das wirklich notwendig?», fragte Johnny J, der hinter mir Schmiere stand, während ich (unter Qualen) Mams Unterhosen durchsah.

«Sie bewahrt alles Mögliche hier drin auf», verkündete ich, zog ihren Pass, eine Hundeleine (wir hatten keinen Hund) und eine Reserve-Fernbedienung heraus. «Und Schlüssel versteckt man doch gern in Schubladen, oder nicht?»

«Nein, ich meine das Pfefferspray», erklärte Johnny J.

«Nicht mal eine alte Lady wird das Bargeld einfach so rausrücken, nur weil wir sie höflich darum bitten», sagte ich.

Johnny J ging auf die Knie. «Ich weiß nicht.» Ich kniete mich neben ihn auf den Boden.

«Was weißt du nicht?»

«Ein Raubüberfall ist schon eine ernste Sache.»

«Deine Mam zu verlieren auch», entgegnete ich, und er sah so traurig aus, dass sich mein Magen umdrehte und ich einen Augenblick dachte, ich müsste kotzen. Als das Gefühl nachließ, stand ich auf und streckte ihm die Hand hin.

«Sorry», murmelte ich. «Das hätte ich nicht sagen sollen.»

Er schaute mich an. «Bist du wirklich sicher, dass die Amis sie wieder gesund machen können?», fragte er.

«Die Amis waren auf dem Mond, Johnny J. Die können alles», sagte ich, und da lächelte er tatsächlich. Dann nahm er meine Hand, und ich zog ihn hoch.

«Ja, das stimmt. Okay. Wir machen es. Aber warum sollte der Schlüssel denn hier sein?», fuhr er fort und hielt sich die Nase zu, als wir nun Richs Zimmer betraten. Es roch durchdringend nach billigem Aftershave, alten Socken und Haargel.

«Na ja, weil er sonst nirgends ist.»

«Wofür hält sich deine Schwester überhaupt?», fragte Johnny J.

«Für die Königin von Saba, jedenfalls sagt das mein Vater immer.»[DDDMWS22]

DDDMWS22

1. Die Königin von Saba war eine Königin aus einem Königreich namens Saba.
2. Sie hielt sich für sehr toll.
3. Meine Schwester auch.

«Ich meine, was ist so wichtig, dass sie es in ihrem Zimmer einschließen muss?»

«Ihre Sachen», antwortete ich. Rachels Sachen waren für Rachel extrem wichtig. Sie hasste es, wenn jemand ihre Sachen anfasste. Immer wenn Rich oder ich in ihr Zimmer gingen, flippte sie total aus. Johnny J und ich durchsuchten also das Zimmer meines Bruders und fanden eine Schachtel mit Feuerwerkskörpern, Römische Lichter, Kracher und Heuler. Außerdem eine Packung feuchter Zigaretten und einen Bogen samt Pfeilen! Wenn meine Mam davon gewusst hätte, wäre sie an die Decke gegangen, denn als Zyklop Brennan sein gutes Auge bei einem Unfall mit einer Steinschleuder verloren hatte, ordnete sie an, dass sich alles, was flugfähige Kampfmittel einbezog, nicht als Spielzeug eignete und daher strikt verboten war. Wenn ich nicht dabei gewesen wäre, einen bewaffneten Überfall auf Rolands Tankstelle zu organisieren, hätte ich meinen Bruder nach Herzenslust und über lange Zeit erpressen können.

Aus der Garage hörten wir die Band spielen. Vor sechs Monaten hatten Rich alias Pickelgesicht, Buzz, Fingers und Cap die Band «Fingers & the Fudge» gegründet. Keiner von ihnen konnte ein Instrument spielen. Fingers war der Leadsänger, alle anderen machten Hintergrundgesang. Cap sang auch manchmal Lead, aber Fingers war eindeutig der Star der Show. Sie sangen zu Karaoke-Tracks, und obwohl Fingers und Cap einigermaßen die richtigen Töne trafen, passten ihre Stimmen überhaupt nicht zusammen. Außerdem waren Rich und Buzz absolut Mist.

«Man kann denen ja kaum zuhören», stellte Johnny J mit einer Kopfbewegung zum Fenster fest.

«Wem sagst du das!», erwiderte ich. Ich bekam echt Albträume von dem Gejaule.

«Ich glaube, Rich hätte gern, dass du mitmachst, er redet ständig davon, wie toll du in der Schulaula warst», sagte ich. «Aber du hast bestimmt keine Lust, oder?»

«Da würde ich eher meine Nudel in den Mixer stecken», antwortete er. Danach blendeten wir die Missklänge wohl aus, denn keiner von uns merkte, als sie verstummten.

«Wo bewahrt deine Mam denn den Reservehausschlüssel auf?», fragte Johnny J.

«In einem Blumentopf neben der Tür.»

«Gut», sagte er und ging direkt zu Rachels Tür. «Das macht meine Mam auch.» Er schaute auf den Boden. Kein Blumentopf in Sicht. Er betrachtete die Tür, griff nach oben, und siehe da, auf dem Rahmenvorsprung lag der Schlüssel. Er hielt ihn mir unter die Nase und grinste.

«Super», sagte ich und boxte ihn in den Arm, meine Art zu sagen: «Gut gemacht.» Ich war halb unter Rachels Bett, als ich hörte, wie Rich die Treppe hochgetrampelt kam.

«Doofkopparschgesicht? Hey, Doofkopparschgesicht, bist du da oben?»

Ach, Mist!

8

Die Band

Johnny J schloss schnell und leise die Tür und legte den Finger an die Lippen.

«Doofkopparschgesicht! Zeig dich, o zeig dich, wo immer du bist!», grölte Rich. Mein Herz raste. Wenn er uns in Rachels Zimmer fand, waren wir erledigt.

Wir hörten, wie er in die anderen Zimmer rein- und rausging.

«Wehe dir, wenn du das Haus verlassen hast, ohne dich bei mir abzumelden.»

Johnny J und ich blieben still, rührten uns nicht und hielten die Luft an.

«Wo bist du?», rief mein Bruder und schlug gegen die Wand. Johnny J deutete aufs Bett und kroch auf dem Bauch darunter. Ich folgte seinem Beispiel. Es war echt staubig da unten, und ich war sicher, dass da auch Spinnen wohnten. Außerdem musste ich niesen, konnte mir aber gerade noch rechtzeitig die Nase zuhalten. Ich gab mir alle Mühe zu vergessen, dass ich mich an einem beengten und sehr staubigen Ort befand. Mein Magen schlug Purzelbäume, aber Johnny entdeckte die Schachtel mit dem Pfefferspray, deutete energisch darauf und formte mit den Lippen die Worte: «DA IST DAS PFEFFER-

SPRAY!» Ich nickte heftig und reckte den Daumen. Er griff sich die Schachtel, und wir warteten.

«DOOF ... KOPP ... ARSCH ... GESICHT!», krähte Rich ein letztes Mal, und mir war klar, dass er direkt vor Rachels Tür stand. Johnny J und ich starrten uns an, ich hielt meine Nase fest und er die Schachtel mit dem Pfefferspray. Wir waren nur ungefähr eine Minute unter Rachels Bett, aber es fühlte sich an wie eine Stunde. Irgendwann hörten wir meinen Bruder die Treppe wieder runterrennen, dann fiel die Hintertür krachend ins Schloss. Sofort krabbelten wir unter dem Bett hervor, und ich stieß einen tiefen Seufzer der Erleichterung aus. Johnny J hielt mir die Schachtel hin, damit ich sie öffnen und zwei von den kleinen Sprühdosen rausholen konnte. Eine davon drückte ich ihm in die Hand.

«Geschafft», sagte ich. Ihm hing ein Stück Spinnennetz am Ohr, supereklig. Ich deutete darauf. «Spinnenhaus», sagte ich. Keine Ahnung, warum, vielleicht hatte ich vor Schreck das Wort für «Netz» vergessen. Aber er wischte es einfach ab, und als wir raus ins Treppenhaus gingen, begutachtete er ausführlich die Sprühdose, während ich Rachels Tür zuschloss und den Schlüssel wieder oben auf die Leiste legte.

«Wissen wir denn überhaupt, ob das Zeug noch funktioniert?», überlegte Johnny J.

«Was meinst du?»

«Na ja, hat es ein Verfallsdatum?»

«Ach nein, keine Ahnung.» Der Karton stand seit zwei Jahren unter Rachels Bett.

Auf der Dose stand nichts von Verfall, nur waren überall rote X und Warnhinweise hinsichtlich Gesundheitsrisiken aufgedruckt.

«Wir sollten es ausprobieren», schlug ich vor.

«An wem?», fragte Johnny J erschrocken.

«Vielleicht finden wir ein paar Freiwillige», sagte ich, obwohl ich genau wusste, dass niemand sich freiwillig melden würde, außer vielleicht Charlie, denn sie war verrückt. Aber obwohl sie das nervigste Mädchen des Planeten war, hätte ich sie niemals ins Gesicht gepfefferspray!

Als wir halb die Treppe runter waren und Johnny das Pfefferspray gerade in die Innentasche seiner Jacke stopfen wollte, erschien Rich, wie aus dem Nichts.

«Freiwillige wofür?», fragte er, und mir sank das Herz fast in die Hosen.

«Für gar nichts!», antwortete ich.

«Um alten Leuten zu helfen», antwortete Johnny J geistesgegenwärtig. *Sehr gute Erwiderung.* Ich wünschte, mir wäre sie selbst eingefallen.

Rich lachte. «Ja, sicher, er hat panische Angst vor alten Leuten.»[DDDMWS23] Anscheinend glaubte er uns nicht.

DDDMWS23

1. Ich zitterte und hatte manchmal Kotze im Mund, wenn alte Menschen mich mit ihren alten knorrigen Händen anfassen wollten.
2. Meine Mutter schrieb das der Tatsache zu, dass unsere Großeltern allesamt nicht mehr lebten. Deshalb hatte ich mich nie an Falten, sonderbare Gerüche und schiefe Körperteile gewöhnen können.
3. Als ich sechs war, hatte eine alte Frau mir die Hand zu schütteln versucht, ich wurde panisch und kickte sie vors Schienbein. Danach ließ meine Mam mich nie wieder in die Nähe von alten Leuten.

«Wo wart ihr überhaupt?», fügte er hinzu und fuchtelte mir mit dem Zeigefinger vor dem Gesicht herum.

«Oben.»

«Lügner.»

«Ich lüge nicht.»

«Ich war aber oben, und du warst da nicht.»

«Tja, ich war da, und jetzt bin ich auf der Treppe. Siehst du?» Ich deutete auf mich selbst.

Das schien Rich zu verwirren. «Aber ich war oben», meinte er und blickte sich irritiert um. «Und hab dich nicht gesehen.»

«Tja, ich dich auch nicht.»

«Aber?», beharrte Rich.

«Brauchst du uns für irgendwas?», mischte Johnny J sich ein und lenkte geschickt vom Thema ab. Rich nickte bedächtig.

«Ja, ihr könntet mitkommen und euch die Band anhören.»

«Nein. Ich hab zu tun», antwortete ich schnell.

«Mit dir hab ich nicht geredet. Johnny J, magst du uns ein bisschen zuhören?»

Also folgten wir Rich zur Garage. Buzz, Fingers und Cap waren dabei, sich im Tanzen zu üben.[DDDMWS24]

DDDMWS24

1. Buzz’ richtiger Name war Ben, aber seine Haare standen so vom Kopf ab, dass die Leute sagten, es käme davon, dass er mit sieben Jahren in die Steckdose gefasst hatte.
2. Fingers hieß eigentlich Justin, aber er hatte bei der Geburt an seiner linken Hand nur den Daumen und zwei Finger gehabt.

«Alles klar, Jungs?», fragte Buzz.

«Ja, alles gut», antwortete Johnny J und lehnte sich an die Wand. Ich stand einfach nur da und wusste nicht, wohin, weil ich noch nie in die Garage eingeladen worden war, wenn die Band probte. Jetzt stellten sie sich auf, und noch bevor sie lossangen, fingen sie an, sich hin und her zu wiegen, dann schnippten sie mit den Fingern, sogar Buzz, was seltsam aussah. Ich war wie hypnotisiert. Rich begann zu zählen.

«Eins, zwei, drei, vier ...» Und dann fingen sie an zu singen. Es hörte sich an wie die Gesangsvariante des Nagelquietschens auf der Tafel.

«Und?», fragte Rich Johnny J, als sie fertig waren.

«Die Harmonien waren ziemlich chaotisch, daran solltet ihr noch arbeiten», antwortete Johnny J, und ich verschränkte die Arme und nickte. Natürlich hatte ich keine Ahnung, was Harmonien genau bedeuteten, aber dass sie chaotisch klangen, konnte ich vorbehaltlos bestätigen!

Cap war der Gutaussehende der Band, der, den alle Mädchen gut fanden. Er warf Johnny J einen bösen Blick zu.

«Was weiß der denn schon, Pickelgesicht?», sagte er zu meinem Bruder Rich, der so viele Pickel im Gesicht

3. Cap war eine Abkürzung für Captain America. Eigentlich hieß er Bradley. Damals war er der einzige Bradley in ganz Irland, denn es war ja ein amerikanischer Name (daher Captain America / Cap). Er hatte ganz normale Haare, alle Finger und auch keine Pickel, deshalb galt er als der Attraktive der Band. Hinter ihm waren die Mädchen her.

hatte, dass es aussah, als hätte er chronische Masern. Fingers grinste wie blöd. Abgesehen von ein, zwei fehlenden Fingern sah er ganz okay aus, und Buzz, na ja, Buzz war von einem anderen Stern, trug rosa Cordhosen und die Pelzjacke seiner Mam. (Und glaubte, er würde damit cool aussehen. Was nicht stimmte.) Er war eigentlich echt nett, aber er machte mich wahnsinnig. Ich wollte nur raus aus diesem Schuppen.

«Spielst du irgendwann mal mit uns?», fragte Fingers Johnny J.

«Tut mir leid, aber ich kann nicht.» *Weil er eher seine Nudel in den Mixer stecken würde. Haha.*

«Ich glaube, wir würden zusammen großartig klingen», meinte Fingers. «Wir arbeiten echt hart.»

«Daran liegt es nicht. Ich hab einfach zu viel zu tun.» *Und er würde lieber seine Nudel in den Mixer stecken. Haha.*

Fingers nickte. «O stimmt, tut mir echt leid mit deiner Mam.»

«Danke.» Johnny sah weg. Er hasste es, wenn Leute seine kranke Mutter erwähnten.

«Denk doch mal drüber nach, vielleicht hast du ja mal Zeit zwischendurch», sagte Rich. «Jedenfalls hätten wir dich echt gern dabei.»

Ja klar, aber er würde lieber seine Nudel in den Mixer stecken! ALSO LASST IHN IN RUHE! Das sagte ich allerdings nicht laut, sondern dachte es nur im Stillen.

«Sorry, aber ich hab echt viel zu tun», wiederholte Johnny J, und als wir endlich gingen, sagte er leise zu mir: «Dein Bruder ist echt ein Spinner.»

Damit sagte er mir nichts Neues, ich wusste es schon lange. Wir waren grade halb den Gartenweg hochgegangen und lachten über die Vorstellung, dass Johnny J mit meinem Spinner-Bruder und seinen Spinner-Freunden singen könnte, als Rich aus der Garage kam und uns nachrief: «Warte mal, Jeremy!»

Johnny J ging in die Küche, ich drehte mich zu meinem Bruder um.

«Was denn?»

Er kam ganz dicht zu mir und flüsterte mir ins Ohr: «Ihr wart in Rachels Zimmer.» Ich machte mir leider ein kleines bisschen in die Hose.

«Waren wir nicht», log ich, wurde dabei aber erst rot und dann knallrot, und mir traten fast die Augen aus dem Kopf. Rich grinste, nickte und zeigte höhnisch auf mein Tomatengesicht. «Jawohl, ihr wart in Rachels Zimmer, und ich versuche grade, irgendwo einen Auftritt zu arrangieren. Wenn ich es schaffe, dann singt Johnny J mit uns.»

«Kommt nicht in die Tüte.»

«Dann sag ich's Mam.»

Jetzt hätte ich ja damit drohen können, ihr von dem Zeug unter seinem Bett zu erzählen, aber dann hätte er einfach alles verschwinden lassen, bevor sie nach Hause kam, und ich konnte jetzt wirklich keinen Krieg riskieren. Wenn Rich mich verpfiff, bekam ich für mindestens eine Woche Hausarrest, und wenn ich Hausarrest hatte, konnte ich Jim Rolands Tankstelle nicht ausrauben. Ich konnte bloß hoffen, dass niemand, der seine fünf Sinne beisammenhatte, Fingers & the Fudge vor dem Wochenende einen Auftritt zusagte, und danach spielte es keine Rolle mehr, ob meine Mutter für den Rest meines Lebens Hausarrest über mich verhängte. Ich entspannte mich ein bisschen. Kein Grund, Johnny J davon zu erzählen und ihm noch mehr Stress aufzuladen. Die Wahrscheinlichkeit war doch verschwindend gering.

9

Das Pfefferspray

Ich liebte den Sommer. Jeder Tag war ein Abenteuer, manche besser als andere. Die meisten verbrachten wir im Wald, kletterten auf Bäume, machten Radrennen, bauten Schaukeln aus Autoreifen und alten Seilen, stürzten von den Bäumen, Rennrädern und Schaukeln ab, wurden in der Notaufnahme verarztet und kehrten zurück, um ahnungslose Teenager zu bespitzeln und auszulachen. Es gab sowieso immer viel zu lachen.

Das Pfefferspray fest in der Hand, trafen Johnny J und ich an unserem geheimen Versammlungsort im Wald ein. Sumo lag im Gras und blickte versonnen zum Himmel empor. Es war ein sonniger, warmer Tag, und unser großer Freund machte einen recht zufriedenen Eindruck. Walker dagegen wanderte im Kreis umher, schob ständig die Brille hoch und murmelte vor sich hin. Als er uns sah, schaute er demonstrativ auf seine Armbanduhr.

«Es ist schon fast eins!» Anscheinend war er richtig sauer.

«Sorry, es hat länger gedauert, weil wir den Schlüssel erst nicht finden konnten», erklärte Johnny J.

Ich ignorierte Walker, denn er kam selbst fast immer

zu spät. Außerdem war es wirklich keine große Sache, und überhaupt – hatte er etwa irgendeine andere Verpflichtung? NEIN.

«Wo ist Charlie?», fragte Johnny J, und ich schöpfte schon Hoffnung, dass sie gar nicht aufkreuzen würde.

Sumo zeigte zum Himmel. Johnny J und ich schauten hoch und sahen Charlie kopfüber an einem Baum hängen und winken. Natürlich musste Charlie Eastman kopfüber an einem Baum hängen – sie konnte nicht einfach richtig rum irgendwo stehen wie ein normaler Mensch. Sie kletterte herunter, und Sumo setzte sich auf. Wir bildeten einen Kreis.

«Und?», fragte Charlie.

Johnny J holte eine Pfefferspraydose aus der Jacke und hielt sie in die Höhe.

«Sieht nicht sonderlich bedrohlich aus», stellte Sumo fest.

«Na ja, ist ja auch bloß eine Dose, und Dosen sehen normalerweise nicht sonderlich bedrohlich aus», sagte Walker.

«Wir müssen nur dafür sorgen, dass jeder, der uns über den Weg läuft, kapiert, wie bedrohlich sie ist», sagte Johnny J.

«Deshalb sind wir der Meinung, dass wir sie testen sollten», sagte ich. «Gibt es Freiwillige?»

Ausnahmsweise blieb sogar Charlie stumm.

«Ich hab Asthma und mach das auf keinen Fall», sagte Walker, und fairerweise stimmten alle überein, dass er nicht geeignet war.

«Ja, Walker, du bist zu schwach», erklärte ich.

«Ich bin nicht schwach, ich habe eine Krankheit», widersprach er.

«Genau – eine Krankheit, die dich schwach macht», sagte Charlie.

«Ach, halt den Mund», sagte Walker.

Ich zuckte die Achseln. «Ist doch die Wahrheit.»

Das war vermutlich das erste Mal, dass Charlie Eastman und ich gleicher Meinung waren.

Zwar legte ich keinerlei Wert darauf, als Versuchskaninchen zu dienen, aber ich fühlte eine gewisse Verpflichtung, weil es ja das Pfefferspray meiner Schwester und das Ganze obendrein meine Idee war. Gerade als ich die Hand heben wollte, sagte Johnny J: «Es ist für meine Mam. Ich mache es.»

Mir gefiel die Idee nicht, dass Johnny J Pfefferspray ins Gesicht bekam. Er hatte schon genug zu ertragen.

«Bist du sicher?», fragte ich ihn.

Er nickte. «Es fühlt sich richtig an.»

«Na gut.» Ich reichte die Dose an Sumo weiter, ich brachte es einfach nicht übers Herz, meinem Kumpel ins Gesicht zu pfeffersprayen. Sumo war ein sanfter Mensch, er würde es richtig machen.

Doch das war ein Irrtum. Er zielte mit der Spraydose auf Johnny, aber leider so, dass die Düse in die falsche Richtung zeigte. Niemand bemerkte es.

«Bereit?», fragte er ruhig und sanft.

Johnny J schluckte, kniff die Augen zusammen und hob den Daumen.

«Bereit.»

«Okay, eins, zwei, drei ...»

Sumo drückte auf die Düse. Wir starrten alle auf Johnny J, der auf den Schmerz gefasst war. Aber nichts passierte.

«Na, anscheinend funktioniert es nicht», sagte Walker, doch im selben Augenblick stieß Sumo einen lauten Schmerzensschrei aus und sank auf die Knie. Die Dose fiel zu Boden.

«Meine Augen, meine Augen!», jammerte Sumo, rieb sich wild die Augen, die im Handumdrehen zuschwollen, sprang auf und rannte im Kreis, bis er schließlich gegen einen Baum knallte.

«Oh, mein Gesicht, mein Gesicht ...», schrie er und fummelte sich weiter in Augen und Gesicht herum.

«Das brennt alles wie Feuer!»

«Was ist denn passiert?», fragte mich Johnny J, packte Sumo und dirigierte ihn weg von den Bäumen.

«Er hat sich selbst ins Gesicht gesprayt!», erklärte Walker.

«Ich bin blind», heulte Sumo [DDDMWS25] und fiel wieder auf die Knie, immer noch an Johnny J geklammert.

«Was machen wir denn jetzt bloß?», fragte Johnny J in die Runde, ohne jemanden direkt anzusprechen.

DDDMWS25

1. Zu den weiteren Symptomen gehörten auch eine Rotznase, Husten, Spucken und der Verlust von Körperkoordination und Balance.
2. Einmal gab er ein Geräusch von sich, das klang wie das Miauen von Mr. Luceys neugeborenen Kätzchen.
3. Sein Mund blieb echt lange weit und kreisförmig aufgerissen.

Sumo rieb sich immer noch wie wild die Augen. Sie sahen echt schlimm aus.

«Ich glaube, du solltest sie lieber nicht reiben», meinte Walker.

Johnny J hielt Sumos Arme von seinem Gesicht weg, was natürlich nicht ganz einfach war, weil Sumo sich wehrte, aber Johnny J redete ihm gut zu und sagte immer wieder: «Es ist nur zu deinem eigenen Besten.»

Sumo warf sich auf den Boden, Johnny J ließ trotzdem nicht locker. «Wir brauchen Wasser», sagte er, und Sumo nickte. Er konnte nicht mehr sprechen, weil er damit beschäftigt war, möglichst tief zu atmen.

«Zu den öffentlichen Toiletten sind es bloß drei Minuten von hier, zu Fuß», sagte Charlie.

«Und?», fragte ich und fühlte mich schrecklich.

«Da kann er den Kopf in die Kloschüssel stecken», erklärte sie.

«Willst du ihn ertränken?» Ich war fassungslos.

«Nein, du Idiot, das Wasser kühlt seine Augen.»

«Das ist aber eklig», gab Johnny J zu bedenken. Normalerweise befanden sich die öffentlichen Toiletten in einem grässlichen Zustand.

«Könnte funktionieren», meinte Walker.

«Sumo, möchtest du, dass wir dich zur öffentlichen Toilette bringen und dein Gesicht in die Kloschüssel stopfen?», fragte Johnny J.

«Ja, bitte!», japste Sumo, und das hätte uns eine Warnung sein sollen. Es war ein Zeichen. Aber wir ignorierten es.

10

Die öffentliche Kacke

Zu viert schafften wir es schließlich, Sumo auf die Beine zu helfen und ihn zu den Toiletten zu schleppen.

Ich checkte die Kabinen, denn ich wollte für Sumo wenigstens die sauberste finden. Die gute Nachricht war, dass alle vor kurzem geputzt worden waren.[DDDMWS26]

«Hier rein! Die ist die beste!», sagte ich. Charlie und Johnny J führten den blinden und japsenden Sumo herein. Walker wartete draußen.[DDDMWS27] Ich machte ihm keinen Vorwurf, es war wirklich hart mit anzusehen.

Sumo kniete sich hin, ich klappte den Toilettensitz hoch, und er steckte den Kopf in die Schüssel. In echt! Nass bis auf die Haut, kam er wieder hoch.

DDDMWS26

1. Das Porzellan hatte braune Flecken.
2. Es roch nach Kacke.
3. Und nach Pipi.

DDDMWS27

1. Walker nannte öffentliche Toiletten gern «öffentliche Kacke» und weigerte sich reinzugehen, weil sie voller Bakterien waren.
2. Er erledigte sein Geschäft immer bei sich zu Hause oder hinter einem Busch.
3. Einmal wurde er mit runtergelassener Hose von einem Fuchs gejagt, aber nicht mal das änderte seine Meinung.

«Ihr müsst spülen», sagte er, steckte dann den Kopf wieder rein, und Johnny drückte mehrmals auf die Spülung, bis Sumo irgendwann wieder hochkam.

«Jetzt reicht's», sagte er und lehnte sich an die Wand. Seine Augen waren nach wie vor knallrot, aber er konnte sie wenigstens wieder aufmachen und richtig atmen, was eine große Erleichterung war. Walker hielt es für das Beste, wenn Sumo frische Luft in die Lungen kriegte.

Später saßen wir am Picknicktisch und starrten Sumo an, der das Spam-Sandwich aß, das er für Notfälle immer in der Innentasche seiner Jacke herumtrug.

«Ich glaube, so was Schlimmes hab ich in meinem ganzen Leben noch nie gesehen», sagte Charlie. Wir waren alle ein bisschen geknickt. Ich musste irgendwas tun, um die Situation wieder in den Griff zu kriegen, also stand ich auf und sagte: «Die gute Nachricht ist also, dass das Spray funktioniert. Aber die schlechte ist, dass wir es absolut und unter keinen Umständen bei Rolands Omi verwenden dürfen.»

Alle nickten. «Wir benutzen es ausschließlich in Notfällen und nicht gegen Personen über sechzig oder unter zehn Jahren», fuhr ich fort.

Alle nickten.

«Vielleicht schläft Mrs. Roland ja ein», sagte ich.

«Und wenn nicht?», fragte Walker.

Die öffentliche Kacke hatte mich auf eine Idee gebracht.

«Sie geht aufs Klo», antwortete ich. «Alte Leute müssen oft pinkeln. Das weiß jeder.»

«Fakt», murmelte Walker.

«Wir observieren die Werkstatt, und wenn Jim Rolands Omi entweder aufs Klo geht oder einschläft, holen Johnny J und ich das Geld aus der Kasse. Charlie, du greifst dir das Kleingeld von hinten. Walker, du hältst weiter Ausschau, und Sumo steht Wache an der Tür.»

«Oh, und wie sag ich euch Bescheid, wenn jemand kommt? Gedankenübertragung, oder was?», fragte Walker weiter. Nicht ganz zu Unrecht.

«Wie wäre es mit unseren Walkie-Talkies?», schlug Johnny J vor.

«Perfekt.»

«Walkie-Talkies?», wiederholte Walker. «Ich liebe Walkie-Talkies.»

«Großartig», sagte ich, und auf einmal sah alles schon viel hoffnungsvoller aus. Sumo sagte nicht viel außer: «Ich rieche Pipi», und er schärfte uns ein, niemandem jemals zu verraten, dass er den Kopf sechzehnmal hintereinander in eine öffentliche Kloschüssel gesteckt hatte. Wir schworen es ihm, aber es war gelogen. Irgendwann erzählten wir es jedem, der es hören wollte.

Johnny J und ich begleiteten Sumo nach Hause, weil wir fanden, das wäre unter den gegebenen Umständen das Mindeste, was wir tun konnten.

«Danke, Sumo», sagte Johnny J vor Sumos Haustür, und als Sumo ihn daraufhin umarmte, erdrückte er ihn fast.

«Gern geschehen», sagte er, obwohl er es garantiert nicht so meinte.

Charlie saß auf Johnny Js Gartenmauer, als wir den Weg hochkamen. «Ich dachte, du wärst nach Hause gegangen.» Sie wollte einfach nicht verschwinden.

«Meine Ma ist dadrin», erklärte sie.

«Oh», sagte ich.

Johnny J setzte sich neben Charlie auf die Mauer. Ich stand einfach nur da.

«Heute Morgen hat sie was gegessen», sagte er. Natürlich meinte er seine Mutter.

«Das ist gut», sagte Charlie.

«Ja.»

Ich fühlte mich unbehaglich, so als sollte ich lieber nicht da sein, aber Johnny war mein bester Freund und nicht ihrer.

«Ich muss nach Hause», sagte ich, aber keiner von beiden hörte mich, weil Charlie damit beschäftigt war, Johnny J irgendwas ins Ohr zu flüstern. *Dämliches, unverschämtes, läppisches Mädchen.*

«Bis morgen dann», rief ich noch, dann ging ich davon und ließ Johnny J mit Charlie allein auf der Mauer, wo er mit ihr über die Dinge redete, über die sie redeten, wenn ich nicht in der Nähe war. Mit mir redete Charlie Eastman nie so, aber das war mir egal. Ich wollte überhaupt nicht mit ihr reden.

In der Nacht lag ich wach im Bett, hörte Rich im Nebenzimmer singen und machte mir Sorgen wegen des Raubüberfalls. Nur noch zwei Tage. Danach, sagte ich mir, danach würden wir es hinter uns haben. Aber natürlich war der Überfall nur der Anfang.

11

Die Bestechung

Am Tag vor dem Überfall wachte ich wie an jedem anderen Morgen davon auf, dass meine Mam brüllte: «JEREMY RICH! JEREMY! RICH! AUFSTEHEN! STEHT AUF, STEHT AUF!»

Normalerweise war ich dann schon wach und startklar, dagegen hörte mein Bruder nie was von Mams Geschrei, sondern schnarchte einfach weiter. Die Welt mochte untergehen, aber Rich würde es verschlafen. Ich sprang aus dem Bett und streckte mich.[DDDMWS28]

Während ich noch dabei war, stürzte plötzlich Rich in mein Zimmer. Ich war ziemlich überrascht, denn normalerweise hatte ich mein Frühstück schon halb aufgegessen, wenn meine Mutter ihn irgendwann in die Küche bugsierte. Natürlich ließ er sich wie üblich auf mein frisch gemachtes Bett plumpsen, obwohl er ganz genau wusste,

DDDMWS28

1. Ich hatte dauernd Wachstumsschmerzen, weil ich so schnell wuchs.
2. Unser Hausarzt hatte mir gesagt, wenn ich mich morgens und abends kräftig streckte, würde das helfen. In seiner Freizeit war er Fußballtrainer, also wusste er über so was Bescheid.
3. Da Rich so klein war, brauchte er sich nicht zu strecken, was ihn ärgerte.

wie sehr ich mich darüber ärgerte, wenn er auf meinem Bett saß. Genau deshalb tat er es ja und schaukelte extra noch ein paarmal auf den Arschbacken hin und her, um meine Laken auch bestimmt schön zu zerknittern.

«Doofkopparschgesicht.»

«Was willst du, Rich?», fragte ich, denn ich war wirklich nicht in Stimmung für seine Spielchen, ich hatte anderes im Kopf.

«Du musst dir die Haare schneiden lassen», sagte er. «Die sehen aus wie von einem Mädchen, total bescheuert.»

Ich nahm mein Gummiband, zwirbelte mir die Haare zu einem Knoten und steckte meinen Lieblingsstift durch.

«Und du siehst aus, als wärst du aus Lego», sagte ich dann. «Ein langweiliges braun angezogenes Legomännchen.» Rich hatte kurze Haare, und sein Kopf sah ein bisschen viereckig aus. Irgendwie ähnelte er wirklich einem stummeligen, grummeligen Legomännchen.

«Ach halt doch den Mund», sagte er, und mir war klar, dass ich einen Nerv getroffen hatte. Schön, das machte mich froh. *Jetzt aber runter von meinem Bett.*

«Aber ich hab gute Neuigkeiten – ich hab uns nämlich einen Gig beschafft.»

«Wann?», fragte ich sofort. Wenn es irgendwann nach dem nächsten Abend war, war alles gut.

«Mam hat Mr. Cornally gefragt, ob wir morgen Abend, wenn das Spiel vorbei ist, bei ihm auftreten können, also solltest du baldigst deinen Freund fragen, denn wir müssen ja loslegen mit dem Proben.»

Ich glaube, ich gab irgendein Geräusch von mir, denn ich hörte eine Art Ächzen, und es kam aus meiner Richtung. Auf einmal tat mir der Kopf weh, und mein Magen krampfte sich zusammen. MORGEN ABEND!!!!

«Ja, Cornally's lässt es richtig krachen. Er hat sogar eine Fritteuse gekauft und verteilt beim Spiel Pommes und Würstchen. Da muss man hin, Jeremy. Sag Johnny J, es wird garantiert knallvoll.»

Ich brachte kein Wort heraus. Obwohl ich es wirklich wollte. Ich wollte schreien. Und zwar: «NEIN! AUF GAR KEINEN FALL! NIEMALS!» Aber ich konnte es nicht riskieren.

«Das ist doch viel zu früh, ihr seid noch nicht so weit», stieß ich schließlich mit heiserer Stimme hervor.

«Na, umso mehr Grund, dass du deinen Freund herholst und wir anfangen zu proben», sagte Rich.

Wir mussten heute die Tankstelle auskundschaften und den Überfall auf Jim Rolands Omi üben. «Johnny Js Mam ist krank», sagte ich und hoffte, damit an Richs weiche Seite appellieren zu können. Tatsächlich dachte er eine Minute angestrengt nach.

«Wir haben alle unsere Probleme», sagte er dann. «Und wenn er nicht wenigstens diesen einen Gig mit der Band macht, kriegst du Riesenärger mit Mam. Deine Entscheidung.»

Damit marschierte Rich aus meinem Zimmer. Ein wirklich schlechter Start in den Tag.

Es regnete. Wenn es regnete, trafen wir uns immer im Gartenhäuschen. Charlie war schon da, und allmählich wurde mir klar, dass ich ihre Anwesenheit in der Gruppe akzeptieren musste. Es war hart. *Immer diese blöden Veränderungen.*[DDDMWS29] Sie saß auf meinem Platz. *Nervig.* Auf das Sofa passten drei Leute, na ja, genau genommen zweieinhalb: Johnny J links, Walker in der Mitte und ich rechts. Sumo hatte seinen Sitzsack, den größten Sitzsack, den ich jemals gesehen hatte. Seine Mam hatte ihn eigens für ihn gemacht, und er hatte jedes Mal beim Aufstehen Schwierigkeiten, aber dann kicherte er in sich hinein, als machte ihm die Herausforderung Spaß. Ich schaute mich um, aber es gab keine anderen Sitzplätze. Walker zog ein Kissen hinter seinem Rücken hervor, warf es mir zu, und ich setzte mich drauf.

«Üben wir jetzt diesen Raubüberfall oder nicht?», fragte er.

«Tun wir. Aber ohne Johnny J», sagte ich.

«Was?», fragte Johnny.

«Rich weiß, dass wir in Rachels Zimmer waren, und jetzt droht er damit, uns bei meiner Mam zu verpetzen.

DDDMWS29

1. Mrs. Murphy (meine liebste Lieblingslehrerin aller Zeiten) hatte die Schule verlassen, weil sie ein Baby bekam, und uns versprochen, ihre Nachfolgerin wäre wunderbar und nett. Aber sie war fies wie eine Schlange und brachte Sumo zum Weinen. Veränderungen sind scheiße.
2. Aus Colin Baker als Dr. Who wurde Sylvester McCoy als Dr. Who! Veränderungen sind scheiße!
3. Der Supermarkt in unserer Nähe nahm die Großpackung von 5-4-3-2-1, dem besten Schokoriegel der Welt, aus dem Sortiment, und meine Mutter kaufte Schokolade nur in Großpackungen. Veränderungen sind scheiße!

Wenn er es tut, krieg ich Hausarrest. Und wenn ich Hausarrest habe, dann können wir den Raubüberfall bei Rolands vergessen.»

«Aber was hat das damit zu tun, dass ich nicht übe?», fragte Johnny J.

«Rich will, dass du nach dem Spiel morgen Abend in seiner Band mitmachst, sie haben einen Gig im Pub.» Meine Stimme überschlug sich schon wieder ein bisschen. Das tat sie ganz schön oft in letzter Zeit. Es machte mich wahnsinnig.

Walker lachte. «Das sind doch Spinner.»

«Ich mach das nicht», verkündete Johnny J.

«Musst du aber», sagte ich.

«Ausgeschlossen!», sagte er.

«Doch, du musst», mischte Charlie sich ein. Johnny J sah sie an, schüttelte den Kopf und seufzte. Ich konnte nicht glauben, dass sie mich unterstützte, und er hörte auch noch auf sie! «Du musst heute und morgen mit ihnen proben!»

«Morgen überfalle ich Rolands Tankstelle», widersprach Johnny J.

«Die werden sich das Spiel anschauen, wie alle anderen auch», sagte ich.

«Außer uns», warf Sumo ein. Es klang traurig. War es ja auch.

«Alle außer uns», pflichtete ich ihm bei.

Johnny J stand auf. «Na gut», sagte er, «aber danach werde ich nie wieder bei ihnen singen.»

«Auf gar keinen Fall», bestätigte ich.

Er ging, und ich setzte mich auf seinen Platz.

«Was jetzt?», fragte Charlie.

«Charlie, du tust, als wärst du Jim Rolands Granny.»

«Warum? Weil ich ein Mädchen bin?»

«Nein», antwortete ich. *Ja*, dachte ich.

«Sei du doch Jim Rolands Granny», hielt sie dagegen.

«Ich kann nicht Jim Rolands Omi sein, weil ich das Geld aus der Kasse hole», beharrte ich.

«Tja, und ich hole das Geld aus dem Hinterzimmer.» Das war nicht von der Hand zu weisen, also stand ich auf und drückte Sumo einen aufgerollten Comic in die Hand.

«Was soll ich denn damit?», fragte er.

«Tu so, als wäre es das Pfefferspray, und stell dich an die Tür.»

«Ich benutz dieses Spray aber nicht.»

«Ich weiß. Stell dich einfach an die Tür.»

Er tat es. Ich sah Walker an. «Du musst die Omi sein.»

«Aber ich stehe Schmiere!»

«Tja, du musst eben beides sein.»

«Das kann ich aber nicht.»

«Wir tun doch bloß so, also tu so, als wärst du beides.»

Widerwillig gab er nach.

Jetzt ist es so weit, dachte ich. *Wir üben einen Raubüberfall.* Ich musste mich anstrengen, die Tränen zurückzuhalten, aber ich schluckte sie runter und machte mich ans Werk.

12

Der Durchfall

Nun folgten zwei Stunden Üben / Proben / Spielen / Rumalbern und Zeitverschwenden. Sumo wehrte erfundene alte Männer / junge Männer / Kids / Frauen mit Kinderwagen / Aliens / Oger und sogar einen Ritter ab. Er warnte sie, dass er Pfefferspray in der Hand hielt, aber in keinem Kampfszenario tat er so, als würde er es benutzen. Walker beschloss, dass Jim Rolands Omi gerne zwickte, und als ich ihn fesseln wollte, kniff er mich echt hart und erzählte mir dabei mit krächzender Stimme, ich wäre ein frecher kleiner Schnösel. Danach war die Omi noch ein Kickboxer, eine Stuntfrau und ein Ninja. Insgesamt war das alles sehr nervig. Weil er dabei ständig so rumhopste, war es unmöglich, ihn zu fesseln, und wir kriegten uns in die Haare.

«Nimm die Sache gefälligst ernst!», schrie ich ihn an.

«Tu ich ja. Aber ich soll es dir doch schwermachen», erwiderte er.

«Ja, aber nicht unmöglich. Sie ist eine alte Frau und kann garantiert keine Karate-Kid-Kicks!»

Charlie nahm ein Buch und warf es Walker an den Kopf.

«Autsch!», brüllte er und rieb sich den Kopf.

«Das nächste Mal schlag ich dich k. o.», sagte sie und wandte sich dann mir zu. «Jetzt trainier endlich, ihn zu fesseln. Du musst ihn sichern, ohne ihm weh zu tun. Schließlich geht es um eine alte Frau.»

Ich nickte. Es ärgerte mich, dass sie sich so chefig aufführte, aber gleichzeitig beeindruckte es mich auch. Sie machte sich wieder daran, das Öffnen der Geldkassette ihres Vaters zu trainieren. Als sie es geschafft hatte, kippte sie das Geld in eine Tüte und rannte zur Tür. Das tat sie mehrmals, was etwas seltsam wirkte. Als sie es zum ersten Mal in weniger als zehn Sekunden geschafft hatte, schien sie zufrieden zu sein.

«Ich weiß nicht, wie es bei euch ist, aber ich werde das hinkriegen», verkündete sie.

Gegen sechs trennten wir uns. Als ich meine Straße hochging, sah ich Johnny J aus unserem Haus kommen, die Gitarre über der Schulter. Ich rannte ihm nach.

«Wie war es?», fragte ich ihn.

«Darüber will ich nicht sprechen», antwortete er.

«Okay.»

«Und bei euch?»

«Na ja, wenn wir von Aliens verfolgt werden oder wenn sich rausstellt, dass Jim Rolands Omi ein Ninja ist, dann werden wir kein Problem haben», sagte ich.

«Muss ich mir Sorgen machen?»

«Nein, nein.» *Doch, eigentlich schon.* Mein Bauch fing laut an zu grummeln. Wir taten beide so, als hörten wir es nicht.

«Wir treffen uns nach dem Abendessen im Wald, mit

dem Fahrrad, und dann radeln wir zurück zu Rolands Tankstelle und stoppen die Zeit.»

«Gute Idee. Ich bin dabei.»

Rich hatte Johnny J gebeten, nach dem Essen noch mal zur Probe zu kommen, aber Johnny J hatte ihm gesagt, du kannst mich mal, und gegen Johnny J hatte mein Bruder ja keine Handhabe, ihn konnte er nicht erpressen, also lächelte er bloß und sagte, dann also bis morgen. *Armer Johnny J.*

«Sind sie denn immer noch so schlecht?», fragte ich, als wir zu seiner Tür kamen. Johnny J schüttelte nur traurig den Kopf.

Also rief ich: «Bis nachher dann!», und rannte nach Hause, weil ich plötzlich wieder ganz dringend aufs Klo musste. O *nein!* Ich rannte los, Beine bis zu den Knien aneinandergequetscht, Po eng zusammengekniffen.

«Alles gut, Sohn?», fragte mein Dad, als ich mich im Flur an ihm vorbeidrängte, meinen Hosenboden festhielt und im Eiltempo die Treppe hochrannte.

«Nein!», rief ich zurück und wollte die Klotür aufreißen. Aber sie war verschlossen.[DDDMWS30]

DDDMWS30
1. In den achtziger Jahren hatten die meisten irischen Wohnungen nur eine einzige Toilette, im Bad.
2. Toiletten, Waschbecken und Badewannen gab es in Giftgrün, Blassrosa und Dunkelbraun. Wir hatten eine blassrosa Badewanne, ein giftgrünes Waschbecken und eine giftgrüne Toilette, weil mein Dad die Sachen preiswert kriegen konnte.
3. Alle Leute, die ich kannte, hatten Teppichboden im Bad. Man stelle sich vor, was da alles einsickert!

«Neeeeeeeeiiiiiin!», brüllte ich und hämmerte mit beiden Fäusten gegen die Tür. «Komm raus, komm raus, komm raus!»

Von drinnen hörte ich Richs dreckige Lache.

«Na, hast du mal wieder Verdauungsprobleme, Jeremy?», flötete er, während ich hämmerte und brüllte und ein bisschen heulte, weil ich spürte, wie die glühend heiße Lava in meine Hose rutschte und mein Bein runtertriefte.

«Geh doch mal lieber nach oben, Debbie», rief mein Dad. «Jeremy hat wieder Probleme.»

Schnell wie der Wind kam meine Mam die Treppe raufgestürmt. «Mach, dass du rauskommst, Rich, auf der Stelle!», brüllte sie. Er öffnete grinsend die Tür, und ich hielt meine Hose fest und stolperte rein. Meine Mam blieb draußen, während mein Innerstes mit Karacho in die Toilettenschüssel plumpste und einen entsetzlichen Gestank verbreitete. Der Versuch, die Jeans runterzuziehen, ohne meine Beine von oben bis unten mit Kacke vollzuschmieren, war tierisch anstrengend, und als ich endlich so weit war, dass ich mir die Beine abduschen konnte, heulte ich laut. Die ganze Zeit über stand meine Mutter vor der Tür und sagte Dinge wie: «Okay, Jeremy, jetzt ist alles gut, deine Mammy ist da. Keine Panik.» Einmal sang sie sogar leise: «You've got a friend», das war nämlich ihr Lieblingslied, das sie gern bei Partys zum Besten gab. Als ich die Tür wieder aufmachte und rauskam, musterte sie mich mit einem einzigen kurzen Blick von oben bis unten.

«Du bist ganz bleich», sagte sie und legte mir die Hand auf die Stirn. «Aber du hast kein Fieber.»

«Alles okay», murmelte ich und war mir sehr bewusst, dass meine verkackte Jeans und meine Unterhose noch im Bad lagen. Ich hatte versucht, sie auszuwaschen, aber der Brechreiz war zu schlimm gewesen.

«Hast du Stress?», fragte Mam, aber das konnte ich ja nicht zugeben, weil sie mich sonst gefragt hätte, warum, und dann wäre ich zusammengebrochen und hätte ihr alles gestanden.

«Nein, ich hab wahrscheinlich bei Sumo was Schlechtes gegessen», antwortete ich deshalb lieber.

«Doch nicht etwa dieses eklige Spam-Zeug?»

«Doch, Spam», log ich.

«O Gott», sagte sie. «Leg dich ins Bett, ich mach eine Flasche 7Up auf.»

«Ach nein, mir geht's gut», wehrte ich ab, obwohl ich ehrlich befürchtete, dem Tode nah zu sein. Das Zeug, das aus mir rausgekommen war!

«Nein, dir geht es gar nicht gut», widersprach sie entschieden und führte mich ab in mein Zimmer. «Aber mach dir keine Sorgen, das wird schon wieder. Mit ein bisschen abgestandenem 7Up bist du morgen früh wieder fit.» Für Notfälle hatte meine Mutter immer eine offene Flasche mit abgestandener 7Up im Kühlschrank.[DDDMWS31]

DDDMWS31

1. Damals hielten viele Mütter abgestandenes 7Up für ein Allheilmittel – egal ob bei Magenverstimmung, bei Erkältung, bei Grippe, bei Beinbrüchen oder auch bei fehlenden Zehen.

Ich konnte jetzt nicht ins Bett und die ganze Nacht abgestandene 7Up trinken! Ich musste meine Kumpels im Wald treffen und testen, wie lange wir zu Rolands Tankstelle brauchten. Aber ehe ich protestieren konnte, hatte meine Mam mich in meinen Pyjama gesteckt, und ich lag 7Up-schlürfend im Bett. Aus meinem Zimmer zu fliehen, würde sich genauso schwierig gestalten wie die Flucht aus einem Hochsicherheitstrakt irgendwo in der Welt. Es war die absolute Katastrophe!

2. Wenn einem Kind draußen auf unserer Straße irgendwas zustieß, hörte man, noch bevor sich die Haustür hinter ihm geschlossen hatte, unweigerlich das Drehgeräusch des Flaschendeckels und das Entweichen der Kohlensäure.
3. Meines Wissens gibt es keinen medizinischen Beweis der Theorie, dass abgestandenes 7Up ein Allheilmittel ist, aber es schmeckt spitze.

13

Die Flucht

Das Telefon im Flur klingelte. Mam rief aus der Küche, Rich oder mein Vater sollte gefälligst drangehen, aber die saßen beide auf dem Sofa und schrien den Fernseher an, während es klingelte und klingelte. Schließlich ging meine Mutter doch dran.

«Hallo, hier bei Reillys, mit wem spreche ich?[DDDMWS32] Ah, du bist es, Liebes.» Ich wusste, dass es Rachel war, kaum dass meine Mutter abgehoben hatte.

«Was macht die Ausbildung, alles gut mit der Krankenpflege? ... O Gott. Und wie geht es dem reizenden jungen Mann, mit dem du zusammen bist? ... Ich weiß, dass er Rupert heißt, Rachel ... Das weiß ich, ehrlich. Lieber Gott, ich wusste nicht, dass das ein Test sein sollte!»

Meine Mutter und Rachel hatten ein sehr seltsames Verhältnis. Sie vergötterten und nervten einander zu

DDDMWS32

1. Damals gab es in jedem Haushalt bloß ein einziges Telefon, und das befand sich unten in der Diele.
2. Wenn man dranging, wusste man nicht, wer anrief. Es hätte jeder sein können!
3. Kinder mussten um Erlaubnis bitten, wenn sie das Telefon benutzen wollten, und wenn die Telefonrechnung kam, wurden die Väter verrückt, und die Kids brachten sich schleunigst in Sicherheit.

gleichen Teilen. Das Hin und Her setzte sich noch eine Weile fort, meine Mam fragte meine Schwester, wie es ihr ging, was sie vorhatte und ob sie auch daran dachte, ihren Mantel anzuziehen. Obwohl wir doch Juni hatten.

Ich lag im Bett und hörte jedes Wort, denn damals waren unsere Wände so dünn wie Papier, und meine Mam redete echt laut – ich war panisch damit beschäftigt, mir den Kopf wegen einer Fluchtmöglichkeit zu zermartern, und ihre durchdringende Stimme brachte mich dauernd aus dem Konzept. Dann erwähnte sie auch noch Mrs. Tulsi, und mein Herz begann zu rasen. «O Rachel, Liebes, es geht ihr nicht gut. Gar nicht gut.» Schließlich weinte sie sogar wieder, tiefe laute Schluchzer. «Die Ärzte sagen, mit Glück überlebt sie den Sommer. Ted ist fix und fertig. Er weiß nicht, was er tun soll. Und ihre Schwester, du weißt ja, wie die drauf ist. Jetzt ist sie auf dem Weg hierher.» Das war die schlimmste Nachricht, die ich in meinem ganzen Leben gehört hatte. Plötzlich hatte ich dröhnende Kopfschmerzen und schwitzige Hände. O *nein, o nein, o nein.* Am liebsten hätte ich den Kopf an die Wand geschlagen, mit den Füßen gestampft, geschrien, mich geschüttelt und wäre auf und ab gehopst. Ich wollte rennen, boxen, treten, brüllen. Aber stattdessen kroch ich in mein Bett, unter die Decke und weinte ein bisschen, bis meine Mam endlich auflegte.

Nachdem ich mir die Tränen abgewischt hatte, konnte ich mich darauf konzentrieren, was jetzt anstand. Ich musste fliehen, und zwar schnell. Draußen war es noch hell und sonnig, und meine Mutter hatte die Vorhänge zugezogen, weil ich ja schlafen sollte. Ich griff nach meiner alten Mickymaus-Uhr. Es war kurz nach sieben, also hatte ich weniger als dreißig Minuten, um aus dem Haus und in den Wald zu kommen. Zum Wald brauchte man mit dem Fahrrad zwanzig Minuten, aber mein Fahrrad stand im Garten, und es ungesehen zu erreichen, war schlicht unmöglich. Wie lange es dauern würde, in den Wald zu rennen, wusste ich nicht, weil ich es nie ausprobiert hatte. Meine Eingeweide drückten, mein Kopf tat weh, meine Augen brannten, aber ich war wild entschlossen. Als Erstes stopfte ich die Kissen so unter die Decke, dass es aussah, als läge da ein Mensch, dann spähte ich vorsichtig aus der Tür. Da die Luft rein zu sein schien, schlich ich auf Zehenspitzen hinaus in den Korridor. Auf halbem Weg zur Treppe hörte ich die Klospülung und flitzte schnell zurück in mein Zimmer, schloss leise die Tür und lehnte mich dagegen, um zu hören, wann die Klotür auf- und wieder zuging. Kurz darauf kam mein Dad pfeifend aus der Toilette, auf halber Treppe stimmte er ein altes Seemannslied an. Ich wartete, bis ich ihn nicht mehr hörte, dann streckte ich wieder die Nase aus der Tür. Schaute nach links und rechts. Alles leer. Die Badezimmertür stand offen, von dort würde mich also keine Überraschung ereilen. Rich jaulte in der Garage, Rachel war meilenweit entfernt in der Schwesternschule, nur meine Mam war übrig, und ich war nicht sicher, wo sie sich aufhielt. Mit wild klopfendem Herzen schlich ich die Treppe hinunter. Die Tür zum Wohnzimmer war zu, ich hörte Johnny Giles im

Fernsehen, er redete über das Spiel England-Niederlande, und mein Dad lachte.

«Ganz recht, Johnny, Gott im Himmel, besser hätte man es nicht sagen können», erklärte er dem Fernseher. Die Küchentür stand offen, und von dort, wo ich auf der Treppe stand, konnte ich meine Mutter darin herumwerkeln hören. Ich quetschte mich platt an die Wand. Die Küche lag ganz am Ende des Flurs, was bedeutete, wenn die Tür offen war wie jetzt, hatte meine Mam direkte Sichtverbindung. Das Blut pulsierte mit atemberaubender Geschwindigkeit durch meine Adern. Als ich hörte, wie der Wasserkocher anging, wusste ich, dass das für mich hieß: jetzt oder nie!

Wenn sie Tee machte, wandte sie der Tür den Rücken zu. Ich packte also meine Jacke, öffnete die Tür superlangsam und vorsichtig, schob mich raus und schloss sie lautlos wieder. Frische Luft traf mein Gesicht, ich schmeckte die Freiheit und rannte los, so schnell mich meine Füße trugen.

Die Jungs und Charlie saßen um den Picknicktisch und warteten bereits auf mich. Es war zwanzig vor acht, als ich ankam, und ich war den ganzen Weg gerannt.

«Was hat denn so lange gedauert?», fragte Walker genervt.

«Sorry, ich musste fliehen, Mam hat mich ins Bett gesteckt, lange Geschichte», erklärte ich keuchend und hielt meinen Bauch fest, damit das, was noch drin war, nicht doch noch zu entwischen versuchte.

«Du siehst nicht gut aus», stellte Charlie fest.

«Na ja, ich bin grade einen Marathon gelaufen», erwiderte ich. «Ich möchte nicht wissen, wie du da aussehen würdest.»

«Nur die Ruhe», sagte sie, jetzt ebenfalls genervt. Sumo saß auf dem Boden und aß ein Spam-Sandwich. Von dem Geruch wurde mir komisch. *Reiß dich zusammen, Jeremy.*

«Wo ist denn dein Fahrrad?», fragte mich Johnny J.

«In unserem Garten», antwortete ich, und alle starrten mich an. «Ich konnte es nicht mitnehmen, sonst hätten sie mich erwischt.»

«Wie sollen wir denn dann unsere Route planen?», fragte Walker.

«Ich setz mich einfach bei einem von euch hintendrauf», sagte ich.

«Am besten fährst du das von Walker mit ihm hintendrauf», schlug Sumo vor.

«Gute Idee», meinte Walker, «mein Asthma spielt sich nämlich grade ganz schön auf.» Das stimmte nicht, er war einfach nur faul. Eigentlich hätte ich mich lieber ausgeruht, nachdem ich mir die Seele aus dem Leib gekackt hatte und fünf Meilen gerannt war.

Alle stiegen auf ihre Fahrräder, und wir stellten uns in eine Reihe: Johnny J, ich mit Walker hinter mir, der sich für meinen Geschmack etwas zu fest an mich klammerte, dann Sumo. Charlie bildete die Nachhut, und da sie die Einzige mit einem Korb vornedran war, beschlossen wir einstimmig, dass sie die Geldtaschen nehmen sollte.

«Fertig?», fragte ich.

«Fertig», antworteten alle, und wir radelten los.

14

Die Probe

Wir radelten also los. Die Hauptstraße entlang, durch die Pearce-Siedlung und über die Brücke dauerte es vom Wald bis zu Rolands Tankstelle genau zehn Minuten. Als wir ankamen, parkten wir unsere Fahrräder hinter einem großen Container auf dem Brachland gegenüber der Tankstelle und kauerten uns hinter die grasige Böschung. Walker hatte einen Feldstecher dabei, den er sich aus dem Schlafzimmer seines Dads geborgt hatte. Den hielt er sich jetzt vors Gesicht und fing an, uns alles zu erzählen, was wir sehen konnten.

«Also, dadrin sind Roland und der älteste Sohn, ihr wisst schon, der mit dem Ronnie und den schlechten Zähnen.»[DDDMWS33]

«Wir sind bloß auf der anderen Straßenseite, Walker, nicht meilenweit entfernt», sagte Charlie, aber er schenkte ihr keine Beachtung.

DDDMWS33

1. Ronnie ist Dubliner Slang für einen Schnurrbart.
2. Die Leute behaupteten, Rolands Sohn hätte sich einen wachsen lassen, um seine schlechten Zähne dahinter zu verstecken.
3. Das funktionierte leider nicht. Der Schnurrbart rahmte sie bloß ein.

«Die lachen über irgendwas, und Ronnie McMieszahn verdrückt grade einen Schokoriegel.»

«Wow, das ist echt nützlich», sagte Charlie. Sie konnte richtig sarkastisch werden.

Doch Walker ignorierte sie weiter.

«Walker, check doch mal die Kameras dadrüben», sagte ich und deutete auf die beiden Kameras bei den Zapfsäulen. «Sind die fest, oder bewegen die sich?»

«Gute Frage», meinte er, stellte den Feldstecher scharf und sah nach. «Nee, keinerlei Bewegung, die bleiben stabil.»

«Wenn wir also von der Ladenseite kommen und dort auch wieder verschwinden, kriegen sie uns nicht drauf», folgerte Johnny J.

«Ja», bestätigte Walker, «und ich habe von hier eine gute Sicht auf die ganze Straße. Ich kann dir sagen, ob jemand kommt, bevor er auch nur den Außenbereich erreicht.» Inzwischen machte er einen geradezu zuversichtlichen Eindruck, fokussierte den Feldstecher wieder neu und richtete ihn auf die öffentlichen Toiletten. Da die um die Ecke lagen, konnte er allerdings nicht viel sehen und ließ das Fernglas wieder sinken. «Was glaubt ihr, wie lange die Oma zum Pinkeln braucht?», fragte er, und Sumo verzog das Gesicht.

«Meine Omi braucht immer eine halbe Ewigkeit», verkündete Charlie.

«Meine auch», sagte Walker.

«Was meint ihr, wie lange wir brauchen, um das Geld aus der Kasse und von hinten zu holen?», fragte Johnny J.

«Zehn Sekunden», antwortete Charlie. «Und wir haben auch geübt, die Omi zu fesseln, für den Fall, dass sie nicht aufs Klo geht.» Anscheinend war Johnny J mit dem Ganzen nicht so ganz zufrieden. Wir diskutierten eine Weile. Ich machte ihn darauf aufmerksam, dass wir den Überfall ja nur in der Zeit durchziehen konnten, in der das Spiel lief. Wenn die Omi nun eine starke Blase hatte und wir keinen Plan B, waren wir erledigt. Darüber redeten und debattierten wir ebenfalls ausführlich, aber dann rief Walker plötzlich, wir sollten mal still sein. «Ronnie McMieszahn ist unterwegs.» Ich schaute auf meine Mickymaus-Uhr [DDDMWS34] und zählte die Sekunden, die er brauchte, um aus der Werkstatt auf den Hof und dann um die Ecke zu den Toiletten zu gehen.

«Genau zehn Sekunden.» Dann warteten wir wieder, und ich behielt den Sekundenzeiger auf meiner Uhr im Auge und zählte: zwanzig Sekunden, dreißig ... fünfzig ... eine Minute ... eine Minute zehn ... zwanzig, während die anderen zur Toilette hinüberstarrten, bis Ronnie nach gut zwei Minuten und fünfzehn Sekunden wieder rauskam. Dann zählten wir noch mal elf Sekunden, die er vom Klo zurück in die Werkstatt und an den Tresen brauchte.

DDDMWS34

1. Nein, ich mochte Mickymaus nicht besonders.
2. Es war ein Kommunionsgeschenk gewesen. Ich war damals sieben Jahre alt.
3. Ich hatte sie nur ein paar Mal an, und das immer bei den Überfällen.

«Das heißt, wir haben zwei Minuten fünfundzwanzig Sekunden, also reichlich Zeit», fasste ich das Ergebnis zusammen.

Aber Walker verbesserte mich sofort: «Wir haben zwei Minuten minus der Zeit, die wir zum Rein- und Rausgehen brauchen. Schließlich wollen wir ihnen da ja nicht über den Weg laufen.» Damit hatte er nicht unrecht.

«Aber eine Omi braucht viel länger zum Klo und zurück», warf Charlie ein.

«Wenn sie überhaupt zum Klo geht», gab Sumo zu bedenken.

Daraufhin diskutierten wir wieder eine Weile über das Fesseln einer Oma. Johnny J sagte, er würde eher den Überfall gar nicht machen, als einer Lady auch nur ein Haar zu krümmen.

Ich fand diesen Punkt auch problematisch. Ob Johnny J wusste, was ich wusste? Nämlich dass seine Mutter ohne amerikanische Hilfe den Sommer wahrscheinlich nicht überleben würde? Aber ich sagte nichts, ich wusste nicht, wie, und ich wollte auch nicht darüber reden. Ich konnte mich dem nicht stellen. Irgendwann einigten wir uns dann, dass wir den Raubüberfall nur machen würden, wenn die Oma aufs Klo ging, und Charlie schlug vor, sie könnte etwas von der hausgemachten Limonade ihrer Mam mitbringen und sie Rolands Oma für zehn Pence verkaufen.

«Warum sollte dir jemand in einer Tankstelle Limonade abkaufen?»

«Na ja, erstens ist sie total lecker, und zweitens bin ich

sehr süß – sie findet mich entzückend, und ich tue so, als sammle ich damit Geld für unsere Fußballmannschaft.»

«Geniale Idee», sagte ich, bevor ich wusste, dass so etwas aus meinem Mund kommen würde.

«Ja, genial», sagte Johnny J.

«Ich bin eben GENIAL», sagte Charlie, aber in diesem Augenblick machte sie schon einen viel weniger genialen Eindruck.

Der neue Plan besagte also, dass Charlie mit einer Flasche Limonade für Jim Rolands Omi in den Tankstellenshop gehen, sich dann hinter dem großen Container auf der Brache ihr Irland-Zeug anziehen und statt Gesichtsbemalung die Darth-Vader-Maske ihres Bruders aufsetzen sollte. Nachdem wir uns auf diesen neuen Punkt geeinigt hatten, rannte Johnny J über die Straße, stellte sich mit seinem Walkie-Talkie vor die Werkstatt, ich versteckte mich mit meinem hinter der Grasböschung, und wir testeten, ob die Walkie-Talkies funktionierten.

«Test, eins, zwei, drei. Bitte kommen, bester Kumpel, hörst du mich? Over», sagte ich.

«Laut und deutlich, Braunbär», sagte Johnny J.

Die anderen starrten mich an.

«Braunbär?», wiederholte Charlie. Walker und Sumo fingen an zu lachen. Ich wurde knallrot. «Ist doch bloß ein Codename», erklärte ich. «Und cool.»

«Nein, überhaupt nicht cool», sagte Charlie, aber ich ignorierte sie. Mir war Charlie Eastmans Meinung gleichgültig.

Als Johnny J zurückkam, entwarfen wir den Plan zum

hundertsten Mal neu, stiegen auf unsere Fahrräder, trennten uns und radelten davon, so schnell unsere Beine uns trugen.

Johnny J sollte die gleiche Strecke nehmen, Walker und ich fuhren die Clyde Road runter, über die Gleise und durch Leonard's Park. Sumo testete den Weg durch die Siedlung an der Barns Road, die direkt zum Wald führte, aber weil die Siedlung durch eine große Mauer von der Straße getrennt war, warf er sein Rad darüber und kletterte hinterher.

Er kam als Erster zum Picknicktisch. Charlie fuhr die Nebenstraßen am Kanal entlang und kam als Letzte an, aber nur weil sie auf der Straße ihrer Mutter begegnete, die sie zum Brotholen schickte. Johnny J wurde Zweiter, ich Dritter. Ich glaube, wenn ich nicht so krank gewesen wäre und Walker nicht dabeigehabt hätte, wäre ich Zweiter geworden. Jedenfalls waren wir alle innerhalb von fünfundzwanzig Minuten wieder im Park. Wenn wir den Raubüberfall zu Spielbeginn planten, hatten wir reichlich Zeit zu fliehen, das Geld zu verstecken und in Cornally's Pub zu huschen, bevor das Spiel zu Ende war. Perfekt. Als wir auseinandergingen, wussten wir, dass wir bei unserem nächsten Wiedersehen ein Verbrechen begehen würden.

«Angst?», fragte ich am Picknicktisch in die Runde. Alle nickten. Alle hatten Angst.

«Wir schaffen das», sagte Walker. «Wird schon klappen.» Da er derjenige gewesen war, der die meisten Einwände gegen den Plan vorgebracht hatte, war es ausgesprochen tröstlich, dass er das sagte.

«Packen wir's an», sagte ich, und die anderen murmelten: «Ja!» Es klang nicht sehr überzeugend, aber ich drängte sie nicht weiter.

Johnny J nahm mich auf dem Gepäckträger seines Fahrrads mit nach Hause. Wir redeten nicht miteinander – es gab nichts mehr zu sagen. Als wir an unserem Gartentor ankamen, ging ich zur Tür und steckte mit angehaltenem Atem den Schlüssel ins Schlüsselloch. Niemand war auf dem Korridor, niemand auf der Treppe. Leise schloss ich die Tür hinter mir und schlich in mein Zimmer, zog mich aus, stieg ins Bett, und als mein Herz nicht mehr ganz so schlimm raste, sagte ich ein kleines Gebet. «Bitte, lieber Gott, bitte mach, dass wir mit dem Raubüberfall auf Rolands Tankstelle ungeschoren davonkommen und genug Geld damit machen, um Johnny Js Mam retten zu können. Ich verspreche auch, dass ich danach nie wieder etwas Schlechtes tun werde. Vielen Dank und alles Gute, dein Jeremy. Oh, und heilige Maria, Mutter Gottes, wenn er uns nicht helfen möchte, dann lege doch bitte ein gutes Wort für uns ein. Vielen Dank und alles Gute, dein Jeremy Finn. Ende der Durchsage.» Danach erinnere ich mich an nichts mehr, weil ich schrecklich müde war.

15

Die Lügen

Am nächsten Morgen half ich meiner Mam beim Hausputz, saugte unten die Diele, wischte Staub im Wohnzimmer und putzte den Herd, alles, um mein schlechtes Gewissen zu beruhigen. Meine Mam war etwas zufriedener mit meiner Gesichtsfarbe und überzeugt, dass das abgestandene 7Up meine Krankheit, was immer sie gewesen sein mochte, kuriert hatte. Trotzdem wollte sie mich weiterhin im Auge behalten. *Mein Pech.*

«Bist du sicher, dass du das Spiel nicht mit uns bei Connally's anschauen willst?»

«Wir gucken die erste Halbzeit bei Sumo, vielleicht komme ich zur zweiten zu euch in den Pub», antwortete ich.

«Du weißt ja, dass es Pommes umsonst für alle gibt.»

«Ja, das weiß ich, aber es wird garantiert wahnsinnig voll sein.»

«Klar, das ist ja der halbe Spaß», erwiderte sie fröhlich, aber dann seufzte sie und traf mich an einem sehr wunden Punkt. «Es ist ein besonderer Tag, Junge. Rachel haben wir schon verloren, wir sollten das zusammen erleben.»

«Aber wir haben Rachel doch nicht verloren, Mam.»

«Na, sie ist nicht hier, oder?», beharrte sie.

Ich fühlte mich echt mies. Wenn ich nicht machte, was sie wollte, schaffte Mam es immer, mir ein schlechtes Gewissen einzuflößen. «Wir kommen definitiv zur zweiten Halbzeit», versprach ich, und das schien sie einigermaßen zufriedenzustellen.

Kurz nach zwei kam ich in unserem Gartenhaus an. Das Spiel sollte um vier beginnen. Sumo war allein und spielte Space Invaders. Ich starrte nur auf den Bildschirm. Lange Zeit sagten wir kein Wort, saßen nebeneinander und waren doch allein. Bis Sumos Mutter unser behagliches Schweigen brach.

«Ah, da bist du ja, Jeremy», sagte sie, nachdem sie dreimal geklopft und Sumo dreimal «Herein» gerufen hatte. Sie hatte einen Teller mit Spam-Sandwiches in der Hand.

«Hallo, Mrs. Lane», sagte ich.

«Möchtest du was essen?», fragte sie.

«Nein danke, Mrs. Lane.»

«Wie geht es deiner Mammy?»

«Gut, danke.»

«Und deinem Daddy?»

«Auch gut, danke.»

«Und Rachel? Geht sie noch auf die Schwesternschule?»

«Ja.»

«Und hat immer noch ihren Arztfreund?»

«Er heißt Rupert.»

«Wie der Bär», warf Sumo ein.

«Und er trägt auch einen Schal», sagte ich.

«Einen gelben?», fragte Sumo.

«Nein», antwortete ich.

«Da ist deine Mammy bestimmt sehr stolz.»

«Ist sie auch», sagte ich.

«Kommt ihr rein zum Spiel?», fragte Mrs. Lane zum Schluss. Sumo hörte auf zu spielen, saß aber einfach nur da und wartete, dass ich antwortete.

«Wir sehen es uns mit meinen Eltern bei Cornally's an», log ich.

«Ah, schön», sagte sie. «Wir kriegen Besuch von den McQueens und den Simpsons, ich mache Würstchen und Burger. Wird bestimmt ein netter Abend, also wenn du und deine Eltern nach dem Spiel Lust habt, auch eine Weile rüberzukommen, seid ihr alle mehr als willkommen.»

«Danke, das richte ich ihnen aus», log ich weiter.

«Gut», sagte sie und stellte den Sandwich-Teller neben Sumo ab, der immer noch reglos dasaß wie eine Salzsäule. Dann ging Mrs. Lane wieder und machte die Tür hinter sich zu.

«Was denkst du gerade?», fragte ich Sumo.

«Keine Ahnung», antwortete er achselzuckend. «Ich fühl mich mies, weil wir das Spiel verpassen.»

«Ja, ich auch», sagte ich.

Sumo sah mich an. «Selbst wenn wir Ärger kriegen, dafür lohnt es sich, richtig, Jeremy?»

«Ich glaube schon», antwortete ich.

«Selbst wenn niemand Johnny Js Mam heilen kann, haben wir es wenigstens versucht», fügte er hinzu.

Ich nickte, obwohl der Gedanke, dass es, selbst wenn

wir Erfolg hatten, nicht unbedingt eine Garantie dafür gab, dass Johnny Js Mam überlebte, mir in diesem Augenblick zum ersten Mal durch den Kopf ging. *Nein, nein. Das wird nicht passieren.*

«Das muss doch eine Bedeutung haben, oder nicht?», fragte Sumo weiter.

Ich nickte. SIE WIRD ÜBERLEBEN. SIE MUSS GESUND WERDEN. ICH DARF MEINEN BESTEN FREUND NICHT AN SEINE TANTE ALISON IN ENGLAND VERLIEREN! Sumo seufzte, schniefte, nahm dann den Joystick und tötete die nächste Meute dahertapsender Aliens.

Wenig später trafen die anderen ein, und auf einmal war das stille, friedliche Zimmer erfüllt von lauten Stimmen und nervöser Energie. Walker war richtig aufgekratzt. Innerhalb von zwei Minuten hatte er seine grünen Shorts und sein T-Shirt an und machte sich daran, sich einen grünen, einen gelben und einen weißen Streifen ins Gesicht zu malen. Er trug die Farbe sehr dick auf und wanderte, während er darauf wartete, dass sie trocknete, wie ein Panther im Zimmer auf und ab – so oft, dass er fast schon eine Spurrille im Boden hinterließ.

«Bist du nervös?», fragte Sumo ihn.

«Ich bin nie nervös», antwortete er.

«Ich schon», sagte Sumo.

«Tja, dann hör lieber auf damit», sagte Walker. «Stress kann einen Menschen umbringen!!!!»

Alle erstarrten mitten im jeweiligen halb an- und halb ausgezogenen Verkleidungszustand.

«Uns bringt niemand um, Walker», sagte ich.

Aber Walker hörte mir überhaupt nicht zu.

«Wir müssen unsere Uhren auf dieselbe Zeit stellen», sagte er stattdessen.

«Warum?», fragte Johnny J.

«Keine Ahnung, aber das machen sie im Fernsehen immer», erklärte Walker.

«Ich trage keine Uhr», sagte Charlie. Walker blieb stehen. «O nein! Wie sollen wir denn einen Raubüberfall hinkriegen, wenn sich dieses Mädchen nicht mal die Mühe macht, eine Uhr zu tragen?»

«Wir gehen doch zusammen, eine Uhr ist vollkommen unnötig», entgegnete Johnny J, während er versuchte, in ein Paar grüne Shorts zu steigen, ohne seine Jeans auszuziehen. Johnny J trug nie Shorts.

«Ich weiß ja nicht, Leute, aber das macht mir ein sehr unprofessionelles Gefühl», sagte Walker.

Charlie ignorierte ihn. Bis zu diesem Moment war sie damit beschäftigt gewesen, die irische Flagge auf Sumos Gesicht zu malen, aber sie war fertig, und als er sich uns zuwandte, machte ihn die Fahne auf seinem Gesicht für einen Moment fast unkenntlich – ein sonderbares Gefühl.

«Gut gemacht», sagte ich. Eigentlich hatte ich nicht vor, Charlie ein Kompliment zu machen, es rutschte mir nur so raus. Aber ich glaube nicht, dass sie mich hörte, weil sie sich viel zu sehr darauf konzentrierte, auf Walker loszugehen.

«Wenn du dich drücken willst, Walker, dann tu es einfach», sagte Charlie, und das ärgerte Walker immens.

«Wer bist du denn überhaupt?», schrie er sie an. «Seit wann gehörst du denn dazu?»

Fairerweise musste man sagen, dass das eine gute Frage war.

«Lass sie in Ruhe», sagte Johnny J, aber Charlie hätte seine Verteidigung gar nicht nötig gehabt.[DDDMWS35]

«Ich bin Charlie Eastman», antwortete sie. «Das Mädchen, das heute Nachmittag eine Tankstelle überfällt. Und wer bist du?» Ziemlich frech, aber auch sehr witzig. Walker machte ein grimmiges Gesicht, er war es nicht gewohnt, dass jemand ihn in seine Schranken verwies. Ihm fiel keine Retourkutsche ein, was eine große Seltenheit war, denn sonst hatte Walker immer auf alles eine Antwort in petto. Johnny J lachte laut. Ich lachte bloß in meinem Inneren. «Und?», drängte Charlie. Sie ließ Walker nicht so einfach vom Haken. «Wer bist du denn?»

Sofort schauten alle zu Walker. Er wich ein bisschen zurück. «Ja, äh, ich überfalle auch eine Tankstelle.» Ehrlich gesagt klang das überhaupt nicht überzeugend, aber er tat sein Bestes, und als es schon aussah, als würde er anfangen zu weinen, ging Sumo zu ihm und boxte ihn in den Arm (nur ganz sanft natürlich, denn wenn er Kraft reingelegt hätte, wäre Walker wahrscheinlich gestorben).

DDDMWS35

1. Auf der Straße erzählte man sich, dass Charlies große Brüder Louis, Sean und Ben – allesamt Rugby-Spieler – Angst vor ihr hatten.
2. Ich dachte immer, es wäre ein Witz.
3. Nachdem ich ein bisschen Zeit mit ihr verbracht hatte, begann ich zu glauben, dass es stimmte.

«Es ist okay, nervös zu sein», sagte Sumo.

«ICH BIN ABER NICHT NERVÖS!», schrie Walker, schob die Brille auf seinem Flaggengesicht zurecht und schubste Sumo weg. Der schnaubte bloß und ging wieder zu seinen Space Invaders. Charlie schminkte uns alle. Am längsten beschäftigte sie sich mit Johnny J. Ich hätte kotzen können. (Nicht in echt, meinem Magen ging es erstaunlich gut.) Dann banden wir uns die roten Bärte um und setzten die großen Hüte auf. Alle außer Walker, der die ganze Zeit an seiner haarsprayfixierten Tolle rumfingerte und vor sich hin murmelte: «Nicht die Haare, kommt nicht in die Tüte, auf gar keinen Fall.» Sumo stülpte sich eine Perücke über, der Rest von uns verzichtete darauf, weil es echt heiß geworden war.

16

Das Foto

Es war ein wunderschöner Nachmittag, die Sonne schien heiß vom klaren, blauen Himmel herab auf unsere dick geschminkten Gesichter. Aus dem Haus hörte man den Fernseher mit der Vorberichterstattung des Spiels, von der Straße wehte irische Musik herüber, über uns kreischte laut ein Vogel, aber wir standen einfach nur da, im Kreis, fünf grün-weiß-golden geschminkte bärtige fußballverrückte Leprechauns.

«Alle wissen, was sie zu tun haben, oder?», fragte ich.

Charlie und Johnny antworteten: «Ja», Walker und Sumo nickten stumm.

«Wie viel Uhr ist es?», fragte Charlie.

Sofort zeigte Walker auf sie. «Seht ihr?», sagte er. «Uhren sind wichtig. Fakt.»

Im gleichen Moment kackte der kreischende Vogel ihm auf die Schulter.

«Ach Mist», sagte er, und wir lachten alle, sogar Walker. Wahrscheinlich lachten wir nur ungefähr eine Minute, aber es kam mir damals viel länger vor.

«Charlie, hast du die Darth-Vader-Maske?», fragte ich.

Sie deutete auf ihren Fahrradkorb, in dem die Maske lag. Zusammen mit einem langen Kleid und einer großen

Feldflasche der berühmten hausgemachten Limonade ihrer Mam. Johnny J hielt den Daumen in ihre Richtung hoch, und sie wurde rot.

Bevor wir losziehen konnten, kam Mrs. Lane mit ihrer Polaroidkamera angelaufen.[DDDMWS36]

«Gerry», rief sie. «Gerry, komm mal hier raus!»

Sumos Dad streckte den Kopf aus der Tür. In der Hand hielt er eine Bierdose.

«Schau sie dir doch bloß an!», rief seine Frau und zeigte auf uns fünf flaggengesichtige orangebärtige Spinner.

«Herr des Himmels, Jungs, ihr seid echt der Bringer. Ha!»[DDDMWS37]

Mrs. Lane bestand darauf, dass wir uns vor ihr aufreihten, damit sie ein Foto von uns machen konnte.

«Nehmt die Bärte ab, sonst sieht man euer hübsches Lächeln nicht», sagte sie. Brav ließen wir die Bärte runterrutschen.

«Ah, wunderbar! Jetzt sagt schön ‹Cheese›!», verlangte sie, und wir taten es. Sie machte das Foto, und als es

DDDMWS36

1. Es gab damals keine Handykameras.
2. Die meisten Kameras brauchten Filme, die entwickelt werden mussten, was bis zu einer Woche dauern konnte.
3. Die Polaroidkamera war die einzige Instantkamera auf dem Markt. Sie war damals topmodern.

DDDMWS37

1. Sumos Dad kam vom Land.
2. Leute vom Land sagten seltsame Dinge wie «Ha» und «Hollahe».
3. Ich weiß nicht, warum.

aus der Kamera kam, gab sie es Mr. Lane, der es in der Luft schwenkte, während sie noch einen Schnappschuss machte.

«Noch mal ‹Cheese› bitte, und Jeremy, streck du doch mal den Daumen hoch, ja?» Ich folgte ihrer Anweisung, wir sagten wieder «Cheese», und als das Foto gemacht war, hielt Mr. Lane das erste bereits voll entwickelt in der Hand, zog die Schutzschicht ab und lachte zufrieden vor sich hin. «Ha, gut gemacht, Mary, das heben wir auf. Hollahe, es eignet sich sogar für die Bilderwand!», rief er. Das bedeutete wohl, dass ihm das Foto gefiel.

Aber wir blieben nicht, um es uns anzuschauen. Wir hatten ganz andere Pläne.

«Viel Spaß beim Spiel, Jungs», sagte Mr. Lane, der nicht merkte, dass eins der flaggengesichtigen Leprechauns ein Mädchen war. Obwohl Charlie eine Maske tragen wollte, hatte sie eisern darauf bestanden, sich zu schminken wie alle anderen.

«Werden wir haben, Mr. Lane, ganz sicher», sagte ich. Die anderen winkten ihm zu, und weg waren wir, holten unsere Fahrräder und radelten los. Unterwegs merkten wir, dass die Straßen immer leerer wurden, alle verschwanden in den Häusern, den eigenen oder denen von Freunden und Nachbarn, oder im Pub. Über uns flatterten noch die Girlanden, aus den Fenstern in den oberen Stockwerken und von Autoantennen wehten Fahnen, aber das aufgeregte Geplapper, die Musik und die lärmende Vorfreude hatten sich fast vollständig aus den Straßen zurückgezogen. Jetzt gab es Spaß und Aufregung in Innenräumen mit flackernden Fernsehern. Aber wir würden nicht dazugehören. Zum ersten Mal fühlte ich mich richtig, richtig traurig deswegen, aber ich sagte nichts, und die anderen auch nicht. Wir nahmen es nur wahr, während wir durch die leeren Straßen radelten.

«Es tut mir wirklich leid», sagte Johnny J.

«Keine große Sache», antwortete ich, aber es war schon eine, die größte Sache, die Irland je passiert war (jedenfalls behauptete das mein Dad), und es geschah hier und jetzt, und wir verpassten es wegen etwas viel Wichtigerem, nämlich wegen Johnny Js kranker Mam. Als wir das Brachland gegenüber von der Tankstelle erreichten, waren es noch vier Minuten bis zum Anpfiff. Walker spähte durch den Feldstecher und bestätigte, dass Jim Rolands Omi hinter dem Tresen saß, obwohl wir sie alle sehr gut mit bloßem Auge erkennen konnten. Sie war nicht so gebrechlich, wie ich gehofft hatte, und obwohl sie ein runzliges Gesicht und graue Haare hatte, wirkte sie breit und robust. Womöglich doch ein Ninja.

Charlie zog das schwarze Baumwollkleid über ihre Fußballsachen und nahm die Limonadenfeldflasche zur Hand.

«Ich geh rein», verkündete sie.

«Viel Glück», sagte Johnny J, und Charlie überquerte die leere Straße, ging direkt in die Tankstelle, und wir beobachteten, wie sie Rolands Omi ihre Zehn-Pence-Limonade anbot. «Na, anscheinend hatte sie Durst», sagte Walker hinter seinem Feldstecher hervor. «Sie hört ja gar nicht mehr auf zu trinken.» Zehn Minuten später kam

Charlie mit der leeren Feldflasche zurück – sie hatte Jim Rolands Omi mit der besten Limonade abgefüllt, die diese angeblich in ihrem ganzen Leben getrunken hatte, und mit ihr ein Schwätzchen über die Pfadfinderinnen in den zwanziger Jahren gehalten –, zog das schwarze Kleid aus und hängte sich die Darth-Vader-Maske um den Hals. Jetzt hieß es warten.

17

Der Überfall

Anscheinend hatte Jim Rolands Omi die stärkste Blase der Menschheitsgeschichte. Bereits eine halbe Stunde des Spiels war vorbei, und sie hatte sich noch nicht vom Fleck gerührt. Ich wurde allmählich panisch.

«Vielleicht geht sie überhaupt nie aufs Klo. Vielleicht ist sie ein Roboter!»

«Sie ist definitiv kein Roboter», entgegnete Walker im Brustton der Überzeugung. «Wenn sie einer wäre, würde ich es wissen. Fakt.»

«Wir müssen sie ablenken», sagte Charlie und setzte ihre Maske auf.

«Wie denn ablenken?», fragte Walker.

«Wir könnten eins der Außenrohre raustreten und die Klos überschwemmen», schlug Charlie vor. Wenn Darth Vader das sagte, hörte sich das ziemlich finster an.

«Ach ja, du meinst also, wir könnten ruhig noch Zerstörung fremden Eigentums zu unserer stetig wachsenden Liste von Straftaten hinzufügen. Würde sich gut machen in unserem Lebenslauf», erwiderte Walker zynisch. «Und wenn wir schon mal dabei sind, könnten wir gleich noch die Tankstelle anzünden.»

«Okay, wahrscheinlich hast du recht», räumte sie ein.

«Ich hab noch eine bessere Idee.» *Na klar.* «Einer von euch geht rüber und sagt der Granny, dass eine der Toiletten ein Leck hat, und wenn sie nachschaut, schließen wir sie ein.»

«Wie denn?», fragte Johnny.

«Neben der Kasse liegt ein Schlüssel für die Toiletten. Roland schließt sie jeden Abend ab, damit keine armen Leute oder Irre sich dadrin einquartieren.» Die Idee war ziemlich gut.

Offenbar war Charlie Eastman zur Verbrecherin geboren.

«Sich in einer öffentlichen Toilette einquartieren?», staunte Walker.

«Ja.» Charlie nickte traurig. «Manche Menschen haben ein schreckliches Leben.» *In einer Gefängniszelle zu wohnen ist mindestens so schlimm wie in einem Klo, wenn nicht schlimmer*, dachte ich, und mein Bauch grummelte. *Reiß dich zusammen, Jeremy!*

«Gefällt mir», sagte Johnny J. Dann erst sah er mich an. «Und? Jeremy? Was meinst du?»

«Ja», sagte ich. «Gute Idee.» Zu diesem Zeitpunkt schien mir alles besser, als hinter einer Grasböschung zu kauern, während uns die Schminke in der heißen Sonne schmolz und vom Gesicht triefte. Außerdem war es ein guter Plan. Absolut treffsicher. Ich wünschte mir wirklich, er wäre mir selbst eingefallen.

«Also, wer geht zu ihr und sagt ihr, dass die Toiletten kaputt sind?», fragte Charlie. Aus einleuchtenden Gründen konnte sie es auf keinen Fall selbst machen.

«Ich tu es, Vader», sagte Johnny J, und Charlie grinste. Sie mochte es, wenn man sie Vader nannte. Meiner Meinung nach musste man sich darüber Sorgen machen.

«Nein», mischte ich mich ein. «Ich mach es.» Aber Johnny J widersprach. «Ich tu es, ist ja für meine Mam, Jeremy.»

Also nickte ich. «Okay, dann haben wir also einen neuen Plan. Johnny J geht in die Tankstelle und sagt Jim Rolands Granny, dass die Toilette leckt. Er führt sie rüber, und während sie hinten über den Hof gehen, rücken Vader und ich nach, Vader greift sich den Schlüssel, gibt ihn mir, ich renne zu den Toiletten, gebe Johnny J den Schlüssel, sodass er Jim Rolands Omi im Klo einschließen kann, während Vader das Geld in der Kasse und das Geld im Hinterzimmer einkassiert.»

«Und ich?», fragte Sumo.

«Du bleibst an der Tür.»

«Das ist alles?»

«Das ist alles.»

«Und Walker?»

«Der steht hier Schmiere.»

«Na gut», sagte Sumo, ehe er bestätigte: «Ich stehe einfach an der Tür.»

«Ja, aber du hast das Pfefferspray und das Walkie-Talkie, Sumo, und wenn Walker dich informiert, dass irgendein starker Mann auf dem Weg dort rein ist, bevor wir fertig sind, musst du ihn ansprühen.»

Sumo nickte, tastete in seiner Innentasche nach dem

Spray, aber man sah ihm an, dass er nicht glücklich war. «Das ist so gemein», sagte er leise.

«Und denk dran, dass du ihn sprayen musst, nicht dich selbst», fügte Walker hinzu und lachte. Aber sonst lachte niemand, wir waren viel zu nervös. Als wir loszogen, gab ich Walker das Walkie-Talkie.

«Viel Glück», sagte er, dann fügte er hinzu: «Und macht keinen Quatsch, sonst bring ich euch um.»

Er meinte es ernst. Ich glaubte ihm. Wenn einer von uns ein Killer sein konnte, hätte ich mein ganzes Geld auf Walker gesetzt.

Als ich die Böschung hinaufgeklettert war und über die Straße auf die Tankstelle zuging, dachte ich, *wenn heute vorbei ist, bin ich für den Rest meines Lebens ein Verbrecher*, daran erinnere ich mich noch genau. Mein Herz wurde schwer, und ich hätte wirklich sehr, sehr gern geweint.

Unterwegs testete Walker die Walkie-Talkies. Obwohl er sich über uns lustig gemacht hatte, gefiel ihm die Idee mit den Codenamen offensichtlich, denn er schüttelte zwei davon mühelos aus dem Ärmel.

«Hallo Cash, hier spricht Tango, bitte kommen. Over.» [DDDMWS38]

DDDMWS38

1. *Tango & Cash* war 1989 ein Blockbuster, in Irland frei ab fünfzehn Jahren. Wir durften ihn nicht sehen, aber der Trailer war super, und Walker hatte das Poster an der Wand hängen.
2. Sylvester Stallone spielte Tango. Walker hatte keinerlei Ähnlichkeit mit Sylvester Stallone.
3. Kurt Russell spielte Cash. Sumo hatte keinerlei Ähnlichkeit mit Kurt Russell.

«...»

«Cash, hörst du mich? Bitte kommen.»

Sumo starrte eine Weile auf das Walkie-Talkie, dann drückte er den Knopf. «Hallo, Tango, äh, hier ist Sumo. Ich glaube, du hast dich verwählt.»

Walker seufzte tief. «Hier ist Walker, Tango ist mein Name, Cash ist deiner.» Ich hätte die Codenamen Tango und Cash gern uncool gefunden, aber es ging nicht. Sie waren sehr cool, und ich begann, den Codenamen Braunbär zu bereuen.

«Oh», sagte Sumo, machte aber ein verwirrtes Gesicht.

«Hör einfach auf Cash. Okay? Over», sagte Walker.

Charlie, Sumo und ich warteten auf der anderen Seite der Tankstelle, Charlie hatte die drei Beutel dabei, alle ineinandergesteckt, während Johnny J Jim Rolands Omi aus dem Tankstellenshop und hintenrum zu den Toiletten führte. Von der anderen Straßenseite, auf dem Bauch im Gras der Böschung liegend, beobachtete Walker uns alle mit seinem Feldstecher und hielt das Walkie-Talkie dicht an die Lippen. «Der Adler ist gelandet. Over», sagte er.

«Was für ein Adler denn?»

«Ach komm schon, Sumo. Die Omi ist im Klo. Over.»

«Die Omi ist im Klo», sagte Sumo, und Charlie und ich rannten, so schnell uns die Beine trugen, in den leeren Laden. Sumo stellte sich an die Tür und hielt die Sprühdose hoch, als wäre es eine Pistole im Gangsterfilm. Charlie griff sich den Schlüssel neben der Kasse und warf ihn mir zu. Ich rannte raus und gab ihn Johnny J, der sich einen Schritt von Jim Rolands Omi entfernte, die sich tief über die Toilette beugte und sagte: «Ich sehe nichts, Schätzchen.»

Die Tür knallte zu, Johnny J drehte den Schlüssel im Schloss, die Tür war verriegelt. «Eh, ich glaube, die Tür klemmt, Schätzchen. Schätzchen? Eh? Hallo? Schätzchen? Die Tür geht nicht auf.» Jim Rolands Omi hämmerte gegen die Toilettentür, wir rannten zum Laden rüber. Charlie hatte schon die Kasse in einen ihrer Beutel entleert, der allerdings längst nicht voll geworden war. Sie rannte ins Hinterzimmer.

An der Tür hopste Sumo auf und ab, als müsste er dringend aufs Klo. «Irgendwelche Anzeichen von irgendwas, Tango? Over», sagte er, und Walker antwortete prompt: «Die Luft ist rein, Cash. Over.» Immer wieder kontrollierte Sumo die Sprühdose, um sich zu vergewissern, dass die Düse nicht auf sein Gesicht gerichtet war, sondern von ihm weg zeigte.

Ich folgte Charlie ins Hinterzimmer. Die Geldkassette war offen, also brauchte sie sie nicht aufzubrechen, aber es war nicht viel Geld drin. Ein paar Fünfziger, ein paar Zwanziger und Zehner. Überhaupt nicht die erwartete Menge. Charlie stopfte alles in den Beutel und gab uns die beiden leeren. Dann sah sie mich an, und trotz ihrer Darth-Vader Maske war mir klar, dass sie Angst hatte – ich erkannte es an ihren Augen.

«Wenn wir hier mit dem Geld rausgehen, dann gibt es kein Zurück, dann sind wir Verbrecher», sagte sie, und ich schluckte schwer, mein Magen war flau, und ich nickte. Charlie hatte Tränen in den Augen. «Okay», sagte sie.

«Okay», wiederholte ich, und ich wollte sie umarmen, aber nur einen Moment. Auf dem Weg nach draußen sprang sie einfach über den Tresen, ohne die Klappe zum Durchgehen aufzumachen. *Angeberin.*

18

Die Flucht

Als wir den Ausgang erreichten, sah ich mich um. «Wo ist Johnny J?», fragte ich Sumo.

«Er bewacht die Granny», antwortete der. Das gehörte nicht zum Plan, und ich war ein bisschen angefressen.

«Los jetzt, verschwinden wir», sagte Charlie. Gerade als wir aus dem Laden gingen, erwachte Sumos Walkie-Talkie zum Leben.

«Tango, bitte kommen, Tango!»

Sumo fummelte an den Knöpfen herum.

«Hallo, Cash. Over», sagte er, und Charlie zog die Augenbrauen hoch, was mich echt nervte. Sumo war nicht derjenige, der über Ladentheken hüpfte.

«Äh … Johnny J wird auf dem Hof von Jim Rolands Omi gejagt.»

Wir spähten aus dem Fenster. «O nein!»

Ich hörte Walker sagen: «Cash out», aber da rannte ich schon zu Sumo, der immer noch an der Tür stand und beobachtete, wie Johnny J von der robusten Oma um die Zapfsäulen gejagt wurde.

«Was machst du denn da?», fragte ich Sumo.

«Ich werde keine Omi sprayen», antwortete er und schüttelte heftig den Kopf.

Ich nahm Charlie die Geldtasche ab, drückte sie Sumo in die Hand und rief: «Du und Walker, macht, dass ihr wegkommt!» Sumo schleuderte das Pfefferspray im hohen Bogen von sich und war schon unterwegs, ehe der Satz ganz aus meinem Mund war. «Wir hauen ab, Walker - ich meine, Cash. Lass uns verschwinden», rief er in sein Walkie-Talkie und wandte der Tankstelle den Rücken.

«Verstanden. Over», antwortete Walker. Ich konnte sehen, wie er den Feldstecher sinken ließ und das Walkie-Talkie in die Tasche stopfte. Dann schwangen er und Sumo sich auf ihre Fahrräder und radelten in getrennte Richtungen davon. Ich wusste nicht, ob Jim Rolands Omi Charlie alias Vader und mich überhaupt bemerkte, denn sie schien sich völlig auf Johnny J zu konzentrieren, den sie so hinter Zapfsäule drei getrieben hatte, dass er nicht mehr rauskam. Wir mussten etwas unternehmen, und ich hatte auch schon einen Plan.

«Lauf weg, ich lenke Jim Rolands Omi ab. Bis später», sagte ich zu Charlie.

«Bist du sicher?», fragte sie, und das war ich. Sie musste verschwinden.

«Geh!»

Sie rannte über die Straße zu ihrem Fahrrad und machte sich aus dem Staub, während ich zu der Omi flitzte und sie auf die Schulter tippte. Sie drehte sich um und starrte mich an, und während sie Johnny J den Rücken zuwandte, hatte er Zeit genug, hinter der Zapfsäule hervorzukommen. Ich rannte los, sah aber im gleichen

Moment ein Auto auf den Hof fahren. Ein Mann stieg aus.[DDDMWS39]

Jim Rolands Omi sah den Mann auch und fing sofort an zu schreien. «Hilfe! Helfen Sie mir!»

Dabei zeigte sie auf Johnny J und mich. «Diese Halunken!», brüllte sie, und als der Mann zu mir rübersah, hätte ich mir um ein Haar in die Hose gemacht.

«LAUF!», rief Johnny J, und ich nahm die Beine in die Hand, rannte vom Hof, über die Straße, schnappte mir mein Fahrrad, sprang auf und radelte los. Johnny J war nun dicht hinter mir, zusammen sausten wir die Clyde Road hinunter, über die Schienen und hinein in den Wald. Immer wieder schauten wir uns um, ob uns jemand verfolgte, aber der Mann und Jim Rolands Omi waren weit abgeschlagen. Wir traten in die Pedale wie noch nie und schafften es irgendwann zu unserem Geheimplatz, wo Walker, Sumo und Charlie bereits auf uns warteten.

Ich fiel praktisch vom Rad, meine Beine zitterten wie Espenlaub. Johnny J blieb einfach stehen, das Fahrrad zwischen den Beinen. Ich glaube, er stand unter Schock.

Die anderen hatten den Beutel mit dem Geld vor sich auf dem Picknicktisch, Walker schrieb irgendwelche Zahlen auf ein Blatt Papier. Niemand sah fröhlich aus.

«Alles klar mit dir?», fragte Charlie Johnny J, und er nickte stumm.

DDDMWS39

1. Er war groß.
2. Er war riesig.
3. Er hatte Fäuste, so groß wie Suppenteller.

«Mit dir auch, Jeremy?», fragte sie weiter, und ich nickte ebenfalls. Dann sahen wir alle zu Walker rüber, der seine Brille hochschob.

«Wie viel?», fragte Johnny J.

«Nicht genug», antwortete Walker, und Johnny J sank zusammen mit seinem Fahrrad auf den Boden.

«Es sind zweihundertfünfundsechzig Pfund hier drin», sagte Walker. «Mit dem Geld, das wir beim Boxen eingenommen haben, unserem gesamten gemeinsamen Taschengeld für diesen Monat und dem Zehner, den Sumos Tante Julie ihm geschenkt hat, sind es fünfhundertsiebenundzwanzig Pfund und fünfzehn Pence.»

Wir schwiegen eine ganze Weile, dann sagte Johnny J: «Wie viel mehr brauchen wir?»

«Mindestens noch mal fünfhundert, wenn wir Hin- und Rückflugtickets und Taxigeld finanzieren wollen, plus ein bisschen was für den Krankenhausladen, für Weintrauben, Zeitschriften, 7Up und dergleichen. Ihr wisst schon, was man halt für so einen Aufenthalt braucht.»

Alle starrten ihn an. «Wer braucht denn bitte Weintrauben, Zeitschriften und 7Up?», fragte Charlie schließlich.

«Na, kranke Leute natürlich», antwortete Walker. «Außerdem habe ich dafür nur fünfzig Pfund angesetzt, der ganze Rest geht für Flugtickets und Taxigeld drauf.»

Sumo checkte seine Armbanduhr. «Wir müssen los, Leute», sagte er.

Unsere Fahrräder ließen wir im Gebüsch liegen, das

Geld versteckten wir an unserer Geheimstelle, dann marschierten wir zu Cornally's. Keiner sagte ein Wort. Wir waren alle ziemlich ernüchtert, weil wir es zwar versucht, aber nicht geschafft hatten.

Wir schlichen uns durch die Hintertür in den Pub, aber alle Anwesenden starrten sowieso wie gebannt auf den Fernsehbildschirm. Es war proppenvoll, aber keiner nahm uns wahr. Das Spiel war bereits in der siebzigsten Minute, und wir sahen dem irischen Team dabei zu, wie es die letzten Minuten mittelmäßigen Fußball spielte. Es war, als wäre nichts passiert, als wären wir von Anfang an dabei gewesen. Schließlich endete das Spiel 0:0, ein paar Zuschauer stöhnten, andere klatschten ein bisschen, aber alle sahen sich um und lösten sich aus ihrer Erstarrung. Der Pub leerte sich etwas, nicht sehr viel, aber ich entdeckte meine Eltern und ging zu ihnen. Mam freute sich sehr, als sie mich erspähte.

«Ah, mein Sohn, ich hab dich gar nicht gesehen.»

«Ja, bei Sumo war es langweilig. Hier macht es mehr Spaß.»

«Na klar», bestätigte sie. «Und die Pommes waren wunderbar, oder nicht?»

«Ja», sagte ich, und mein Magen knurrte. Ich war am Verhungern. Als eine zwölfköpfige Familie den Pub verließ, bekamen wir sogar Sitzplätze. Mr. Cornally fand, dass die Atmosphäre dem Auftritt einer Boyband nicht zuträglich war, und cancelte den Nachfußball-Gig einfach – der einzig echte Lichtblick für Johnny J an diesem Tag. Als ich aufs Klo ging, packte Walker mich am Arm.

Er machte einen nervösen Eindruck. Ich kannte das Gefühl, deshalb war ich ja auf dem Weg zur Toilette.

«Also müssen wir Autos waschen oder die Limonade von Charlies Mam verkaufen. Das Zeug schmeckt großartig, hast du es mal probiert?», sagte er. Ich schüttelte den Kopf. «So viel Zeit haben wir nicht», sagte ich dann.

«Schau, sie hat die Chemo abgeblasen, aber das heißt doch nicht, dass sie jetzt einfach stirbt. Es könnte ihr noch lange gutgehen», meinte Walker.

«Sie wird den Sommer nicht überleben», sagte ich.

Walker ließ mich los. «Was?»

«Johnny Js Tante Alison kommt ihn holen. Wir haben das Ding ganz umsonst durchgezogen. Es ist vorbei, Walker», sagte ich, ging weiter zu den Toiletten, verzog mich in eine Kabine, schloss die Tür, setzte mich hin und heulte.

19

Die Ganoven

Am Morgen nach dem Überfall betrat ich die Küche gerade rechtzeitig, um zu hören, wie meine Mutter und mein Vater über den Roland-Raubzug diskutierten – AN UNSEREM FRÜHSTÜCKSTISCH!

«Wie viele waren es denn?», fragte meine Mam gerade, als ich reinkam.

«Mindestens zwei, vielleicht auch drei», antwortete mein Dad.

«Die arme Nellie», sagte meine Mutter.

Ich nahm mir einen Toast und sagte nichts.

«Sie ist ein Teufelsweib», meinte mein Dad. «Wie der Blitz ist sie aus dem Fenster geklettert und hat diese Ganoven verjagt.»[DDDMWS40] Soweit ich wusste, hatte mich noch nie jemand als Ganoven bezeichnet. Es gefiel mir ganz und gar nicht.

«Wie viel haben die denn erbeutet?», fragte meine

DDDMWS40

1. Rolands Omi hieß Nellie.
2. In Rolands öffentlicher Toilette gab es ein großes Fenster, das Charlie vergessen hatte zu erwähnen.
3. Die Definition eines Ganoven lautet meistens «ein unbotmäßiger Kerl».

Mam. Ich saß neben ihr, mein Dad uns gegenüber, und ich bemühte mich sehr, meinen Toast zu buttern, ohne zu verraten, dass ich, Jeremy Finn, einer der Ganoven und auf der Flucht vor dem Arm des Gesetzes war.

Bleib cool, Jeremy. Bleib ganz cool.

«Womöglich ein paar tausend», meinte mein Dad. *Äh, nein, Dad, nicht mal annähernd!*

«Und man hat am Tatort Pfefferspray gefunden», sagte meine Mam.

«Pfefferspray?», wiederholte mein Vater. «Was ist aus der Welt geworden?»

Mam schüttelte den Kopf. «Manche Menschen sind einfach eine Schande», sagte sie. *Äh, das ist dein Pfefferspray, Mam*, dachte ich. Aber ich sagte es lieber nicht laut.

«Ist mit der Lady alles in Ordnung, Dad?», fragte ich. Er sah mich an und lächelte. «Ja, mein Sohn, alles gut, sie ist mit dem Schrecken davongekommen.»

«In ihrem Alter hätte der Schreck sie aber auch umbringen können», gab meine Mam zu bedenken.

«Hat er aber nicht», sagte mein Dad, «aber es ist trotzdem schrecklich, so was zu machen, und auch noch während Irland in der Weltmeisterschaft spielt! Schlimme Zeiten», sagte er traurig, schüttelte den Kopf und seufzte. Meine Mam nickte zustimmend.

«Ich hoffe, die kommen in den Knast», sagte sie.

Mir wurde wieder übel.

«Alles in Ordnung mit dir, Jeremy?», fragte Mam prompt und fühlte meine Stirn.

«Ja», antwortete ich.

«Wie geht's dem Bauch?»

«Großartig», behauptete ich, obwohl sich schon wieder alles in Aufruhr befand. Ehe sie mich wieder ins Bett stecken konnte, stand ich lieber auf und verschwand.

Es war schon wieder ein sehr warmer Tag, der Himmel war blau, die Vögel sangen. Ich konnte die Wärme durch meine Klamotten spüren, als ich in den Wald ging. Walker war schon da, saß auf der Bank und benutzte seinen Inhalator.

«Blöde Allergien», sagte er, putzte sich die Nase und inspizierte dann den Inhalt des Taschentuchs. Ich setzte mich neben ihn auf die Bank, legte die Arme auf den Picknicktisch und den Kopf obendrauf. Wir sprachen nicht miteinander. Er ließ den Inhalator auf dem Tisch kreiseln, ich schloss die Augen und lauschte den Vögeln, die über uns zwitscherten. Als Nächste kamen Johnny J und Charlie. Sumo war der Letzte, quetschte sich zwischen Walker und Charlie, Johnny J setzte sich neben mich. Ich hob den Kopf, Walker packte den Inhalator weg, und wir sahen uns an, redeten über den Raubüberfall und darüber, dass wir Angst hatten.

«Als ich den Mann gesehen habe, hab ich mir ein bisschen in die Hose gepinkelt», gestand Sumo.[DDDMWS41]

«Als ich nach Jim Rolands Omi schauen wollte und

DDDMWS41

1. Ich pinkelte mir auch in die Hose, als ich die Clyde Road runterfuhr.
2. Ich heulte ein bisschen, als ich über die Gleise drüberholperte.
3. Und ich musste mir mit einer Hand den Mund zuhalten, um nicht laut zu schreien, als ich den Wald erreichte.

sie aus dem Fenster auf mich zusprang, bin ich fast gestorben!», gestand Johnny J.

«Als ich mit der Geldtasche aus dem Laden gerannt bin, waren meine Knie wie Pudding, den ganzen Weg bis zu meinem Fahrrad», gestand Charlie.

«Als ich so schnell wie noch nie in meinem Leben vom Tatort weggeradelt bin, hatte ich die ganze Zeit Angst, ich kriege einen Asthmaanfall», gestand Walker.

«Als ich weggeradelt bin, hatte ich dermaßen Angst, dass wir verfolgt werden. So viel Angst hatte ich noch nie im Leben, so aufgeregt war ich noch nie, es war wie in der Achterbahn.» Das Wort Ganove ging mir nicht mehr aus dem Kopf.

«Nur dass die Achterbahn legal ist und wir nicht», sagte Charlie. «Da landest du vielleicht im Krankenhaus, aber nicht im Gefängnis.»

«Richtig», stimmte ich ihr zu. Eine Weile redeten alle davon, wie nervös sie während des Überfalls waren, aber wie deprimiert und traurig wir waren, als uns klarwurde, dass der Überfall nicht genug Geld eingebracht hatte, blieb unerwähnt.

«Was machen wir denn jetzt?», fragte Charlie. Johnny J schüttelte den Kopf. «Nichts. Wir sollten das Geld einfach zurückgeben.»

Walker sprang auf. «Nein, auf keinen Fall», rief er.

Alle sahen ihn an. «Wir müssen es noch mal machen», erklärte er.

«Nein», widersprach Johnny J und schüttelte nachdrücklich den Kopf.

«Das schaffen wir nicht», sagte ich, denn ich konnte mir nicht vorstellen, das alles noch mal durchzustehen. «Mir würde auch nichts einfallen, wo wir es noch probieren könnten. Unmöglich.»

«Aber mir», beharrte Walker und begann um den Picknicktisch zu wandern, während er fortfuhr: «Ihr wisst doch, dass mein Dad den Geldtransporter für die Bank fährt.» Er blieb stehen und blickte in die Runde.

«Und?», fragte Charlie.

Walker begann wieder zu kreisen. «Und einen Schlüssel für den Transporter bewahrt er bei uns zu Hause auf. Normalerweise sind sie zu dritt, mein Dad fährt, ein großer Typ namens Tom geht rein in die Bank und holt das Geld, und der Dritte, ein kleiner Kerl, den sie Titch nennen, bleibt hinten im Van, nimmt das Geld entgegen und schließt es in einem im Boden eingebauten Safe ein. Für die Zeit, in der mein Dad in Italien ist und sich die Spiele anschaut, finden sie für ihn keinen Ersatz, deshalb fährt Tom nicht nur, sondern holt auch das Geld. Titch, also der Knirps, ist wie immer hinten im Wagen.» Er legte wieder eine Kunstpause ein.

«Und?», fragte Charlie.

Walker legte wieder los. «Und ich kenne den Code für das Lieferwagendepot, wir könnten hinten in den Van steigen, und wenn der kleine Knirps reinhüpft, packen und fesseln wir ihn.»

«Und was ist mit Big Tom?», fragte Johnny J.

«Er fährt, holt das Geld und schiebt es durch einen Schlitz nach hinten, das heißt, er taucht nie im hinteren

Teil des Transporters auf. Wenn er das Geld durchschiebt, schnappen wir es uns, und wenn wir genug haben – und ich denke, ein Beutel reicht –, dann warten wir, bis er irgendwo im Verkehr anhalten muss, springen raus und hauen ab.»

Ich traute meinen Ohren nicht. «Hast du ’nen Dachschaden?», fragte ich, weil mich das mein Dad jedes Mal fragte, wenn ich etwas Blödes getan oder gesagt hatte.

«Ich meine das todernst», erwiderte Walker, blieb stehen und setzte sich endlich hin.

«Und du bist zu schlau, um in den Knast zu gehen», meinte Charlie sarkastisch. Aber Walker meinte es wirklich ernst.

«Dass sie im Sterben liegt, ist Fakt?», fragte er leise und ohne Johnny J anzuschauen. Aber ich tat es, und Johnny J sah aus, als wäre er kurz davor, in tausend Stücke zu zerbrechen.

«Fakt!», flüsterte ich, und das Wort brannte in meiner Kehle.

«Also müssen wir sie retten», sagte Walker und zuckte mit den Achseln. «Das müssen wir einfach.»

Aber ich wollte keinen Geldtransport überfallen. Das würde mein Bauch nicht mitmachen. Am liebsten hätte ich geweint, und ich wollte nur noch weglaufen.

20

Der Masterplan

Keiner sagte ein Wort. Eine Zeit, die uns vorkam wie eine Ewigkeit, saßen wir stumm um den Picknicktisch, jeder in seine eigenen Gedanken und Befürchtungen versunken. Schließlich schluckte ich und sagte das, was ich glaubte, sagen zu müssen.

«Okay.» Ich wollte es nicht sagen, aber ich musste.

Als ich mich am Tisch umblickte, nickten Sumo und Charlie. «Ja», sagte Sumo. «Ich bin dabei», sagte Charlie.

Johnny J konnte nicht sprechen, weil er mit den Tränen kämpfte. Und mit seinem eigenen Innern.

«Aber wie kommen wir ungesehen in das Depot?», fragte Charlie und lenkte von ihm ab.

Walker rückte seine Brille zurecht und hielt sie fest, während er antwortete. «Der Sicherheitsmann geht um fünf Uhr morgens, die Jungs holen den Transporter um sechs. Also haben wir eine Stunde Zeit, um reinzuklettern und uns zu verstecken.»

«Wo verstecken wir uns denn?», fragte Sumo.

«Es gibt einen Lagerbereich, wo sie die ganzen Wischmopps und anderes Putzzeug aufbewahren, da geht nur die Putzfrau hin, und die kommt nur Montag- und Donnerstagabend. Die Männer sind da nie.»

«Und wann schleichen wir uns in den Van?», fragte ich.

«Wenn die Jungs ankommen, machen sie einen Kontrollgang, danach gehen sie einen Kaffee trinken und eine rauchen. In der Zeit steigen wir in den Van.»

Sumo hob die Hand. «Was heißt das genau, sie machen einen Kontrollgang?»

«Sie schauen nach, ob der Van irgendwo beschädigt ist, vergewissern sich, dass hinten niemand ist, und all so was», antwortete Walker.

«Wie schaffen wir es, dass der Knirps keinen Lärm veranstaltet?»

«Wir knebeln ihn, fesseln ihn und bedrohen ihn mit dem Pfefferspray, und diesmal benutzen wir es auch, wenn es sein muss.» Niemand protestierte, nicht einmal Sumo. Ich war schockiert.

«Meinst du das ernst?», fragte ich.

«Todernst», erwiderte Walker. Ich konnte es nicht glauben. Auf einmal war er ein Verbrechergenie und richtig angsteinflößend.

«Wer fährt den Van, falls der Fahrer wegläuft?», fragte Charlie.

«Warum sollte der denn weglaufen?», fragte ich zurück.

«Weil er Angst hat vielleicht», erklärte sie.

«Aber er weiß doch gar nicht, dass wir da sind.»

«Aber wenn doch?»

«Wir sind Kinder, wir jagen ihm bestimmt keine Angst ein. Wir sind diejenigen, die Angst haben.»

«Na gut, er öffnet also den Van, wir sprühen ihm Pfefferspray ins Gesicht. Er kann nicht fahren, wir müssen abhauen, und zu Fuß ist es zu gefährlich. Wer fährt dann?»

«Das ist eine blöde Frage!», rief ich.

«Nein, überhaupt nicht», widersprach Walker. «Wir müssen an alles denken.»

«Dann fahre ich», sagte Johnny J, und wir starrten ihn an. «Wenn ich muss, dann fahre ich. Ich fahre ja auch dauernd die Autos bei meinem Onkel.»

«Ja, aber bloß von einem Stellplatz zum anderen», wandte ich ein.

«Fahren ist Fahren», sagte Walker.

«Ist es nicht», beharrte ich. Johnny konnte schalten, beschleunigen, bremsen, wenden und anhalten. Fertig. Er war noch nie im Verkehr gewesen oder gar um einen Kreisel rumgefahren. Und er hatte keinen Führerschein.[DDDMWS42]

«Doch, klar», beharrte er. Ich sah zu Johnny J. Der nickte.

DDDMWS42

1. Bei einem Raubüberfall erwischt zu werden, ist schlimmer, als beim Fahren ohne Führerschein erwischt zu werden.
2. Bei einem Raubüberfall und beim Fahren ohne Führerschein gleichzeitig erwischt zu werden, ist schlimmer, als nur bei einem Raubüberfall oder nur beim Fahren ohne Führerschein erwischt zu werden.
3. Mit richtig gemeinem Pfefferspray bewaffnet zu sein, während man einen Raubüberfall macht und ohne Führerschein Auto fährt, ist schlimmer, als … (na ja, ich denke, ihr wisst inzwischen, wie es weitergeht).

«Es ist okay, ich kann das.»

«Gut», sagte Walker, und ich ließ die Sache auf sich beruhen.

«Wann?», fragte ich stattdessen.

«In vier Tagen», antwortete Walker.

«Da spielt Irland gegen Holland. Aber erst abends um acht, oder?», sagte ich.

«Ich weiß», sagte er.

«Dann sollen wir den Überfall also tagsüber machen, ohne dass alle von einem Spiel abgelenkt sind?»

«Für meinen Plan müssen wir niemanden ablenken, weil wir uns in einem Van verstecken. Und selbst wenn kein Spiel stattfindet, warten die Leute darauf, dass es anfängt, und sind schon deshalb abgelenkt. Außerdem läuft garantiert noch das halbe Land in Irlandschmuck rum, vor allem die Kids, da haben wir doch eine gute Tarnung.»

Er hatte recht. Es spielte keine Rolle, ob es während des Spiels passierte oder nicht, und das Beste war, wenn wir es schafften, den Überfall unerkannt durchzuziehen, konnten wir uns ganz in Ruhe das Spiel anschauen! *Hurra, endlich ein Licht am Ende eines sehr dunklen Tunnels.*

«Hat jemand Einwände?», fragte ich, aber niemand meldete sich.

«Okay, dann ist es beschlossene Sache. Wir kapern einen Geldtransporter», sagte Charlie, und das klang so irre, dass wir alle anfingen zu lachen, sogar Johnny. Natürlich hatten wir Angst. Wir wussten, dass unser Vorhaben höchst gefährlich war, aber wir wussten auch, dass wir nach diesem nie wieder einen Raubüberfall würden machen müssen.

«In dem Van sind mehrere tausend. Fakt», sagte Walker.

«Wir nehmen uns nur das, was uns noch fehlt», sagte Johnny J, und alle stimmten zu. Ich staunte, dass Charlie und Sumo mitmachten, obwohl sie nichts davon wussten, dass Tante Alison plante, uns Johnny J wegzunehmen. Auch wenn sie manchmal tierisch nervten, sie waren trotzdem richtig gute Freunde.

Nachdem wir nun also beschlossen hatten, einen Geldtransport zu kapern, spielten wir den Rest des Abends Fußball. Als Torpfosten benutzten wir unsere Jacken, und es machte riesig Spaß, mit den Jungs und Charlie unter dem rosa Abendhimmel rumzurennen. Über unseren Köpfen tummelten sich die Vögel, schossen im Sturzflug herunter, schwangen sich wieder in die Höhe und sangen dabei aus voller Brust. Das Gedudel des Eiswagens wehte durch die Abendluft, und für kurze Zeit vergaß ich, dass wir Ganoven waren, und das Leben fühlte sich richtig, richtig gut an.

21

Der Kolibri

Es war fast schon Zeit zum Abendessen, als wir uns am Waldrand trennten. Johnny und ich radelten zusammen nach Hause und stiegen erst oben an unserer Straße ab. Das taten wir meistens, weil wir den letzten Rest des Wegs gern zu Fuß gingen.

«Glaubst du, wir kriegen das gebacken?», fragte Johnny J.

«Wir haben es bei Rolands Tankstelle ja auch gebacken gekriegt», antwortete ich.

«Ja, aber das jetzt ist ein ganz anderes Kaliber – ich meine, wir überfallen einen Geldtransport!»

«Aber wir haben einen Code und einen Schlüssel, und unser Freund Walker scheint ja ein echtes Verbrechergenie zu sein», sagte ich.

«Meinst du, ich kann den Van fahren, wenn ich muss?», fragte Johnny J ein bisschen besorgt.

Darüber hatte ich viel nachgedacht, eigentlich schon die ganze Zeit, seit Walker den Vorschlag gemacht hatte, aber da ich Johnny J für fähig hielt, alles zu bewältigen, was er sich in den Kopf setzte, glaubte ich auch, dass er den Wagen fahren konnte. «Ja, das schaffst du», antwortete ich deshalb. «Wahrscheinlich wird es ohnehin nicht so weit kommen – wir greifen uns einfach den ersten Geldsack, der durch den Schlitz kommt, und springen raus, wenn der Van an der nächsten Ampel hält. Ganz einfach», sagte ich.

«Und wie kommen wir wieder nach Hause?», fragte Johnny J.

«Mit dem Bus.»

«Mit einem gestohlenen Geldsack?»

«Ja», sagte ich. «Das ist so eine Art Turnbeutel, also werden alle denken, dass stinkige Turnsachen drin sind. Und wer will so was schon?»

Johnny J lachte. «Du bist mein allerbester Freund auf der ganzen Welt», sagte er.

«Und du meiner.» Wir sahen uns nicht an, das wäre zu peinlich gewesen. Er nickte nur, und ich nickte auch, und dann boxte er mich in den Arm, und ich boxte ihn in den Arm. Wir waren gerade vor seinem Haus angekommen, da bog ein großes schwarzes Taxi in unsere Straße ein, fuhr an uns vorbei und hielt direkt vor Johnny Js Haus an. Mein Herz krampfte sich zusammen, als eine blonde, von Kopf bis Fuß schwarz gekleidete Frau ausstieg. Noch ehe sie sich umdrehte, wusste ich, wer sie war. Ich hörte, wie Johnny J schluckte, und fühlte einen stechenden Schmerz in der Brust, weil mein Herz brach.

«Tante Alison», sagte er nur. Sie hörte ihn nicht, sie war zu weit weg und damit beschäftigt, dem Taxifahrer ihren riesigen Koffer zu entreißen. Wie erstarrt standen Johnny J und ich da. Inzwischen war Tante Alison vor dem Haus angekommen und starrte die Wand empor, dann drehte sie sich zur Straße um und entdeckte uns. Sofort erschien ein Lächeln auf ihrem Gesicht. Und sie winkte. «Johnny!» Aber Johnny J rührte sich nicht. Tante Alison ließ ihren Koffer stehen, ging zu ihm, so schnell ihre superhohen Absätze sie trugen, umarmte ihn und fuhr ihm durch die Locken. Steif und stumm ließ Johnny J es über sich ergehen, während ich die Szene voller Entsetzen beobachtete.

«Da bist du ja, mein armer, armer Junge», sagte sie. «Keine Sorge, ab heute wird sich deine Tante Alison um alles kümmern.»

Dann wandte sie sich zu mir um. «Und du bist sicher der Freund», sagte sie.

«Ja, ich bin Jeremy», antwortete ich. «Jeremy Finn.»

«Weißt du denn, womit ich meinen Lebensunterhalt verdiene, Jeremy Finn?», fragte sie. Natürlich wusste ich das. Tante Alison hatte eine Friseurkette mit Salons überall in England. Sie war sehr erfolgreich und sehr wohlhabend, ganz bestimmt wohnte sie in einer besseren Gegend als wir in unserer kleinen Straße und pflegte Kontakte zu Menschen, die erfolgreicher, wohlhabender und sicher auch schlauer waren als wir. Zumindest vermittelte sie uns ständig dieses Gefühl.

«Ja, ich weiß, was Sie tun», antwortete ich also.

«Na gut. Jedenfalls kann ich euch beiden auch gern mal die Haare schneiden», sagte sie. Mir war Tante Alison wirklich sehr unsympathisch. Jetzt starrte sie wieder zum Haus.

«Ich sollte reingehen», sagte sie. Johnny J rührte sich nicht. Ich nickte.

«Ja», sagte ich.

Sie nahm ihr Gepäck. «Schön, dann mache ich mich jetzt auf den Weg», sagte sie, rührte sich aber ebenfalls nicht, und plötzlich war ich von lebenden Statuen umgeben. Ich wartete. Dann ging die Haustür auf, und Onkel Ted erschien. Aber er blieb stehen wie angewurzelt, hielt die Tür fest und schaute zu Tante Alison. Eine lange Zeit rührte sich niemand, keiner sagte etwas. Es war echt freakig. Endlich nickte Onkel Ted, und Tante Alison ging auf ihn zu. An der Tür drückte sie ihm ihren Koffer in die Hand, marschierte an ihm vorbei, und er schloss die Tür hinter ihr. Was für eine Erleichterung.

«Bist du okay?», fragte ich Johnny J.

«Nein», antwortete er und schüttelte den Kopf.

«Ich auch nicht.»

Weil er nicht reingehen wollte, setzten wir uns auf die Mauer. Vermutlich stand Johnny J unter Schock, er hatte ja nichts von Tante Alisons Besuch geahnt. Jetzt bereute ich, dass ich ihm nichts von dem Gespräch zwischen meiner Mam und Rachel erzählt hatte. Vielleicht hätte er dann jetzt nicht so gebibbert. Ich bot ihm meine Jacke an, aber er schüttelte wieder den Kopf.

«Ich glaube, es ist vorbei», sagte er, aber gerade als er es sagte, sauste direkt vor unseren Nasen ein Vogel herab, flog hoch und runter, auf und ab, rückwärts und kopfüber. Wie gebannt starrten wir auf sein farbenfrohes Gefieder und den langen, spitz zulaufenden Schnabel. Seine wild flatternden Flügel erzeugten ein leises Summen. Unverkennbar.[DDDMWS43] Vor uns schwebte ein Kolibri, und ich hätte geschworen, dass er uns direkt in die Augen sah. Es war außergewöhnlich.

«Ich sehe was, was du nicht siehst, und das ist ganz bunt», sagte ich.

«Ein Kolibri», rief Johnny J, seine Augen leuchteten, und ein Lächeln breitete sich auf seinem Gesicht aus.

«Was stand neulich noch mal in diesem Buch darüber, was passiert, wenn man einen Kolibri sieht?», fragte ich und tat so, als hätte ich es vergessen.

«Da stand, wenn ein Kolibri in deiner Nähe schwebt, bedeutet das, dass dir etwas Unmögliches gelingt», antwortete er wie aus der Pistole geschossen.

«Alles wird gut», sagte ich, und er nickte, denn auch die Hoffnung ist bunt und schön wie ein Kolibri.

DDDMWS43

1. Als Johnny J mit sechs Jahren den Blinddarm rausoperiert kriegte, kaufte seine Tante Alison ihm ein Buch über Vögel. Eigentlich hätte es langweilig sein müssen, aber es war toll.
2. Johnny J und ich lasen das Buch ungefähr eine Million Mal vom ersten bis zum letzten Wort und beobachteten ein ganzes Jahr lang die Vögel, bis wir dann Videospiele entdeckten.
3. MIT VÖGELN KANNTEN WIR UNS AUS!

22
Die Angst

In den drei Tagen nach Tante Alisons Ankunft wurde das Leben schwieriger. Walker war der Einzige, dem es Spaß zu machen schien, unseren neuen Überfall zu planen, und er versprach uns immer wieder, dass es funktionieren und alles gut werden würde. Natürlich wollte ich ihm glauben, aber ich konnte nicht. Sogar Rolands Omi hätte uns um ein Haar erwischt, und jetzt planten wir, uns in eine gesicherte Lagerhalle zu schleichen, ungesehen in einen Van zu klettern, einen erwachsenen Mann zu überwältigen (egal wie knirpsig er sein mochte) und Geld von der Bank zu stehlen. *Dann waren wir Bankräuber!* Das war nicht gut. Überhaupt nicht gut.

Jedes Mal, wenn ich die Augen schloss, hatte ich einen entsetzlichen Albtraum. Ich war in einer Kiste oder einem Käfig eingesperrt oder unter Wasser oder in einer Tonne oder unter einem Bett. Einmal steckte ich im U-Rohr einer Toilette fest. Das war der schlimmste Traum. Aber ich konzentrierte mich auf die Tatsache, dass Johnny J und ich einen Kolibri gesehen hatten. Wann immer mein Glaube ins Wanken geriet, dachte ich daran. *Wir erreichen das Unmögliche!* Aber dann dachte ich, selbst wenn wir das Unmögliche erreichten und das Geld kriegten, Mrs. Tulsi nach Amerika schickten und ihr Leben retteten, bedeutete das noch lange nicht, dass wir nicht erwischt wurden. Der Kolibri bedeutete nicht, dass wir nicht ins Gefängnis kamen. Immer wieder zermarterte ich mir den Kopf, was ich stattdessen tun könnte, um an genügend Geld zu kommen und Mrs. Tulsi zu retten – ohne dafür den Rest meines Lebens zusammen mit einem Kerl namens Bauchspeckschlitzer in einem sehr kleinen vergitterten Raum verbringen zu müssen.

Auch Johnny J war nervös. In dem Versuch, den Überfall doch noch zu vermeiden, hängte er in allen möglichen Geschäften am Ort Annoncen auf, dass er sein Fahrrad, einen Lautsprecher und seine Gitarre verkaufen wollte. Aber niemand biss an. Charlie meinte, alle wären zu sehr mit dem Fußball beschäftigt, um an so etwas zu denken. Wahrscheinlich hatte sie sogar recht.[DDDMWS44] Aber ich hoffte, es würde trotzdem klappen, denn ich wollte wirklich keinen Geldtransport überfallen. Johnny Js Mam verbrachte immer mehr Zeit im Bett, und er saß bei ihr, sie spielten Ich-sehe-was-was-du-nicht-siehst und redeten über ihre Lieblingssachen. Als ich vorbeikam, um Johnny J zur Probe mit meinem dummen Bruder abzuholen, führte Onkel Ted mich die Treppe hoch. Mrs. Tulsi war in

DDDMWS44

1. Johnny Js Gitarre war so alt, dass sie an einer Seite ein Loch hatte, das er mit Klebeband geflickt hatte.
2. Der Speaker knackte.
3. An der Lenkstange fehlte ein Griff.

ihrem Bett so klein, dass ich sie unter dem Deckenberg kaum erkennen konnte. Johnny J saß auf dem Boden, mit dem Rücken ans Bett gelehnt, aber er hatte die Hand nach oben gestreckt, und seine Mam hielt sie ganz fest. Sie waren mitten in einem Spiel, also wartete ich stumm an der Tür.

«Meine Lieblingseissorte ist Rum-Rosine», sagte Mrs. Tulsi.

«Meine Chocolate Chip», sagte Johnny J.

«Mein liebster Superheld ist Batman», sagte sie.

«Meiner Superman», sagte er.

«Mein Lieblingstag ist der, an dem du geboren bist», sagte sie.

«Meiner auch», sagte er, und ich hörte sie kurz und leise schluchzen, und Johnny J gab ihr einen Kuss auf die Wange. Dann zog er ihre Decke zurecht, genauso wie meine Mam das immer bei mir macht.

«Alles wird gut, Mam, das verspreche ich», sagte er.

Schließlich fand Johnny J sich damit ab, dass momentan niemand seine gebrauchten Sachen kaufen wollte, und wenn er nicht bei Mrs. Tulsi war, dann plante er entweder mit Walker den Überfall oder übte in der Band mit meinem Bruder. Solange wir dafür sorgen mussten, dass Rich den Mund hielt, konnte er die Proben nicht sausen lassen. Ich vermisste meinen Freund und war obendrein die ganze Zeit nervös. Da die anderen entweder über das Spiel, über den doofen Gig meines Bruders oder über den Überfall redeten, verbrachte ich die meiste Zeit damit, gegen meine Bauchschmerzen anzukämpfen oder auf die nächste verfügbare Toilette zu rennen.

Mein schlimmster Moment war, als ich unseren Nachbarn Mr. Lucey mit meinem Dad über den Roland-Raub reden hörte. Angeblich ging die Polizei davon aus, dass es Jungs aus einem sozialen Brennpunkt in unserer Nähe gewesen waren.

«Ach wirklich?», fragte mein Dad.

«Klar, wer sonst macht denn so was?», sagte Mr. Lucey. *Äh … ich*, dachte ich.

«Ich hab gehört, die haben damit gedroht, ihr einen Tritt zu verpassen», fuhr er fort. STIMMT ÜBERHAUPT NICHT!

«Das sind Tiere», sagte mein Dad.

«Ich hab gehört, gestern Abend hat die Polizei ein paar Häuser durchsucht. War ein richtig großer Einsatz, Ron», sagte Mr. Lucey.

«Erzähl weiter», sagte mein Dad. Ich musste meinen Bauch krampfhaft festhalten, damit meine Eingeweide in mir drinblieben.

«Bei den Fitzers haben sie die Tür aufgebrochen», fuhr Dad fort.

«Nein», entgegnete Mr. Lucey. In diesem Moment entfuhr mir ein komisches Geräusch, das ich noch nie gehört hatte, weder von mir selbst noch von jemand anderem. Erstaunt drehten Mr. Lucey und mein Dad sich zu mir um.

«Alles in Ordnung, Sohn?», fragte Dad.

Ich nickte, aber mit mir war überhaupt nichts in Ordnung. Das war die Tür von Freaky Fitzers Mam und Dad gewesen, die sie aufgebrochen hatten. Fitzer war ein Fiesling, aber das hatte er nicht verdient.[DDDMWS45]

«Es gibt Gerüchte, dass sie Rolands Geld aber trotzdem nicht gefunden haben», sagte mein Dad. *Natürlich nicht, das hatten ja meine Freunde und ich!* In der Lokalzeitung gab es jede Menge Artikel, die sich mit dem Überfall beschäftigten. In einem wurde ein Kommentar von Jim Rolands Omi zitiert.

«Seither bin ich nicht mehr dieselbe», hatte sie gesagt. Schrecklich, so was zu lesen. Mir war zum Kotzen zumute. Ich konnte immer noch nicht richtig essen, und meine Mutter war überhaupt nicht zufrieden mit mir.

«Vielleicht sollte ich dich zum Arzt bringen.»

«Mir geht's gut, Mam.»

«Da bin ich nicht so sicher.»

«Doch, doch, ich hab nur einfach keinen Hunger.»

Am Telefon erzählte sie Rachel davon: «Er nimmt schon richtig ab – und wie es auf der Toilette riecht, wenn er drin war! Das ätzt einem die Augen aus dem Kopf.»

«MAM!», protestierte ich und konnte Rachel am anderen Ende der Leitung lachen hören. Als sie anfing,

DDDMWS45

1. Später hörte ich, dass Freaky Fitzers Dad in Boxershorts, weißen Socken und braunen Sandalen im Garten stand.
2. Freakys Mam zeigte dauernd mit dem Finger auf Freaky und wiederholte: «Ich bring dich um.»
3. Freaky schrie seine Mam an, er würde weglaufen, aber dann tat er es doch nicht.

Rachel von dem Raubüberfall zu erzählen, ging ich lieber. Ich konnte mir das nicht mehr anhören. Der Satz von Jim Rolands Omi ging mir nicht mehr aus dem Kopf. «Seither bin ich nicht mehr dieselbe.» *Was, wenn wir ihr Leben zerstört hatten?* Es war extrem belastend. *Was, wenn wir es tatsächlich schaffen, den Geldtransport auszurauben, und dann verlieren die Männer ihren Job? Was, wenn sie keinen anderen finden? Was, wenn ihre Familien hungern müssen und obdachlos werden?* Ich hatte etwas ins Rollen gebracht, was ich nicht mehr anhalten konnte. Ich saß in der Falle und litt Folterqualen.

23

Die Frage

Am Abend vor dem Spiel Irland gegen die Niederlande lud Johnny J mich zum Abendessen bei sich zu Hause ein. Inzwischen war mir dauernd so übel, und ich hatte dauernd solche Angst, dass ich trotz des Kolibris oder vielleicht auch seinetwegen beschloss, ihm zu sagen, dass ich keinen zweiten Raubüberfall machen konnte.

Tante Alison kochte Spaghetti bolognese. Onkel Ted las die Zeitung. Johnny J und ich sahen uns die Höhepunkte aus den Spielen Italien gegen die Tschechoslowakei und Deutschland gegen Kolumbien im Fernsehen an.

Als das Essen fertig war, ging Onkel Ted (auf Tante Alisons Anweisung) nach oben, um Johnny Js Mam zum Essen zu holen. Dann beorderte Tante Alison Johnny J und mich zum Tisch, und nach einer Ewigkeit kam Onkel Ted mit Mrs. Tulsi zurück.

Als sie mich sah, lächelte sie mich an. Onkel Ted stützte sie und hielt sie eng umfasst. Sie hatte einen Schal um den Kopf gewickelt, aber man sah, dass sie darunter ganz kahl war. Auch ihre Augenbrauen waren weg, aber sie hatte immer noch die großen feuchten grauen Augen, genau wie Johnny J und auch Tante Alison.[DDDMWS46] Sie war sehr dünn, doch die Venen in ihren Armen und Händen waren dick und sprangen vor. Es sah erschütternd aus. Am liebsten hätte ich geweint. Ich schloss die Augen und erinnerte mich daran, wie sie früher ausgesehen hatte.

«Ich hab dich lange nicht gesehen, Jeremy. Wie groß du geworden bist.» Sogar ihre Stimme klang anders. Weil ich kein Wort herausbrachte, nickte ich nur stumm und fingerte an meinem Pferdeschwanz herum.

Onkel Ted half Mrs. Tulsi auf ihren Stuhl. Sie saß neben Johnny J und gab ihm einen Kuss auf die Wange. Als ihre Hand unter den Tisch rutschte, sah ich ihn danach greifen, und so saßen sie nebeneinander und hielten sich an den Händen, aber nur ein paar Sekunden.

«Was ist das?», fragte sie Tante Alison.

«Spaghetti bolognese. Das ist gesund für dich, versuch, ein bisschen was davon zu essen», antwortete Tante Alison.

«Ziemlich nobel», meinte Mrs. Tulsi, und Onkel Ted lachte.[DDDMWS47]

«Für unsere Alison nur das Beste», sagte Onkel Ted,

DDDMWS46

1. Als sie mir die Hand auf den Kopf legte und über meinen Pferdeschwanz strich, lief es mir kalt den Rücken runter.
2. Ich hatte große Angst.
3. Und ich schämte mich schrecklich deshalb.

DDDMWS47

1. Italienisches Essen galt damals als schick.
2. Französisches Essen wurde damals als sehr nobel angesehen.
3. Mexikanisches Essen war völlig unbekannt.

und Tante Alison warf ihm einen ähnlichen Blick zu, wie meine Mam meinem Vater zuwarf, wenn sie nicht von ihm begeistert war. «Warum denn nicht? Habe ich das etwa nicht verdient?», sagte sie kühl, worauf Onkel Ted schwieg und anfing zu essen. Mrs. Tulsi aß ein paar Bissen, und alle lobten sie.

«Sehr lecker», sagte sie. «Ich glaube, das ist seit langer Zeit meine erste richtige Mahlzeit.»

«Seit fünf Wochen, Mam», sagte Johnny J.

Onkel Ted zerzauste ihm die Haare.

Mrs. Tulsi fragte mich nach meinen Plänen für die weiterführende Schule.

«Ich gehe auf die Luke's, weil Johnny J da auch hingeht.» Das stimmte nicht ganz, denn genau genommen ging ich wegen meines Bruders dorthin. Aber ich wollte damit etwas klarstellen. Alle schwiegen, aber Mrs. Tulsi sah traurig aus, während Tante Alison genervt wirkte. Andererseits wirkte sie immer genervt, sie hatte so ein Gesicht, und Onkel Ted zwinkerte mir zu.

Die Spaghetti waren wahrscheinlich die besten, die ich je gegessen hatte, aber ich war trotzdem froh, als wir endlich gehen konnten. Nachdem ich Mrs. Tulsi gesehen hatte, konnte ich Johnny J nicht mehr sagen, dass ich keinen zweiten Raubüberfall mehr schaffen würde, auch wenn ich mich inzwischen dermaßen daneben fühlte, dass ich mich fragte, ob die anderen ohne mich nicht vielleicht besser dran waren.

Tante Alison sagte Johnny J, er sollte um zehn wieder zu Hause sein.

«Und geh nicht so weit weg», sagte sie noch.

«Nur zu Jeremy», erwiderte er.

«Okay, aber bitte nicht weiter, ja? Bis man diese Verbrecher hinter Schloss und Riegel gebracht hat, weiß man ja nicht, wer einem über den Weg laufen könnte», meinte sie, und Johnny J wurde knallrot. Ich wusste nicht, ob es ihm peinlich war, weil er zu diesen Verbrechern gehörte, oder ob er sich ärgerte, dass sie sich jetzt schon benahm, als wäre sie seine Mam. *Kümmere dich um deine eigenen Angelegenheiten, Tante Alison!* Ich versuchte, cool und ruhig zu bleiben und so zu tun, als wäre nichts. Aber das gelang mir nicht besonders, und mein Freund kannte mich zu gut. Ihm war klar, dass ich Panik schob. «Du machst aber mit, oder, Jeremy?»

«Na selbstverständlich», sagte ich und meinte es auch so. Selbst wenn ich dabei draufging.

Den Rest des Abends übte Johnny J mit der Band. Es war schon der dritte Probenabend hintereinander. Irgendwie hatte ich den Eindruck, dass es ihm mittlerweile sogar gefiel, und ehrlich gesagt klangen sie auch schon viel besser. Jetzt, wo Johnny J mitmachte, ließen sie das Playback weg, er spielte Gitarre, und Rich war begeistert.

«Wir werden die nächsten U2», sagte er dauernd, und ich hatte Mitleid mit ihm, denn seine Band war nur gut wegen Johnny J, und der war nur für diesen einen einzigen Gig dabei. Nächste Woche um diese Zeit waren wir wahrscheinlich entweder im Gefängnis, oder Johnny lebte bei Tante Alison in England. In dieser letzten Nacht, während Johnny J sich mit Gitarrespielen ablenkte und

Songs über Rosen, Dornen und traurige Cowboylieder sang, schrieb ich einen Brief an Gott.

Lieber Gott,
ich hoffe, es geht dir gut. Hier spricht Jeremy Finn, und ich gestehe, dass ich gesündigt habe, in Gedanken (ich habe einen Raubüberfall geplant), Worten (ich habe auch darüber geredet) und Werken (ich habe eine Oma ausgeraubt). Und außerdem in dem, was ich nicht getan habe (ich habe nicht genug Geld erbeutet, um Johnny Js Mam nach Amerika schicken zu können). Und ich werde es noch einmal tun, alles – planen, reden, rauben und hoffen, nicht noch einmal zu versagen. Ich bitte dich um Vergebung für das, was ich getan habe, und für das, was ich vorhabe, und ich bitte dich, hilf uns, Mrs. Tulsi zu retten. Wenn du wirklich das Gefühl hast, uns bestrafen zu müssen, dann kannst du uns auch ins Gefängnis stecken. Ich weiß, dass wir sehr schlimme Sünden begehen, aber bitte, lieber Gott, rette Mrs. Tulsi.
Vielen herzlichen Dank,
Jeremy

PS Bitte mach, dass ich in Mathe besser werde.
PPS Und hilf mir zurechtzukommen, wenn ich im September mit der neuen Schule anfange (falls ich dann nicht sowieso im Gefängnis sitze).
PPPS Und wenn mein Dad im Lotto gewinnt, wäre das echt toll.

Ich faltete den Brief zusammen und stopfte ihn für Gott unter die Matratze. Dann steckte ich den Kopf unter mein Kissen und dachte darüber nach, was für Briefe ich vom Gefängnis nach Hause schreiben würde.

«Liebe Mam, ich hab Etagenbetten immer gemocht, aber jetzt kann ich sie nicht mehr leiden.»

«Liebe Mam, mein neuer Zellengenosse heißt Bauchspeckschlitzer. Ich hab echt Angst vor ihm.»

«Liebe Mam, ich vermisse dein Essen.»

«Liebe Mam, ich vermisse dich.»

In dieser Nacht, der Nacht, bevor wir den Geldtransporter von Walkers Dad überfallen wollten, weinte ich mich in den Schlaf, und in den Wochen und Monaten, die folgten, erfuhr ich, dass ich nicht der Einzige war.

24

Das Problemchen

Ich sagte meiner Mam, dass die Jungs und ich runter zum Strand radeln und den Tag dort verbringen wollten und dass ich schon losziehen würde, bevor der Rest der Familie zum Frühstück aufstand. Das Detail, dass ich schon um halb fünf das Haus zu verlassen plante, erwähnte ich allerdings lieber nicht. Mam fragte nicht weiter nach und schien mit dem Plan ganz zufrieden zu sein. Sie mochte es, wenn ich mich im Freien aufhielt, außerdem fand sie, es wäre gesund und gut, früh aufzustehen. Aber meine Nerven lagen völlig blank. Ich zitterte und schlotterte, aber ich gab mein Bestes. Als ich sie anlog und sie mich anlächelte und ermahnte, die Sonnencreme nicht zu vergessen – nur für den Fall, dass die Sonne schien –, wurde mir schlagartig klar, dass ich womöglich nie mehr mit ihr sprechen würde, ohne dass ein Polizeibeamter oder ein Gefängniswärter anwesend war, deshalb umarmte ich sie fest und ließ sie nicht mal los, als sie mir über den Kopf strich. Obwohl ich das wirklich hasste.

«Es ist doch alles gut bei dir, Jeremy, oder nicht?», sagte sie.

«Alles okay, Mam», log ich.

«Ich weiß, dass du dir Sorgen machst wegen Johnny

und seiner Mammy», sagte sie, und mir schossen die Tränen in die Augen, denn ich machte mir ja wirklich Sorgen. ‹Wir können nur versuchen, ihnen zu helfen, wo es geht›, sagte sie, und natürlich hatte sie recht. Das tat ich ja, ich half meinem Freund und seiner Mam, so gut ich es konnte. Dieser Gedanke trieb mich morgens um halb fünf aus dem Bett, er half mir beim Anziehen, er half mir, als ich das Irlandzeug und die alberne Schminke in meinen Rucksack packte, für den Fall, dass wir es vor dem Spiel nicht mehr nach Hause schafften. Dann schlich ich die Treppe runter, sprang über die beiden knarrenden Stufen in der Mitte und rannte geräuschlos aus der Haustür, obwohl meine Hände und Beine so zitterten, dass meine Knochen klapperten.

Johnny J saß auf der Mauer und wartete schon auf mich. Er war bleich, seine Haare waren noch wilder und seine Augen noch größer als sonst, sodass er ein bisschen verrückt aussah.

«Okay?», fragte ich.

«Ich musste kotzen», antwortete er.

Ich hatte nicht gekotzt, ich hatte ja auch nichts mehr in mir. Charlie kam angeradelt. Sie hatte rote Augen, bestimmt hatte sie geweint, aber als Johnny J sie fragte, wie es ihr ging, lächelte sie und sagte, alles gut. Wir nickten, obwohl wir wussten, dass sie log. Sie gab sich alle Mühe. Zu dritt radelten wir zu Walker, wo er und Sumo bereits warteten. Von Walkers Haus bis zur Arbeitsstelle von Walkers Vater waren es mit dem Rad fünfzehn Minuten. Wir radelten schweigend.

Als wir ankamen, war es 4 Uhr 59. Wir versteckten die Räder im Gebüsch, Walker holte seinen treuen Feldstecher heraus, und wir versteckten uns mit viel «Autsch» und «Rück doch mal ein Stück!» hinter einem Dornbusch. Walker ermahnte uns, leise zu sein. Obwohl wir in den Dornen lagen, waren wir sofort still.

Er beobachtete das Gebäude. Pünktlich um fünf kamen die Sicherheitsleute heraus, jeder von ihnen stieg allein in ein Auto, und alle fuhren in unterschiedlichen Richtungen davon.

«Los», sagte Walker, und wir erhoben uns langsam und qualvoll. Sumo hatte einen Dorn in der Wange stecken, aber er schien es nicht zu bemerken. Charlie zog das Ding heraus und zeigte es ihm.

«Cool», sagte er.

Wir folgten Walker durch ein Loch im Zaun. Er kannte es, weil sein Vater sich immer darüber beklagte und es unbedingt repariert haben wollte. Weil Sumo nicht durchpasste, rannte Walker zum Tor und öffnete es für ihn. Wir gingen zur Tür des Depots, und auf einmal hörten wir die Hunde. Sie bellten und knurrten.

«Hunde!», rief ich erschrocken.

«Große Hunde!», rief Charlie.

«Die werden uns alle umbringen!», rief Johnny J.

Sumo rannte beim Versuch zu fliehen gegen eine Mauer. Aber Walker lachte nur.

«Das ist bloß ein Tonband, zur Abschreckung», erklärte er. «Richtige Hunde würden viel zu viel Arbeit machen.» Dann gab er den Code in das Tastenfeld ein, und sofort gab die Tür ein Summen von sich. Walker drückte dagegen, und schon waren wir drin.

Die Halle war menschenleer, aber voller Vans und erfüllt vom Gebell bösartiger Hunde. Es war dunkel und beängstigend.

«Folgt mir», sagte Walker, und wir trotteten im Gänsemarsch hinter ihm her. Johnny J, ich, Charlie und Sumo, und jeder hielt sich an seinem Vordermann fest. Walker probierte den Schlüssel an einem Van, der sich aber nicht öffnen ließ. So probierte er den nächsten in der Reihe. Ohne Erfolg.

«Weißt du nicht, welchen Van dein Dad immer fährt?», fragte Charlie.

«Die sehen alle genau gleich aus, außerdem ist es stockdunkel», sagte er. Was natürlich stimmte. Aber der vierte Van, den er ausprobierte, ließ sich öffnen, es klickte, er machte die hintere Tür auf und zeigte uns das Innere des Wagens.

Sobald Titch die Tür öffnete, würde er Sumo mit dem Pfefferspray dort stehen sehen, hinter ihm würden Johnny J und Walker warten. Sumo sollte Titch überwältigen, Johnny J das Geld aus dem Schlitz ziehen und an sich nehmen, und Walker war da, weil er wusste, wie man das Doppelschließsystem hinten im Van öffnete. Charlie und ich sollten dem Van auf unseren Fahrrädern folgen. Johnny J hatte das eine Walkie-Talkie bei sich, ich das andere. Natürlich mussten Charlie und ich nahe genug an ihnen dranbleiben, um den Kontakt halten zu können, denn bei Entfernungen von über zehn Metern waren die

Walkie-Talkies nutzlos. Unser Job war es, die Jungs über das auf dem Laufenden zu halten, was draußen passierte, denn der Van hatte hinten keine Fenster. Wir mussten Fluchtwege anpeilen und Bescheid geben, wenn der beste Zeitpunkt zum Abspringen und Losrennen gekommen war. Idealerweise hielten wir Ausschau nach Stellen, wo sie unbemerkt aus dem Van springen und sich möglichst rasch in die Umgebung einfügen konnten.

Doch im kalten Licht des frühen Morgens zeigte unser Plan bereits die ersten Probleme. Wenn Titch die Jungs hinten im Van sah, würde er womöglich einfach wegrennen und um Hilfe rufen.

«Sumo muss außerhalb des Vans bleiben», sagte Charlie und ging hinüber, wo an der Wand ein offener Schrank mit Sicherheitsuniformen stand. Sie zog eine davon heraus.

«Wo soll ich denn dann hin?», fragte Sumo.

«Zieh das hier an und setz dich in die Ecke, halte den Kopf gesenkt und rede mit niemandem», sagte Charlie. Dann wandte sie sich an mich. «Kleine Planänderung», verkündete sie.

«Ich kann von dem Fenster da oben die ganze Halle überblicken», sagte sie und deutete auf ein Fenster im Obergeschoss.

«Äh, und wie kommst du da rauf?», fragte ich.

«Direkt daneben ist ein Baum», sagte sie in einem Ton, der andeutete, dass ich ein bisschen dämlich war.

«Ich halte Wache, und wenn Titch sich dem Van nähert, funke ich Sumo an, und Sumo, du gehst rüber, und sobald er die Tür öffnet, schubst du ihn rein. Johnny J, du musst dich bereithalten, ihn sofort zu knebeln und zu fesseln. Und Sumo springt dann direkt hinter ihm rein.»

Johnny J nickte.

«Ich möchte ihn aber nicht verletzen», sagte Sumo.

«Wir schubsen einander doch die ganze Zeit. Und sind wir etwa verletzt?», fragte Walker.

«Nein», räumte Sumo ein.

«Eben», sagte Walker.

Sumo nickte vor sich hin, beäugte den Anzug und grinste.

«Das könnte funktionieren», sagte Walker. «Jedenfalls wenn du es nicht vergeigst, Sumo.»

Sumo zog die Schultern hoch. «Ich tu mein Bestes.»[DDDMWS48]

DDDMWS48

1. ~~Es war ein schlechter Plan.~~
2. ~~Es war ein sauschlechter Plan.~~
3 Es war der schlechteste Plan aller schlechten und sauschlechten Pläne.

25

Das Warten

Der Plan hatte sich also geändert. Jetzt war der Zeitpunkt gekommen, entweder zu schwimmen oder unterzugehen. Ich hatte definitiv das Gefühl zu ertrinken.

«Du musst alle vier Fahrräder verstecken», sagte Charlie.

«Aber ich kann unmöglich selbst radeln und auch noch drei Fahrräder halten. Da müsste ich zu Fuß gehen, und dann würde ich es nie im Leben rechtzeitig zurück schaffen», sagte ich. Als wir den Weg probegeradelt waren, hatten wir nur fünf Minuten übrig gehabt.

Walker überlegte. «Vor der Bibliothek ist ein Fahrradständer, gleich die Straße runter, da kannst du sie abstellen, und wir holen sie später.»

Ich erklärte mich bereit, zwei Räder vor der Bibliothek zu parken, das von Charlie und mein eigenes würde ich draußen lassen und in den Dornen auf sie warten.

Damit Charlie und ich wussten, welchem Van wir folgen mussten, markierte Walker die hintere Tür mit schwarzer Sprühfarbe. Johnny J machte sich Sorgen, Charlie könnte oben im Baum erwischt werden.

«Erwachsene schauen nie nach oben», beruhigte sie ihn.

«Aber irgendwann musst du runterkommen», gab ich zu bedenken.

«Und wenn ich runterkomme, bin ich bloß ein kleines Mädchen, das auf seinen Dad wartet», meinte sie mit einem niedlichen Augenaufschlag, der echt enorm treuherzig wirkte.

Charlie kletterte auf den Baum, während ich die Fahrräder für jeden sichtbar vor der Bibliothek versteckte und mich dann mit dem Rucksack im Gebüsch verkroch. Ich konnte Charlie auf dem Baum sehen, wie sie durch das Fenster spähte, sonst nichts. Also saß ich einfach nur da. Und WARTETE.DDDMWS49

Eine Ewigkeit schien zu vergehen, dann sah ich Charlie über den Hof rennen. Sie kroch durch das kleine Loch im Zaun und gesellte sich hinter dem Gebüsch zu mir, wo ich mit dem Feldstecher und unseren beiden Fahrrädern wartete.

«Er hat es geschafft», sagte Charlie. «Er hat Titch in den Van geschubst und die Tür hinter ihm zugemacht. Es war cool.»

DDDMWS49

1. Wenn man warten muss, hat viel man Zeit, sich zu stressen, sich Sorgen zu machen und nachzudenken. Ich dachte an meinen zukünftigen Zellengenossen Bauchspeckschlitzer.
2. Bauchspeckschlitzer war der Name, den mein Dad einem mordenden Fleischer in einer Geistergeschichte gegeben hat. Er hat uns die Geschichte an Halloween erzählt, als ich acht war.
3. In dieser Nacht bin ich schreiend aufgewacht. Danach hat Dad keine Geistergeschichten mehr erzählt, aber der Name ist mir im Gedächtnis geblieben.

«Und wo ist er jetzt?» Sumo sollte ja die Halle auf dem schnellsten Weg verlassen und sich uns hier im Gebüsch anschließen.

«Er wird schon kommen, gib ihm ’ne Minute», sagte Charlie, aber ich ignorierte sie und spähte durchs Fernglas. Ich sah ein paar Vans die Halle verlassen, und im dritten davon saß mein Freund Sumo, aufrecht auf dem Beifahrersitz, gekleidet wie ein Sicherheitsmann.

«Oh-oh», sagte ich.

«Was?»

«Sumo sitzt vorne im Van!» DDDMWS50

Charlie schlug sich die Hand an die Stirn, ich warf den Rucksack über, und wir sausten los, um den Van zu verfolgen.

DDDMWS50

1. In unserem Plan kam nirgends vor, dass Sumo vorn in einem Geldtransporter sitzen sollte.
2. Sumo drückte die Hände an die Scheibe und formte «Hilfe!» mit den Lippen.
3. Big Toms Fenster war offen, und es spielte «Jesse James» von den Pogues. Das ist ein Song über einen Eisenbahnraub, der kein gutes Ende nahm.

26

Die Verfolgungsjagd

Wir radelten, so schnell wir konnten, aber es war extrem schwierig, mit dem Van Schritt zu halten. Zum Glück war der Verkehr dicht genug, dass der Transporter oft das Tempo drosseln oder sogar kurz anhalten musste, und wir konnten immer wieder aufholen, wenn wir zurückgefallen waren. So gut und so schnell wir konnten, schlängelten wir uns zwischen den Autos hindurch. Charlie warf mir das Walkie-Talkie zu, und als ich es in die Tasche stecken wollte, wurde es lebendig.

«Braunbär, bitte kommen, Braunbär.» Es war Johnny J! Dabei hatte Sumo das Walkie-Talkie doch als Letzter gehabt. Ich war verwirrt und bereute immer mehr, dass ich mir den Namen Braunbär ausgesucht hatte.

«Hier ist Braunbär, alles klar, bester Kumpel? Over», sagte ich.

«Alles gut, aber wo ist Cash? Er hat Titch und das Walkie-Talkie reingeworfen und die Tür geschlossen. Over.»

«Er ist auf dem Beifahrersitz, vorn im Van. Over», antwortete ich.

«WAS?», rief Johnny J und war anscheinend so erschrocken, dass er vergaß, «Over» zu sagen.

«Keine Panik. Wir sind euch auf den Fersen. Hast du alles unter Kontrolle im Van? Over.»

«Titch hat mich gebissen, aber sonst ist alles in Ordnung. Was machen wir denn jetzt? Over.»

Das wusste ich auch nicht, und es war schwer nachzudenken, während ich mich bemühte, auf einem Fahrrad mit einem Rucksack voller Irlandzeug und Schminke auf dem Rücken einen Van zu verfolgen. Dann war plötzlich Walker am Walkie-Talkie. «Ist er verrückt? Warum hat er das gemacht? Wie sollen wir jetzt da wieder rauskommen?» Er klang panisch. Dann verschwand er, weil der Van zu weit vor uns war und das Signal nicht mehr durchkam. Ich musste das Tempo steigern.

«Schneller!», rief ich Charlie zu. «Sonst verlieren wir den Kontakt!»

Sie nickte und schaltete, ich ebenfalls, und wir beschleunigten so stark, dass unsere Räder wackelten. Aber das Walkie-Talkie erwachte wieder zum Leben. Walker redete immer noch, als hätte ich ihm die ganze Zeit zugehört.

«Das ist die einzige Möglichkeit. Abgemacht? Over», sagte er gerade.

«Was ist die einzige Möglichkeit? Over», antwortete ich.

«Hab ich doch grade gesagt. Over.»

«Ich hab dich aber nicht gehört. Over.»

«Na, dann pass doch auf. Over.»

«Ich bin schon halb tot, weil ich mit einem Van Schritt halten muss. Over.»

«Oh, okay, sorry. Over», sagte er. «Wir springen mit dem Geldsack raus, wenn der Van zum ersten Mal bei der Bank haltmacht. Sumo muss selbst sehen, wie er rauskommt. Wenn man ihn in die Bank schickt, wird er so tun müssen, als geht er rein, und dann die Beine in die Hand nehmen. Wenn er im Van bleibt, muss er warten, bis Big Tom reingegangen ist, und dann abhauen. Over.»

«Okay. Und woher soll er wissen, was er zu tun hat? Over?», fragte ich.

«Ihr müsst hinter dem Van bleiben und es ihm sagen. Over.»

O *nein*, dachte ich. Noch mehr Stress. Meine Knie wurden schon schlapp, ich hatte nicht damit gerechnet, dass die erste Bank so weit weg war. Außerdem machte ich mir Sorgen beim Gedanken, dass Sumo und Big Tom sich miteinander unterhielten. Was erzählte Sumo ihm wohl? Worüber redeten sie? Ich betete zu Gott, dass es Fußball war.

«Okay. Over», sagte ich, und obwohl jeder meiner Muskeln höllisch brannte, radelte ich weiter. Charlie hielt durch, schien aber ebenfalls müde zu werden.

«Alles wird gut!», rief ich ihr zu.

«Muss es auch», antwortete sie, und wir radelten weiter. NOCH EINE VOLLE STUNDE LANG! IN HALSBRECHERISCHEM TEMPO!

Endlich fuhr der Van vor einer großen Bank rechts ran. Sobald ich vom Rad stieg, gaben meine Beine unter mir nach, mir war speiübel. Charlie sank zu Boden. Ihr Rad fiel auf sie drauf. Aber das war ihr offensichtlich egal.

«Wasser», japste sie, aber ich hatte keines. Wir beobachteten, wie Big Tom aus dem Van stieg und in die Bank ging. Das war mein Zeichen. Ich musste losrennen, um Sumo zu informieren, aber ich kam einfach nicht hoch.

«Steh auf», sagte Charlie.

«Ich kann nicht», stöhnte ich.

«Sei nicht albern.»

«Steh du doch auf.»

Sie versuchte es. Schaffte es aber auch nicht. «Oh.»

Mühsam hievte ich mich auf die Knie, stützte mich mit den Händen an einer Mauer ab und zog mich daran hoch. Als meine Füße auf dem Boden waren, machte ich einen unsicheren Schritt, dann noch einen, und nach ein paar Sekunden konnte ich einigermaßen normal gehen.

«Los», sagte Charlie und zog sich ebenfalls an der Mauer hoch. Mein wackeliges Gehen entwickelte sich zu einem zittrigen Laufen. So erreichte ich den Van und klopfte ans Fenster. Sumo kurbelte es runter.

«Hi, Jeremy», sagte er.

«Was machst du denn dadrin?», schrie ich beinahe.

«Ich tu mein Bestes», verteidigte er sich.

«Wenn Big Tom das nächste Mal in eine Bank geht, springst du raus und läufst weg.»

«Geht das vielleicht auch jetzt schon?», fragte er.

«Die Jungs hinten müssen erst das Geld an sich nehmen und selbst rausspringen», erklärte ich. Sumo dachte angestrengt darüber nach.

«Okay. Weißt du, wo wir sind?», fragte er. Ich hatte nicht den geringsten Schimmer. Aber als ich mich zum

Gehen wandte, hielt Sumo mich auf. «Er ist sehr nett», sagte er, und mir war klar, dass er sich deswegen schlecht fühlte.[DDDMWS51]

«Tut mir leid», sagte ich, und ich weiß nicht, warum ich mich entschuldigte. Eigentlich wollte ich nur mein Mitgefühl ausdrücken.

«Mir auch.»

Zittrig rannte ich zurück zu Charlie, die dabei war, ihre Hände zu untersuchen. Sie hatte Blasen vom krampfhaften Festhalten an den Lenkergriffen. Aber wir hoben tapfer unsere Fahrräder wieder auf und warteten startbereit, dass Big Tom mit dem Geld wieder auftauchte. Es war ein großer Sack, und er sah voll aus. Tom steckte ihn in den Schlitz auf der Seite des Vans, und wir sahen zu, wie er verschwand.

«Sie haben ihn», sagte ich. Dann nahm ich das Walkie-Talkie, um die Information durchzugeben, aber wir hatten zu weit entfernt geparkt. Ich sah zu, wie Big Tom wieder einstieg, und gleich darauf fuhr der Van los.

«Los geht's», sagte ich. Charlie seufzte tief, schloss einen Moment die Augen, packte dann die Lenkergriffe und startete. Ich folgte ihr, und wir nahmen erneut die Verfolgung auf.

«Bester Kumpel, bitte kommen. Over. Tango, bitte kommen. Over.»

DDDMWS51

1. Tom hatte sieben Enkel.
2. Er war nett.
3. Er aß gern Spam, genau wie Sumo.

Knisternd erwachte das Walkie-Talkie zum Leben.

«Ich bin's, Tango. Over. Bester Kumpel hält den Sack, Over.»

«Okay, super. Over.»

So folgten wir dem Van, bis wir eine lange Autoschlange erreichten und alles zum Stillstand kam.

«Ich glaube, da vorne ist ein Unfall», sagte Charlie und radelte los, um nachzuschauen.

«Tango, bitte kommen. Over.»

«Ja? Over.»

«Macht euch fertig zum Absprung, es sieht nach einem Stau aus», sagte ich.

«Alles klar. Over.»

Charlie kam zurück. «Vier Autos, niemand scheint verletzt zu sein, aber die Straße ist komplett verstopft.» Das bedeutete, jetzt oder nie.

«Springt raus, lauft nach links ins Einkaufszentrum, wir treffen uns in der Toilette, over», rief ich geistesgegenwärtig in mein Walkie-Talkie. Charlie nickte, und ich sah, dass sie beeindruckt war.

Die Vantür ging auf, Johnny J sprang mit dem Geldsack heraus und rannte auf das Einkaufszentrum zu. Doch gerade als Walker ihm folgen wollte, gelang es Titch, sich von seinen Fesseln zu befreien, er packte Walker, und der ließ die Spraydose fallen. Gerade mal drei Autolängen entfernt beobachteten Charlie und ich das Ganze, wie gelähmt und echt nicht hilfreich.

«Runter von mir», brüllte Walker.

«Hmm, humm hummmmny hummmm», erwiderte

Titch wegen der Socken in seinem Mund, und so schubsten und zerrten die beiden einander um den Transporter herum. Titch drückte Walkers Gesicht gegen die Seite des Vans, aber als er versuchte, den Schal zu entknoten, der die Socken in seinem Mund fixierte, und Walker einen Moment losließ, ergriff der die Flucht. Zwar grapschte Titch noch nach seiner Jacke, aber Walker war dünn und ausgefuchst und schlüpfte einfach raus, rannte aber vor lauter Schreck nach rechts statt wie abgemacht nach links. Im gleichen Moment sprangen Big Tom und Sumo vorne aus dem Van. Titch ließ die Jacke fallen und riss sich den Schal vom Gesicht, dann hob er blitzschnell das Pfefferspray auf, das Walker im Handgemenge hatte fallen lassen. Sekunden später kam Big Tom gerade rechtzeitig um den Van herumgerannt, um von Titch eine Ladung Pfefferspray ins Gesicht zu bekommen. Stöhnend und ächzend sank er zu Boden, und der arme Titch wusste nicht mehr aus noch ein. Dann entdeckte er uns, also Charlie und mich, sah uns direkt ins Gesicht und zeigte auf uns. Bevor meine Eingeweide sich endgültig verabschiedeten, stolperte er jedoch über Walkers Jacke und ging neben seinem stöhnenden Freund zu Boden. Sumo rannte unter Schock die Straße hoch, direkt auf den Unfall zu.

Charlie und ich starrten uns an.

«Weg hier», rief ich, wir schwangen uns auf die Räder und machten uns aus dem Staub, schlängelten uns, da wir inzwischen ja eine gewisse Übung hatten, fast profihaft durch den Verkehr, Feuer im Bauch, Feuer in den Beinen. Wir waren auf der Flucht, aber ohne den geringsten Schimmer, wo wir waren oder wohin wir flohen. Johnny J und der Geldsack waren allein in der Toilette des Einkaufszentrums. Ich versuchte, ihn mit dem Walkie-Talkie zu erreichen, aber natürlich funktionierte es nicht.

«Was jetzt?», fragte Charlie.

«In den Wald!», rief ich.

«Wie? Wo lang?», rief sie.

«Keine Ahnung!», rief ich zurück. Noch ein paar Minuten radelten wir einfach weiter, dann entdeckte Charlie den Bus 14A.

«Da ist der 14A!», rief sie.

«Folgen wir ihm», rief ich zurück. Charlie nickte und grinste. Der 14A würde uns in unser Viertel zurückführen. Es fühlte sich an wie ein Wunder.

27

Die Panik

Charlie und ich radelten und radelten, bis wir endlich den Wald erreichten. Dort fielen wir sofort von den Rädern, lagen auf dem Boden und drückten die Beine an die Brust und stöhnten leise vor uns hin. Das taten wir ziemlich lange. Als wir fertig waren, setzten wir uns an den Picknicktisch.

«Bist du okay?», fragte sie.

«Nein», gab ich zu.

«Gut. Ich auch nicht.»

«Glaubst du, man hat die anderen erwischt?», fragte ich.

«Nein», antwortete sie.

«Gut. Ich auch nicht.»

Wir logen beide, und ich kann nicht für sie sprechen, aber dadurch fühlte ich mich besser. Das Warten war die reinste Folter, es wurde immer später, und aus Sorge wurde bittere Angst. Plötzlich hatte ich nur noch einen einzigen Gedanken: *Man hat sie erwischt, man hat sie alle erwischt, bald werden wir auch erwischt.* Das wiederholte ich gebetsmühlenartig in meinem Kopf, aber dann sah ich jemanden, der mir von ferne zuwinkte. Es war Sumo, höchstpersönlich!

Er setzte sich zu uns an den Picknicktisch.

«Ich bin aus Versehen in den falschen Bus gestiegen. Und der Verkehr war grässlich», sagte er, als wäre es ein ganz normaler Tag und wir hätten keinen Geldtransport überfallen. Charlie fragte ihn, ob er einen von den anderen gesehen hatte, was leider nicht der Fall war.

«Wie in aller Welt bist du denn auf dem Beifahrersitz des Vans gelandet?», fragte ich ihn.

«Oh, ich hab Titch in den Van geschubst, Johnny J und Walker haben ja auf ihn gewartet ... das hat wunderbar geklappt ...», antwortete er und zog ein Spam-Sandwich aus der Tasche, pustete ein paar Taschenfusseln weg und biss herzhaft hinein. Wir warteten auf das Ende der Erklärung. Aber er war voll und ganz auf das Sandwich konzentriert.

«Und ...?», fragte ich schließlich.

«Ach ja, und kaum hatte sich die Tür hinter Titch und den Jungs geschlossen, da kam Big Tom rüber, hat mir auf den Rücken geklopft und mich gefragt, ob ich die Vertretung für Mr. Brown bin. Da wusste ich nicht, was ich sagen soll», vollendete er die Geschichte.

Plötzlich tauchte Walker auf. «Ich hab Sirenen gehört und mich eine Weile versteckt.» Während wir auf Johnny J warteten, erzählte Sumo noch, dass die schwere Vantür von selbst zugegangen war, nachdem er Titch hineingeschubst hatte, und ehe er sie wieder öffnen konnte, hatte Big Tom ihn entdeckt. «Ich hab mir wirklich alle Mühe gegeben», sagte er, und das glaubten ihm alle. Sumo war sehr gestresst. Angeblich hatte Big Tom, als er merkte, wie jung Sumo war, gefragt, welche Gesichtscreme er benutzte oder ob er seine Seele verkauft hatte.[DDDMWS52]

Um weiteren Fragen aus dem Weg zu gehen, hatte Sumo gesagt, ihm sei nicht gut, deshalb war Big Tom auch allein zur Bank gegangen, um das Geld zu holen. «Er war richtig nett.»

Walker berichtete, dass Titch sich gewehrt und Johnny J in die Hand gebissen hatte und wie still er geworden war, als Walker ihn mit dem Pfefferspray bedrohte. «Ich hab selbst Angst vor mir gekriegt», gab Walker zu.

Mir hatte er auch Angst eingejagt. Und ich hatte Magenschmerzen. Was haben wir getan?, dachte ich dauernd. *Wir kommen ins Gefängnis. WAS HABEN WIR GETAN?*

Charlie erzählte von unserem Extremradeln, allerdings schien es niemanden zu beeindrucken. Dabei sprachen unsere Blasen und wackligen Beine doch eigentlich für sich und zeigten jedem, dass wir körperlich härter gearbeitet hatten als alle anderen.

Aber Johnny J tauchte einfach nicht auf. Um fünf zogen wir unsere Irlandsachen an und schminkten uns, aber wir befürchteten das Schlimmste.

«Er ist bestimmt erwischt worden», unkte Walker.

DDDMWS52

1. Jemand hat seine Seele verkauft, wenn er oder sie bereit ist, für Geld oder einen Gefallen oder auch für ein Wunder etwas Böses zu tun.
2. Big Tom wusste es nicht, aber Sumo hatte seine Seele verkauft.
3. Wir hatten alle unsere Seele verkauft, *schluck*!

«Wir sind erledigt», meinte auch Sumo.

«Die Idee, uns in der Toilette zu treffen, war doof», sagte Walker zu mir.

«Lass ihn in Ruhe!», rief Charlie, und es war das erste Mal, dass Charlie Eastman sich für mich einsetzte. Es fühlte sich seltsam an.

Dann fiel mir etwas ein. Mein Bruder Rich hatte doch für heute eine Probe angesetzt! Für seinen blöden Gig!

«Was, wenn er direkt zur Probe gegangen ist?», sagte ich.

«Schön wär's!», meinte Walker.

«Nein, hört zu, die Probe war um vier. Wenn Johnny J sie verpasst hätte, dann hätte Rich ihn gesucht und uns damit alle in Schwierigkeiten gebracht. Wenn Johnny J genau wie wir anderen aufgehalten worden ist, dann ist er womöglich direkt hingegangen.» Sofort fühlte ich mich besser. In meinem Herzen wusste ich, dass wir Johnny J wohlbehalten in der Garage hinter meinem Haus finden würden.

«Alles wird gut», sagte ich und wackelte, immer noch unsicher auf den Beinen, zu meinem Fahrrad. «Alles wird gut.» Charlie und die Jungs folgten mir zu meinem Haus. Ich hörte Musik und Johnny Js Stimme, ehe ich ihn sah, und ich grinste übers ganze Gesicht – noch nie hatten Fingers & the Fudge so gut geklungen.

Ich öffnete die Tür, und Johnny J erwiderte mein Grinsen. Dann schaute ich zu dem Geldsack, der ganz zwanglos auf dem Garagenboden meiner Eltern lag. Die anderen drängten sich hinter mir herein.

«Was macht ihr denn alle hier?», fragte Rich.

«Wir sind euer Publikum», sagte ich, und Buzz nickte beifällig.

«Cool», sagte er. «Setzt euch doch.»

«Hübsche Montur», sagte Fingers und deutete auf unser Irland-Outfit.

«Wir fangen noch mal an», verkündete Rich. Also setzten wir uns auf den Boden, lehnten uns mit dem Rücken an die Wand und sahen zu, wie unser Freund Johnny J aus vollem Herzen mit der Band meines Bruders Rich spielte und sang. Aber ich konnte die Augen nur schwer von dem Beutel mit dem gestohlenen Geld abwenden. Jetzt mussten wir uns um so vieles kümmern. Trotz der auf Sumos Gesicht gemalten Flagge hatte Big Tom genügend Zeit mit ihm verbracht, um ihn problemlos identifizieren zu können. Sumo hatte sogar erzählt, dass Big Tom eine Bemerkung über die Bemalung gemacht hatte und dass er Sumos Engagement für Irland gut fand. Sumo fühlte sich wegen Big Tom richtig schlecht, das erkannte ich daran, dass er den Kopf hängen ließ und nur das halbe Spam-Sandwich aufgegessen hatte. So etwas hatte ich bei ihm noch nie erlebt.

Dann war da noch Walker. Würde Titch erraten, dass Tango in Wirklichkeit der Sohn seines Kollegen war? Titch hatte nichts gesagt, aber mit Socken im Mund ist es ja auch nicht gerade leicht zu sprechen. Außerdem hatte er Charlie und mich wegradeln gesehen. Mit seinen kleinen Knopfaugen hatte er uns angestarrt, hatte auf uns gezeigt, die Socken noch im Mund. Was sagte er wohl jetzt, wo die Socken sich nicht mehr in seinem Mund befanden? Garantiert hatten sie inzwischen rausgefunden, wie viele wir gewesen waren. Charlies Fahrrad war pink. Da konnte jeder darauf kommen, dass sie ein Mädchen war. Und hier saßen wir, an der Wand aufgereiht, in der Garage meiner Eltern, vier Jungen und ein Mädchen, in Irland-Aufmachung, die gleichen vier Jungen und das gleiche einzelne Mädchen, nach denen die Polizei jetzt suchte. Wir mussten uns eine andere Verkleidung zulegen.

Als die Probe vorbei war, klatschten Rich, Buzz, Cap und Johnny J einander ab. Bei Fingers war es natürlich kein «high five», sondern ein «high three», er hatte ja nur drei Finger.

«Wir sehen uns bei Cornally's, Johnny J. Komm nicht zu spät», sagte Rich.

Johnny J nickte, hob den schwarzen Beutel auf und warf ihn über die Schulter. «Was ist denn dadrin?», fragte Cap. Mein Herz raste los, meine Handflächen fingen an zu schwitzen, meine Ohren dröhnten. Wir waren erledigt.

«Deine Mam», antwortete Johnny J, und die Bandmitglieder lachten, und wieder gab es «high fives» beziehungsweise «high threes».

Johnny J wollte sich nicht in das Irland-Outfit umziehen, er fand es unnötig, jetzt, wo wir den Überfall hinter uns hatten und nicht mehr in der Menge verschwinden mussten. Aber Walker bestand darauf, dass wir einheitlich auftraten, und wenn wir uns für das vorige Irlandspiel so gekleidet hatten, warum änderten wir das plötzlich? Damit hatte er nicht ganz unrecht. Außerdem hatte ich das Gefühl, dass ihm das Outfit gut gefiel.

Johnny J war zu müde, um zu diskutieren. Ich brachte den Beutel zu unserem Geheimversteck im Wald, während er sich umzog und die anderen schnell etwas aßen. Ich sah nicht in den Beutel, solange ich allein war. Dieser Geldsack machte mir Angst. Er war schwer, ich wusste, dass es mehr als genug war, um Mrs. Tulsi nach Amerika zu schicken. Eigentlich hätte ich mich dadurch besser fühlen müssen. Tat ich aber nicht. Ich fühlte mich so schlecht wie nie zuvor und wollte alles zurückgeben.

Wir waren einhellig der Ansicht, dass es besser war, wenn wir bis zum Spiel getrennte Wege gingen. Inzwischen war es sieben Uhr. Noch eine Stunde bis zum Anpfiff. Ich legte mich auf mein Bett. Unten räumte Mam nach dem Essen auf, Dad und Rich saßen vor der Glotze und sahen sich den Vorbericht für das Spiel an. Ich konnte nicht, ich war einfach nicht mit dem Herzen dabei.

Irgendwann hörte ich die Haustür gehen, dann Schritte auf der Treppe, und schließlich öffnete sich meine Tür – es war Rachel, meine Schwester.

Ich richtete mich auf.

«Was machst du denn hier?», fragte ich.

«Ich wollte dich sehen», antwortete sie und setzte sich neben mich.

Ich fuhr hoch.

«Warum?», fragte ich.

«Ich hatte ein schlechtes Gefühl», sagte sie, und ich wurde bleich. EIN SCHLECHTES GEFÜHL! DDDMWS53

«Was denn für ein schlechtes Gefühl?», fragte ich.

«Weiß nicht», antwortete sie. «Aber obwohl ich in der Stadt wohne, bin ich immer für dich da, das weißt du doch, oder, Jeremy?»

Ich sagte, natürlich wüsste ich das, dann weinte ich ein bisschen in ihren Armen. Ich weiß, ich weiß, ich bin ein Baby ...

Aber ihr würdet auch heulen, wenn ihr auf der Flucht vor dem Arm des Gesetzes wärt, Blasen an Händen und am Hintern hättet und außerdem auch noch Wackelbeine und ein gebrochenes Herz.

DDDMWS53

1. Mein Bruder sagte immer, meine Schwester wäre eine Hexe, und das nicht nur, weil sie gemein zu ihm war.
2. Sie wusste Dinge, die sie eigentlich nicht wissen konnte. Keine Ahnung, wie sie das machte.
3. Mr. Luceys schwarze Katze saß immer auf dem Fensterbrett in Rachels Zimmer und folgte ihr sogar einmal in den Bus. (Walker sagt, schwarze Katzen lieben Hexen. Fakt.)

28

Das Match

Cornally's Pub war gerappelt voll, nach der Beschreibung meines Vaters war jeder Hund, Hahn und Hase anwesend, der ihm je begegnet war. Wie um zu beweisen, dass er damit recht hatte, schliefen tatsächlich ein paar Hunde unter den Tischen. Sumo, Charlie und Walker saßen zusammen auf dem Boden, aßen Gratispommes und starrten fußballgebannt auf den Bildschirm. Johnny J probte hinter dem Pub mit Rich und den anderen Jungs noch ein letztes Mal. Als ich ihn fragte, ob mit ihm alles in Ordnung war, sagte er ja und dass es gut war, etwas zu tun zu haben, was ihn ablenkte.

Ich setzte mich zu meinen Eltern und Rachel. Meine Mam freute sich sehr, die ganze Familie um sich versammelt zu haben. An die erste Hälfte des Spiels Irland gegen Niederlande erinnere ich mich nicht mehr. Ich weiß noch, dass Irland 0:1 im Rückstand war, aber ich war zu sehr damit beschäftigt, über alles nachzudenken, was jetzt noch schiefgehen konnte. Jedes Mal, wenn die Tür aufging, befürchtete ich, dass jemand von der Polizei reinkommen und uns mitnehmen würde, aber mit der Zeit ließ meine Angst ein bisschen nach.

Siebzig Minuten waren gespielt, da passierte es. TOR!

TOR! TOR![DDDMWS54] Es stand 1:1. Jeder Hund, Hahn und Hase im Raum sprang auf und jubelte. IRLAND, IRLAND, IRLAND! Johnny J, Rich und die Jungs stimmten «Jackie's Army» an, und alle sangen mit. Das Spiel ging 1:1 aus, und wir waren in der K.o.-Runde. Wir, die irische Fangemeinde in Cornally's Pub in Dublin, sahen zu, wie die irischen Fans in Palermo sangen und weinten und wie die Spieler auf und ab hüpften und einander abklatschten. Wir machten alle genau das Gleiche.

Walker brüllte, dass er seinen Dad auf dem Bildschirm weinen gesehen hätte, und dann entdeckten wir ihn auch, und tatsächlich heulte er wie ein Baby. «Das wird er nie in seinem Leben vergessen», sagte Walker, und in diesem Augenblick vergaß ich Mrs. Tulsis Krankheit, Tante Alisons Ankunft, unsere Raubüberfälle, das Schreckgespenst der Polizei auf unserer Türschwelle, die Aussicht, ins Gefängnis zu müssen, und auch, wie enttäuscht und bestürzt meine Eltern sein würden, wenn sie wüssten, was ich getan hatte. Ich vergaß das alles und feierte einfach mit allen anderen hier im Pub – und ganz ehrlich, es war wahrscheinlich einer der besten Momente meines Lebens.

DDDMWS54

1. Packie Bonner schlug eine lange Flanke, die im Sechzehner der Holländer landete.
2. Hollands Keeper Hans von Breukelen hechtete ihm nach, manövrierte den Ball aber direkt vor die Füße unseres anrückenden Stürmers Niall Quinn.
3. Niall Quinn rutschte und schaufelte den Ball ins leere Tor!

Als der Irrsinn abebbte, verließen einige der Frauen mit Babys und kleineren Kindern den Pub, und ich gesellte mich zu meinen Freunden, die an einem Tisch saßen. Rich und die Jungs machten sich bereit für ihren Auftritt, aber Johnny J kam zu uns.

«Das ist ein Zeichen», meinte Walker. «Ein Zeichen, dass alles klappen wird.»

«Definitiv», sagte Charlie.

«Jetzt, wo Irland ein Unentschieden gegen die Niederlande geschafft hat und wir einen Kolibri gesehen haben – hundertpro», sagte ich.

Johnny J klatschte in die Hände. «Meine Mam fliegt nach Amerika. Wir haben sie gerettet. Danke, ihr seid meine allerbesten Freunde.» Wir jubelten alle, und es war einfach nur toll.

Als das Interview zum Spiel begann, wurden alle ganz still, aber Rich wollte anfangen, Musik zu machen.

«Komm, Johnny J, los geht's», rief er und kam zu uns rüber. Johnny J lächelte mir zu und reckte den Daumen in die Höhe. Ich lächelte zurück, obwohl mir vor dem Gig graute. Zwar waren Fingers & the Fudge mit Johnny J besser als ohne, aber immer noch grässlich.

Rich ging mit Johnny J zu der kleinen Bühne (die eher aussah wie eine große Kiste). Buzz klopfte ihm auf den Rücken. Fingers reichte ihm seine Gitarre.

«Alles bereit», sagte er, und Johnny J nickte. Cap tat, als wäre er damit beschäftigt, das Mikrophon zu testen. Offenbar war er immer noch angepisst, dass Johnny J mit ihnen spielen würde. Als Rich den Boxenverstärker einschaltete, hörte man Caps Stimme laut und deutlich: «Test, eins, zwei, drei, Test.»

Genau in diesem Moment betraten zwei Polizisten in voller Uniform den Pub, mit ernstem Gesicht, als hätten sie eine Mission. Das war's! Das war der Augenblick, bestimmt wurden wir gleich abgeführt und ins Gefängnis gebracht! Ich ballte die Fäuste so fest, dass ein paar von meinen Blasen aufplatzten. Sumo bemerkte die Polizisten nicht, aber neben mir rissen Charlie und Walker die Augen auf, und Johnny J hätte um ein Haar seine Gitarre fallen lassen. Die Ordnungshüter sahen sich im Pub um und nickten ein paar Leuten zu. Dann begann jemand ganz hinten zu singen, die beiden Polizisten stimmten ein, und Mr. Cornally überreichte ihnen jeweils ein Pint. Wir seufzten erleichtert. Puh. Wir waren nicht in Gefahr. Alles würde gut werden.

Schön wär's gewesen.

29

Der Gig

Die Nachberichterstattung dauerte bis kurz nach zehn. Im Pub herrschte immer noch Hochbetrieb, als der Fernseher ausging, alle sangen, sogar bevor die Band anfing zu spielen. Mr. Cornally verteilte die nächste Ladung Pommes. Meine Mam hatte ihr eigenes Schnittbrot und ein Pfund Butter mitgebracht, um Pommes-Sandwiches zu machen. Eigentlich merkte niemand, dass die Jungs auf die Bühne gingen, weil alle so damit beschäftigt waren, Pommes zu verdrücken, über das Spiel zu reden, zu lachen, zu singen, einander zu umarmen und Freudentränen zu vergießen.

Nach einer Weile rief Rich ins Publikum: «Hallo, Irland!», aber niemand beachtete ihn, weil alle so eifrig feierten, dass sie keine Zeit hatten, den Jungen auf der Bühne zur Kenntnis zu nehmen.

«Hallo, Dublin!», brüllte Rich noch einmal den wenigen Leuten zu, die sich die Mühe machten, ihm zuzuhören.

Walker fummelte an seiner angeschwollenen Nase herum und machte schnaubende Geräusche. «Ich glaube, Titchs Ellbogen ist in meinem Gesicht gelandet», erklärte er. «Hab ich grade erst gemerkt.»

«Ja», nickte ich. «Deine Nase ist eindeutig größer als sonst.»

«Mist», sagte Walker.

Ich sah zu Sumo hinüber. Er saß in der Ecke und schlief. Charlie setzte sich neben mich, aber wir sprachen nicht miteinander, kein Wort, und waren damit die einzigen Menschen im Raum, die nichts zu sagen hatten. Nach einiger Zeit sah ich zu ihr. Sie lächelte mir zu, und ich lächelte zurück.

«Es wird alles gut», sagte sie, mehr nicht. Dann schauten wir wieder zur Bühne, wo sich Rich und seine Jungs weiterhin um Aufmerksamkeit mühten.

«Seid doch mal still und hört diesen netten Jungs zu», brüllte meine Mam aus einer Ecke des Raums. «Leg los, mein Junge!» Alles lachte und spendete ihr Beifall.

Rich wurde knallrot, hustete ein bisschen, zupfte seine Legomännchen-Frisur zurecht und beugte sich übers Mikro.

«Das ist unser erster Song. Er heißt ‹Take On Me› und ist von a-ha», rief Rich und trat vom Mikro weg. Dann schnippte er dreimal mit den Fingern und fing an zu singen. In der zweiten Zeile stimmten die anderen Jungs mit ein, und Johnny J begann zu spielen, aber der Sound war eindeutig zu leise.

«Wir hören euch nicht!», rief jemand.

«Äh? Hallo?» Rich klopfte wieder auf das Mikro. «Test, eins, zwei. Decko, drehst du uns hoch?»

Decko spielte an den Knöpfen herum.

«HALLLOOOOOOOOOO.» Jetzt war es so laut, dass der Raum erzitterte.

«Okay, dreh uns wieder ein bisschen runter.» Die

Stimme meines Bruders dröhnte durch den Pub, meine Mutter blickte nervös um sich, und meinem Vater rutschten ein paar Pommes aus seinem Sandwich. Decko zog die Hebel wieder nach unten, aber leider so weit, dass man nur noch Richs Mundbewegungen sah, aber nichts davon hörte. Ein paar von den Kids aus unserer Schule lachten und grölten. «Ihr seid einfach scheiße.»

Johnny J machte ein panisches Gesicht, also stand ich auf und ging zu Decko.

«Hi, Decko.»

«Alles gut bei dir, Richs Bruder?»

«Ja, vielen Dank. Aber wärst du möglicherweise bereit, dich ablösen zu lassen?»

«Ah, super, ich falle schon fast um vor Pommeshunger», antwortete er und verschwand.[DDDMWS55]

Ich übernahm seinen Platz, der Sound war nicht perfekt, aber immerhin hörte man die Jungs ganz gut. Nach der Hälfte der ersten Strophe begann das Publikum tatsächlich Notiz von ihnen zu nehmen, und am Ende des zweiten Refrains hatte die Band ihre Zuhörer fest im Griff. Alle sangen mit, gelegentlich rief jemand den Namen unseres Innenverteidigers «Ooh, aah, Paul McGrath, ooh, aah, Paul McGrath». Als sie bei U2s «Bad» angekommen waren, fing mein Dad an zu heulen.

DDDMWS55

1. Deckos Job war es, den Sound auszubalancieren.
2. Genauso gut hätte man das von unserem toten Wellensittich (Ralph, Frühjahr 1986 bis Herbst 1987, RIP) verlangen können.
3. Decko hatte keinen blassen Schimmer davon.

«Das ist mein Sohn», sagte er und deutete zur Bühne.

Johnny J sang echt gut, an der Gitarre war er absolut großartig, und ich dachte zum ersten Mal: *Daraus könnte was werden.*

Unter donnerndem Applaus verließen die Jungs die Bühne, und plötzlich waren sie Helden. Erst als Johnny J runterkam, sah ich seinen Onkel Ted. Er wartete an der Tür auf ihn, sie umarmten einander und ließen sich gar nicht mehr los. Wenn ich richtig sah, weinte auch Onkel Ted, aber an diesem Abend weinten ja ziemlich viele erwachsene Männer, deshalb achtete niemand groß darauf.

Danach war Johnny J verschwunden, aber ich fand ihn schließlich draußen vor dem Pub, wo er auf dem Boden saß, mit dem Rücken an die Hausmauer gelehnt. Ich setzte mich neben ihn.

«Guter Gig», sagte ich.

«Meinst du das wirklich?», fragte er.

«Ja.» Und es war die reine Wahrheit. Die Band war richtig gut. Das Publikum mochte sie.

«Hat Spaß gemacht», sagte Johnny J.

«Ich weiß.»

«Was jetzt?», fragte er. Gute Frage.

«Wir kaufen deiner Mam ein Ticket nach New York City», sagte ich.

«Aber wohin in New York City?»

«Ins Krankenhaus.»

«In welches Krankenhaus?»

«Die sind bestimmt alle gut», meinte ich zuversichtlich.

«Wissen wir überhaupt, wo das Krankenhaus ist?»

«Nein, aber jetzt haben wir genug Geld für ein Taxi, also ...»

«Meinst du, wir sind verrückt?», fragte er.

«Ja», antwortete ich, «aber ich hab dir doch schon vorher gesagt, dass mein Dad meint, alle Leute sind verrückt.»

Jetzt kam Onkel Ted um die Ecke. «Wollen wir nach Hause?», fragte er.

«Ja», antwortete Johnny J.

«Ich begleite euch», sagte Onkel Ted. «Dann kann ich kurz mit reinkommen, nach deiner Mam schauen, und du kannst mir alles über diese Band erzählen.»

«Da gibt's nichts zu erzählen», sagte Johnny J. «Es war bloß dieser eine Gig.»

«Bloß dieser eine Gig? Kommt nicht in Frage, ihr habt echt was drauf. Stimmt doch, oder, Jeremy?»

«Ja», sagte ich.

«Siehst du», sagte Onkel Ted und zerzauste seinem Neffen die Haare. «Rockstars.»

«Was ist mit Tante Alison?», fragte Johnny J, und Onkel Teds Lächeln verblasste. Er legte die Hände auf Johnny Js Schultern. «Kümmere dich nicht um Tante Alison», sagte er, worauf Johnny J nickte und die beiden sich wieder umarmten. Ich saß einfach nur da.

«Bis morgen dann», sagte Johnny J zu mir und machte sich mit seinem Onkel auf den Weg. Aber dann wirbelte er plötzlich noch einmal herum und ging ein paar Schritte rückwärts. «Und Jeremy ...»

«Ja?», sagte ich, während ich mühsam vom Boden aufstand.

«Beste Freunde, für immer», sagte er, und ich grinste. Dann machte er wieder kehrt und ging davon.

Ich wartete vor der Tür, bis mein gefühlsduseliger Vater, meine stolze Mutter, meine erwachsene Schwester und mein supernerviger Bruder aus dem Pub kamen. Rich war in Hochstimmung.

«Du warst phantastisch, Rich, einfach phantastisch. Und du warst auch super, Jeremy. Stimmt's, Daddy?», sagte meine Mam.

«Ich hab gar nichts getan», sagte ich.

«Na, du hast mächtig an diesen Knöpfen rumgespielt. Hat er doch, Ron, oder nicht?», beharrte meine Mam, und Rachel packte meine Hand.

«Ja, richtig gut gemacht, Jeremy», sagte sie.

«Spitze», bestätigte mein Dad. «Oh, das war ein Abend! Daran werden wir uns noch lange erinnern, Debbie. Ein denkwürdiger Tag.»

So redeten und lachten sie, und mein Dad jagte meinen Bruder die Straße rauf und runter, nahm ihn in den Schwitzkasten und zerzauste ihm die Haare. Rich hatte nämlich versucht, sich für den Gig mit Gel eine Stachelfrisur zu machen. Jetzt sah er aus wie ein Legomännchen nach einem Elektroschock.

«Dad, Dad, lass mich, mach mir nicht in den Haaren rum.»

«Ah, du bist süß, stimmt's, Debbie? Ist er nicht süß?»

Meine Mam und Rachel lachten nur. Rich hatte alle

Hände voll zu tun, seine Haare zu schützen. «Ah, nein, im Ernst, es dauert ewig, das wieder hinzukriegen.»

Später saßen meine Mam und Rachel noch mit einer Tasse Tee beisammen, und ich hörte, wie Rachel unserer Mam erzählte, wie wunderbar Rupert – ihr Arztfreund – war, und Mam erzählte Rachel, wie traurig sie wegen ihrer Freundin war und wie sehr sie sich um Johnny J und mich sorgte. Ich versuchte nicht zuzuhören, denn ich brauchte dringend Schlaf. Es gab immer noch eine Menge zu tun. Was ich beim Einschlafen nicht wusste, war, dass in dem Moment ein Detective Walkers Jacke in der Hand hielt und dass diese Jacke auf der Innenseite des Kragens seinen Namen eingenäht trug. Es war nur noch eine Frage von Stunden, bis die Polizei Walkers Jacke mit Walkers Dad und Walkers Dad mit dem Rest von uns in Verbindung bringen würde. Uns lief die Zeit davon.

30

Die Polizei

Zum ersten Mal seit Tagen wachte ich auf und hatte Hunger, deshalb zog ich mich schnell an und ging in die Küche. Als ich mir mein Müsli in die Schüssel schüttete, klingelte das Telefon auf dem Flur. Oben hörte ich meine Eltern rumoren. Ich glaube, meine Mam war noch in der Dusche.

Also ging ich in den Flur und hob ab.

«Hallo, hier Finn. Mit wem spreche ich bitte?»

«Sie sind hier. Nein, nicht hier – sie sind bei mir zu Hause.» Es war Walker.

«Machst du Witze?», fragte ich. Dabei wusste ich genau, dass er keine machte, ich wollte nur ganz sichergehen. Natürlich machte er keine Witze.[DDDMWS56]

«Bist du okay?», stammelte ich.

Er beantwortete die Frage nicht. Stattdessen beschlossen wir, dass er Charlie abholen und zu unserer Stelle im Wald gehen sollte.

DDDMWS56

1. Walker war aus dem Zimmer seiner Schwester im zweiten Stock gesprungen und auf dem alten Trampolin gelandet, das in ihrem Garten stand.
2. Er rief mich aus einer Telefonzelle ein Stück die Straße runter an.
3. Jetzt gab es kein Zurück mehr.

«Was soll ich Mrs. Eastman sagen?»

«Denk dir irgendwas aus.»

«Okay, aber was ist mit dir?»

«Ich ruf Sumo an und hol Johnny ab, dann kommen wir auch.»

«Okay. Und sag Sumo, er soll den Rest Geld mitbringen», sagte er.

«Warum?»

«Weil wir ihn brauchen werden.»

«Wie meinst du das?»

«Ich meine, ab jetzt sind wir auf der Flucht, Jeremy», sagte er, und es grenzte an ein Wunder, dass ich nicht ohnmächtig wurde, denn ich glaube, ich hörte vor Schreck so etwas wie einen Knall in meinem Hirn.

Walker legte auf. Ich saß auf der Flurtreppe, den Kopf in den Händen. *Wie soll ich das bloß Johnny J beibringen?*

Mein Dad kam die Treppe runter.

«Wer war es denn?», fragte er.

«Niemand.»

«Na ja, es hat doch jemand angerufen.»

«War falsch verbunden», sagte ich.

«Doch nicht schon wieder jemand, der den Tierarzt zwei Straßen weiter gesucht hat?»

«Doch.»

«Ach, ich hab die Nase so voll davon, dass manche Leute die falsche Nummer wählen. Seit wann ist 845 612 denn dasselbe wie 845 912? Sechs und neun sind immer noch zwei verschiedene Zahlen, oder etwa nicht? Wie schwer kann das denn sein?» Er war so mit Schimpfen beschäftigt, dass er nicht mal mitkriegte, dass ich Sumos Nummer wählte. «Das ist das Problem mit Leuten, die mit ihrem Telefon nicht klarkommen. Und wer ruft überhaupt schon so früh am Morgen beim Tierarzt an?», sagte er, dann schloss er die Küchentür hinter sich. *Jemand mit einem kranken Tier*, dachte ich. Aber ich sagte nichts. Ich war viel zu hektisch, um frech zu sein.

Mrs. Lane kam ans Telefon.

«Hier Lane, mit wem spreche ich?», meldete sie sich.

«Hallo, Mrs. Lane, hier ist Jeremy. Ist Sumo in der Nähe?»

«Er frühstückt gerade, Jeremy.»

«Könnte ich ihn bitte kurz sprechen? Ist bloß wegen eines Schulprojekts.»

«Die geben euch Projekte? Mitten in den Sommerferien?», wunderte sie sich.

«Nur wenn wir das wollen», antwortete ich. «Aber wir lernen sehr gern», log ich.

«Sehr lobenswert, Schätzchen. Ich hol ihn.»

Dann hörte ich, wie sie Sumos Namen rief, und wartete eine gefühlte Ewigkeit. *Komm schon, komm schon.*

Ich wusste, dass Walkers Mutter, während Walker und Charlie zum Park liefen und ich telefonierte, die Fragen der Polizisten beantworten würde. Mit wem ist Walker befreundet? Garantiert stand Sumo ganz oben auf der Liste. Wir hatten wirklich keine Zeit zu verlieren.

«Ich wusste gar nicht, dass wir ein Projekt haben», sagte Sumo, und er klang sehr gestresst.

«Haben wir auch nicht. Die Polizei ist bei Walker zu Hause.»

«Oh», sagte Sumo. «Das ist viel schlimmer als ein Projekt.»

«Du musst in den Wald kommen.»

«Und dann?»

«Das weiß ich auch nicht, Sumo. Wir brauchen einen Plan.»

«Okay.»

«Mach dich sofort auf den Weg.»

«Okay.»

«Aber sag deinen Eltern nicht, wo du hingehst.»

«Okay.»

«Nimm eine Tasche und das Geld von den Boxkämpfen und von Rolands Tankstelle mit.»

«Okay.»

«Und Sandwiches, du wirst eine Menge Spam-Sandwiches brauchen.»

«Okay. Und Jeremy ...»

«Ja?»

«Gehen wir jetzt in den Knast?»

«Wahrscheinlich», sagte ich.

«Na gut.»

Sumo legte auf. In der Küche redete mein Dad immer noch vor sich hin. «Eine Sechs ist keine Neun. Eine Neun ist keine Sechs.» Oben ging meine Mutter hin und her und sang «Eye of the Tiger». Rich lag noch im Bett und schlief, wahrscheinlich träumte er von seiner Zukunft als Rockstar. Ich rannte nach oben und stopfte frische Unterwäsche, meine Zahnbürste, einen Kamm, Jeans und zwei Pullis in meinen Rucksack. Dann schnappte ich mir meine Jacke und verließ das Haus, so leise ich konnte. Als ich die Tür hinter mir geschlossen hatte und losgehen wollte, sah ich Rachel auf der Mauer vor dem Haus sitzen. Ihr fiel mein Rucksack sofort auf.

«Was ist das denn?»

«Nichts.»

«Nein, nicht nichts.»

«Ich mache ein Schulprojekt», sagte ich, und Rachel lachte. Sie an der Nase rumzuführen, war nicht so leicht wie bei Mrs. Lane.

«Ein Schulprojekt in den Sommerferien, bevor du auf eine ganz andere Schule wechselst?»

«Freiwillig», sagte ich.

«Was hast du vor, Jeremy?», fragte sie, und ich wollte ihr alles gestehen, aber das ging nicht. Wir mussten doch Johnny Js Mutter nach Amerika schicken.

«Warum sitzt du denn hier?», fragte ich und drehte den Spieß um.

«Ich denke nach.»

«Und du rauchst», sagte ich.

«Ich bin achtzehn und kann machen, was ich will», erwiderte sie und hatte damit natürlich ganz recht. Sie konnte machen, was sie wollte, nur dass meine Mam sie umbringen würde, wenn sie sie beim Rauchen erwischen sollte.

«Rauchen ist blöd», sagte ich, und sie nickte.

«Ich weiß.»

«Warum tust du's dann?»

Rachel zuckte die Achseln.

«Mrs. Tulsi hat Krebs. Rauchen verursacht Krebs», sagte ich, und Rachel seufzte. «Ich weiß.»

«Du bist Krankenschwester.»

«Okay, Jeremy, ich weiß, dass Rauchen blöd ist. Ich bin blöd. Du hast deine Meinung klargemacht. Also geh jetzt einfach», sagte sie, und ich rannte zu Johnny J, ohne einen einzigen Blick zurückzuwerfen.

Johnny J öffnete die Tür.

«Was geht ab?»

«Hol deine Jacke», sagte ich.

«Es ist warm draußen.»

«Ja, schon, aber morgen könnte es kalt werden. Pack deine Sachen zusammen.»

Er sah mich ganz komisch an. «Was?»

«Wir müssen verschwinden, Johnny J», sagte ich. «Und zwar sofort.»

«Polizei?»

«Die waren heute schon ganz früh bei Walkers Eltern.»

«Du willst mich auf den Arm nehmen.»

«Bei dem Thema garantiert nicht.»

«Stimmt», gab er zu. Dann drehte er sich um und sah die Treppe hoch. «Was ist mit Mam?»

«Das kriegen wir hin.»

«Ich muss mich von ihr verabschieden.»

«Dafür ist jetzt keine Zeit», drängte ich.

«Aber ich muss», beharrte er und rannte auch schon die Treppe hinauf. Ich stand da und wartete darauf, dass ein Streifenwagen die Straße runterkommen würde, und als ich mich umsah, sah ich auch schon einen auf mich zugondeln. Mit einem Satz war ich im Haus und rannte, ohne zu überlegen, die Treppe hinauf, immer zwei Stufen auf einmal.

«Johnny J», flüsterte ich eindringlich und schlich auf das Zimmer seiner Mam zu. Durch den Türschlitz hörte ich ihn reden.

«Ich gehe nur ein bisschen raus. Dauert bestimmt nicht lange. Hier ist dein Wasser. Kannst du es sehen? Steht auf dem Nachttischchen.»

«Ja, ich sehe es, Johnny.»

«Tante Alison kommt bald und Onkel Ted auch, gleich nach der Arbeit.»

«Alison ist in dieses schicke Hotel gezogen», sagte Johnny Js Mam und lachte leise vor sich hin. «Hier hat sie es einfach nicht ausgehalten. Ich bin mal mit deinem Daddy zum Tee in diesem Hotel gewesen. Fünfzehn Pfund für ein paar dreieckige Sandwiches ohne Kruste und eine Tasse Tee.»

«Bitte iss auch was, Mam, mir zuliebe, ja?», sagte er. *Keine Zeit, keine Zeit, sie sind schon da*, rief ich in meinem Kopf.

«Nein, geh ruhig, Johnny.»

Ja, Johnny, geh endlich! Los!

«Ich liebe dich, Mam.»

«Ich dich auch, Johnny. Mach dir keine Sorgen um mich», sagte sie.

«Okay.»

Endlich kam er auf den Korridor und schloss die Tür leise hinter sich. Ich stand vor ihm, als es unten an der Haustür klingelte.

«Sie sind da», flüsterte ich, und er wurde kreidebleich. Blitzschnell rannte er zum Fenster, und dort standen zwei Männer in Anzug und Mantel, Ausweis in der Hand.

«Es ist vorbei», sagte Johnny J. Er hatte Tränen in den Augen, seine Unterlippe zitterte.

«Nein, ist es nicht», sagte ich und schaute auf die Köpfe der beiden Männer hinunter. «Aber wir müssen hier weg. SOFORT!»

Er nickte, und als die Polizisten an die Haustür klopften, waren wir schon unterwegs zur Hintertür.

31

Das Geld

Johnnys Haus war ein Reihenhaus, es hatte keinen Seiteneingang wie unseres, und der Garten grenzte an den einer alten Frau namens Mrs. Shanley.[DDDMWS57] Wir kletterten also über die Mauer, und als wir durch ihren Garten gingen, hörte ich Mrs. Shanley Klavier spielen, blieb an ihren Rosen hängen und zerkratzte mir Arme und Beine. Johnny J zog mich raus, aber leider erst, als ich die rosaroten Rosen zertrampelt hatte. Zwei Katzen saßen im Garten und starrten uns an. Eine fauchte, als wir vorbeigingen.

«Was machen wir denn jetzt?», fragte ich panisch. Die einzige Fluchtmöglichkeit war durch Mrs. Shanleys Haus. Johnny J checkte die Hintertür. Da sie abgeschlossen war, klopfte er.

«Was machst du denn da?», flüsterte ich laut.

DDDMWS57

1. Mrs. Shanley war Klavier- und Gitarrenlehrerin und unterrichtete Johnny J gratis.
2. Sie hatte zehn Katzen. Neun waren lebendig, und eine war ausgestopft, mit Perlen als Augen. Sie stand auf Mrs. Shanleys Fensterbrett.
3. Sie kam aus England, war aber im Zweiten Weltkrieg nach Irland gekommen, um den Bombardierungen zu entfliehen.

«Ich sorge dafür, dass wir hier rauskommen», antwortete er.

Mrs. Shanleys Schritte näherten sich der Tür.

«Hallo?», rief sie. «Wer ist da?»

«Ich bin's, Johnny J!», antwortete er, sie öffnete uns sofort und empfing uns mit einem Lächeln.

«Ah, Schätzchen, heute hab ich dich ja gar nicht erwartet.»

«Hallo, Mrs. Shanley. Ich komme auch nicht zum Unterricht, und es tut mir leid, dass wir Sie stören, aber wäre es in Ordnung, wenn wir kurz durch Ihr Haus gehen?», fragte Johnny J.

«Wer ist das denn?», fragte sie und schaute mich an.

«Das ist mein Freund Jeremy», antwortete Johnny J, und Mrs. Shanley trat auf mich zu, nahm mein Gesicht in beide Hände und musterte mich aufmerksam.

«Oh», sagte ich, denn es war ein Schock für mich, von so alten Händen berührt zu werden. Sie sahen aus wie geschmolzene Eiscreme an einem heißen Tag. Mir wurde ganz flau.

«Hübscher Junge», sagte sie und zog mich sanft an meinem Pferdeschwanz. «Ich mag deine Haare.» Johnny J lachte ein bisschen. Er mochte Mrs. Shanley. Oben auf der Treppe saß eine Katze, unten ebenfalls, außerdem noch zwei in der Küche, aber das Haus war blitzsauber und roch nach Zitrone, nicht nach Katzen.

«Magst du Katzen?», fragte mich Mrs. Shanley, und ich nickte. «Dann solltest du immer eine haben, sie sagt dir nämlich rechtzeitig Bescheid, wenn gerade eine Bombe abgeworfen worden ist», fuhr sie fort.

«Okay», sagte ich.

«Warum müsst ihr denn durch mein Haus gehen?», fragte sie weiter, als wir ihre Küche durchquerten. In diesem Moment legten die Polizeisirenen los.

Mrs. Shanley spitzte die Ohren und sah uns an. Sie stand zwischen uns und der Haustür in die Freiheit. Die Katze auf der Treppe sauste mit gesträubtem Fell auf den Treppenabsatz. Das war kein gutes Zeichen, und Mrs. Shanley wusste es.

«Wir müssen unbedingt weg», sagte Johnny J, und ich dachte schon, das war's, aber Mrs. Shanley nickte langsam und sehr nachdenklich. «Na, dann mal los», sagte sie, öffnete die Tür und ließ uns raus.

«Mrs. Shanley, können Sie meiner Mam und meinem Onkel Ted bitte sagen, dass es mir leidtut?», sagte Johnny J, als wir draußen waren.

«In was für einen Schlamassel hast du dich denn gebracht, Schatz?», fragte sie, während die Sirenen draußen immer lauter heulten.

«Wussten Sie, dass man Krebs in Amerika heilen kann, Mrs. Shanley?», fragte Johnny J.

«Ach Schätzchen», sagte sie, und ihr schossen Tränen in die Augen. «Bitte bleib. Egal, was du getan hast, wir finden eine Lösung.»

«Ich kann nicht. Noch nicht. Bitte sagen Sie es meiner Mam und meinem Onkel Ted, ja?», bat er sie noch einmal, und jetzt waren die Sirenen so nah, dass wir losrannten und nicht mehr stehen blieben, bevor wir unsere Stelle im Wald erreicht hatten.

Charlie hing kopfüber im Baum und hatte vom Weinen rote Augen. Sumo hielt den großen Geldsack zwischen den Beinen. Walker tigerte im Kreis herum.

«Wurde auch Zeit», sagte er.

«Die waren bei Johnny J», sagte ich.

«Das bedeutet, dass sie über uns alle Bescheid wissen», sagte Charlie und sprang vom Baum herunter. Wir saßen um den Picknicktisch herum. Vor meinem inneren Auge sah ich die Detectives in meinem Haus, wie sie irgendwelche Geschichten erzählten und den Vormittag meiner Eltern durcheinanderbrachten. Falls Rich wach war, genoss er es wahrscheinlich. Andererseits machte er sich vielleicht Sorgen, jetzt, wo Johnny J in seiner Band spielte. Wie auch immer, Tatsache blieb, dass wir in gewaltigen Schwierigkeiten steckten.

«Aber wie konnten die denn wissen, dass wir es waren?», fragte ich.

Walker hob die Hand. «Meine Schuld», sagte er, aber keiner verstand, was er damit sagen wollte. «Ich hab gehört, wie sie es meiner Mam erzählt haben. Es war meine Jacke. Die hat Titch mir doch weggerissen. Und mein Name war ins Futter eingenäht.»

«Oh, Walker!», rief ich.

«Sorry», sagte er. «Ich hab nicht nachgedacht.» Ihm war deutlich anzusehen, dass er sich schrecklich fühlte, also war es völlig sinnlos, es ihm auch noch unter die Nase zu reiben. Jedes Kind im ganzen Land kriegte damals seinen Namen von seiner Mam in die Klamotten genäht. Das machten Mütter einfach so.

«Was jetzt?», fragte Sumo. Walker stand auf und wanderte wieder im Kreis herum, dann schüttelte er erschöpft den Kopf und sah mich an.

«Wir retten Mrs. Tulsi», sagte ich.

«Wir müssen das Flugticket kaufen», ergänzte Johnny J.

«Und was dann?», fragte Charlie.

«Dann schicken wir Mrs. Tulsi das Ticket und ein bisschen Bargeld und hauen ab», sagte ich.

«Für wie lange?»

«Wie lange braucht die Post?», fragte ich.

Walker dachte nach, schniefte und hielt seine geschwollene Nase fest. «Zwei Tage.»

«Also, das Wichtigste ist doch, dass wir Mrs. Tulsi in ein Flugzeug kriegen, deshalb kaufen wir das Ticket, schicken es ihr zu und tauchen unter, bis sie in Amerika ist», schlug ich vor, und alle waren einverstanden.

«Und dann?», fragte Charlie.

«Keine Ahnung», sagte ich.

Alle wurden ganz still. Wir hatten Angst, wir waren traurig, und uns war schlecht. Ein schrecklicher Augenblick. Aber es war Zeit, den Geldsack zu öffnen und den Betrag abzuzählen, den wir für das Ticket brauchten. Sumo hievte den Beutel auf den Picknicktisch, öffnete den Reißverschluss, und als er das Bargeld berührte, gab es eine knallrote Explosion. Alle duckten sich, nur Sumo nicht. Blinzelnd und mit knallrotem Gesicht wandte er sich mir zu.

«Was war das denn?», fragte er und sah auf seine knallrote Hand.

«Du bist knallrot», sagte ich. Dann sah ich auf das Geld «Das Geld ist auch knallrot.»

Wir schauten zwischen dem knallroten Sumo und dem bleichen Walker hin und her.

«Wusstest du das?», fragte Charlie. «Was ist das?»

«Das sind Farbbeutel», antwortete Walker.

Wir starrten ihn an, als hätte er etwas in einer Fremdsprache gesagt.

«Die sind so konstruiert, dass sie explodieren, wenn das Geld geklaut wird.»

«Und warum hast du uns nicht gewarnt?» Ich schrie beinahe.

«Ich hab so was bloß im Fernsehen gesehen und hatte keine Ahnung, dass es auch im wirklichen Leben eingesetzt wird!», sagte er.

«Das geht wieder ab, oder?», sagte Sumo und rubbelte sich die Hand.

«Nein, fass es nicht an!», rief Walker. «Das ist ja der Sinn des Ganzen – dass es färbt.»

«O nein», stöhnte Sumo.

Johnny J war es anscheinend egal, wenn das Geld ihn verfärbte, jedenfalls öffnete er den Beutel, schüttete es auf den Picknicktisch und durchsuchte den Haufen hektisch nach Banknoten, die nicht verfärbt waren und mit denen wir das Ticket seiner Mam bezahlen konnten. Schließlich hatte er einen von der Farbe unberührten Stapel zusammen und wurde etwas ruhiger.

«Eintausendundfünf Pfund», sagte er und drückte die Scheine an die Brust. «Mit dem anderen Geld ist das mehr als genug.» Wir nahmen die sauberen Banknoten an uns und ließen den Rest liegen, er nützte uns nichts und belastete uns nur. Nun hatten wir zwar das Geld, das wir brauchten, aber auch einen großen rotgesichtigen Sumo, der uns bei den Gesetzeshütern sofort verraten würde.

«Was machen wir denn jetzt mit Sumo?», fragte ich. Charlie nahm ihren rosa Schal ab. «Zieh den hier an», sagte sie, und Sumo wickelte ihn sich ums Gesicht, nur die Augen ließ er frei.

«Sieht ziemlich verdächtig aus», sagte ich.

«Immer noch besser als knallrote Farbe», erwiderte Charlie. Ich war anderer Ansicht, aber wir hatten keine Zeit für eine Auseinandersetzung. Es würde nicht mehr lange dauern, bis die Polizei anfing, den Wald nach uns zu durchkämmen. Wir mussten so schnell wie möglich verschwinden.

«In der Stadt können wir ja eine Maske für ihn kaufen, aber jetzt ist es Zeit abzuhauen», sagte Charlie, und dann waren wir auch schon wieder unterwegs.

32

Das Ticket

Wir nahmen den Bus in die Stadt und setzten uns oben ganz nach hinten. Es war Freitag. Zwar fand an diesem Tag kein Spiel der Fußballweltmeisterschaft statt, aber alles war grün, weiß und golden geschmückt, und jeder, der einem begegnete, machte einen beschwingten Eindruck. Wildfremde Leute sagten «Hallo», alle lächelten, lachten und waren in Hochstimmung, die Sonne schien, und wir und unsere Familien waren anscheinend in ganz Dublin die einzigen Menschen mit Problemen. Jedes Mal, wenn ich an meine Familie dachte, kamen mir fast die Tränen. Am Abend vorher waren alle so glücklich gewesen, und das hatte ich jetzt verdorben. *Sorry, Mam und Dad. Sorry, Rachel. Sorry, Rich.*

In der O'Connell Street stiegen wir aus. An der Ecke Talbot Street war ein großes Reisebüro. Sumo versteckte sich in einem Hauseingang, Johnny J und ich gingen rein, und Walker und Charlie hielten draußen Ausschau nach Polizei. Als wir die Tür öffneten, erklang ein Glöckchen, und eine blonde Lady in einem roten Kostüm und mit einem weißen Seidenschal blickte von ihrem Computer auf und lächelte uns an.

«Wie kann ich euch helfen?»

«Wir möchten ein Ticket nach New York kaufen, bitte», sagte Johnny J. Die Frau musterte uns von oben bis unten. «Ihr wollt ein Ticket nach New York?»

Johnny J nickte. «Es ist für meine Mam.»

«Oh, sie hat euch geschickt?», fragte sie.

«Ja, es geht ihr nicht so gut.»

«Oh, das tut mir leid», sagte sie. «Nehmt doch bitte Platz.» Sie deutete auf die Stühle vor ihrem Schreibtisch, und wir setzten uns. Meinen Rucksack mit dem Geld stellte ich unter dem Stuhl zwischen meine Beine.

«Wann möchte sie denn fliegen?», fragte sie. Johnny J und ich schauten uns an. *Gute Frage.*

«So bald wie möglich», antwortete ich schließlich, und Johnny J nickte heftig. «Ja, so schnell es geht.»

«Okay», sagte die nette Frau. «Es wird etwa eine Woche dauern, bis das Ticket bearbeitet und verschickt ist, also buche ich einen Flug in vierzehn Tagen.» [DDDMWS58]

Wie sollten wir denn den langen Arm des Gesetzes für zwei ganze Wochen austricksen? Johnny J sah aus, als müsste er sich übergeben.

«Ich hatte gehofft, es ginge früher», sagte er, und die Frau lachte. «Leider können wir nicht zaubern», sagte sie.

«Schon gut», sagte ich.

DDDMWS58

1. Bevor alle Menschen einen Computer besaßen, musste man Flugtickets im Reisebüro kaufen.
2. Man musste eine Reise schon lange vorher buchen.
3. Die Tickets wurden einem mit der Post nach Hause geschickt.

«Das Ticket kostet siebenhundertachtzig Pfund», sagte sie.

«Großartig», sagte ich, öffnete meinen Rucksack und zählte das Geld ab. Als ich ihr den exakten Betrag überreichte, sah sie von uns zu dem Geld, und ich hielt die Luft an. Aber dann lächelte sie und nickte. «Gut.»

Danach stellte sie uns noch eine Menge Fragen, wollte den Namen von Johnny Js Mutter wissen, einschließlich des Zweitnamens, sämtliche Einzelheiten der Adresse und die Telefonnummer. Als alles geklärt war, fragte sie noch, welches Essen ihr wohl am liebsten wäre und wo im Flugzeug sie sitzen wollte. Johnny J antwortete, dass seine Mam gern Hähnchen aß und dass ein Platz in der Nähe der Toiletten sicher am besten wäre.

«Und Sie schicken die Tickets also so schnell wie möglich los?», fragte er noch, bevor wir gingen.

«Jawohl, Sir», antwortete sie.

«Danke», sagte er.

«Nur noch eins, ehe ihr geht. Hat sie ein Visum?», fragte sie.

«Ein Visum?» Irritiert schaute Johnny J zwischen der Reisebürodame und mir hin und her.

«Ja, ein Visum für die Einreise in die USA.»

«Ich glaube nicht. Braucht sie das?»

«O ja.»

«Hm, wo kriegt sie das denn her?» Johnny J klang aufgeregt.

«Da muss sie zur amerikanischen Botschaft», erklärte die Frau, wühlte kurz in einer Schublade und überreichte uns eine Handvoll Formulare. «Die muss sie alle ausfüllen.»

«In der Botschaft?», fragte Johnny J.

«Und dann kann sie nach Amerika einreisen?», fragte ich.

«Vorausgesetzt, sie ist nicht vorbestraft», antwortete die Frau und lächelte.

«Nein, das ist sie nicht», sagte Johnny J.

«Gut, dann dürfte es kein Problem geben.»

Zusammen mit den anderen machten wir uns auf den Weg zu einem Donut-Shop in der O'Connell Street, setzten uns an einen Tisch, aßen Donuts, die wir mit dem Erlös unserer Straftaten bezahlt hatten, und überlegten uns unseren nächsten Schritt. Einstimmig wurde beschlossen, dass uns nur die Möglichkeit blieb, Mrs. Tulsi einen Brief zu schicken, in dem wir ihr mitteilten, dass sie sich ein amerikanisches Visum besorgen musste und innerhalb von zehn Tagen ihre Tickets erwarten konnte.

«Natürlich macht sie das zu unserer Komplizin», gab Walker zu bedenken.

«Na ja, eine Komplizin zu sein ist immer noch besser als tot», meinte Johnny J. Er hatte recht. Wir aßen die Donuts auf, gingen zum Hauptpostamt und versammelten uns in einer Ecke des riesigen Raums. Johnny J schrieb den Brief an seine Mam und Onkel Ted auf die Rückseite einer alten braunen Papiertüte, die jemand im Papierkorb hinterlassen hatte.

Liebe Mam und lieber Onkel Ted,
bald kommt ein Ticket für einen Flug nach Amerika mit der Post. Bitte benutz es, Mam. Hier ist das Geld für alle zusätzlichen Kosten. Bitte nimm den Flug und geh ins Krankenhaus, am besten fragst du den Taxifahrer, welches das beste für dich ist. Walker sagt, Taxifahrer wissen alles. Dort werden sie dich heilen, Mam. Es tut mir leid, dass wir nicht auch noch genug Geld für Onkel Ted zusammenkriegen konnten, und es tut mir leid, dass ich wegmusste. Bitte sag den Finns, den Browns, den Lanes und den Eastmans, dass es uns allen gutgeht und dass uns alles leidtut.
Ich vermisse dich, Mam, aber wir sehen uns wieder.
BENUTZ DAS TICKET!
Alles Liebe,
Johnny J

PS Onkel Ted, bitte bring meine Mam zur amerikanischen Botschaft, damit sie sich dort ein Visum ausstellen lassen kann. Das ist sehr wichtig. Danke, Johnny J.

Ich gab ihm den größten Teil von dem übrigen Geld und behielt für uns nur hundert Pfund zurück, denn ich dachte, hundert Pfund müssten für uns fünf reichen, solange wir es brauchten. Johnny J steckte das Geld für seine Mam mit dem Brief in einen großen Umschlag, klebte ihn zu und warf ihn in den Briefkasten.

«Was jetzt?», fragte er dann.

«Jetzt verstecken wir uns», sagte ich.

«Wo?», fragte Charlie, und dann standen wir alle mitten im Postamt und hatten keine Ahnung, wo wir hingehen sollten.

«Im Zoo?», schlug Sumo vor. Wir starrten ihn an, wie er sich hinter seinem rosa Schal versteckte. «Ich mag den Zoo einfach», murmelte er achselzuckend.

«Vielleicht können wir uns in den Dublin Mountains verstecken», schlug Charlie vor.

«Was, wenn es regnet?», fragte ich.

«In den Bergen sterbe ich», verkündete Walker und verabreichte sich eine Ladung aus seinem Inhalator, um seinen Worten Nachdruck zu verleihen.

Nach einer Zeit, die uns ewig lang erschien, hob Sumo seine purpurrote Hand.

«Meine Tante Nora hat einen Wohnwagen in Wexford.»

«Kann es sein, dass sie selbst dort ist?», fragte ich.

«Nein», antwortete er, «sie hasst Wexford.»

«Weißt du, wie man hinkommt?»

Er zog die Schultern hoch. «Mam und ich sind ein paarmal mit dem Zug nach Wexford gefahren, der Ort heißt Strawberry Beach Park.»

«Das reicht», sagte ich, und wir gingen raus auf die Straße. Als sich ein Taxi näherte, streckte ich die Hand aus.

«Taxi!», rief ich, und der Fahrer hielt an.

«Können Sie uns alle fünf mitnehmen?», fragte ich.

«Wenn ihr bezahlen könnt, nehm ich auch zehn von euch mit», antwortete er.

Wir quetschten uns in den Wagen.

«Wohin?», fragte er.

«Heuston Train Station», antwortete ich, und nun waren Johnny J, Sumo, Walker, Charlie und ich offiziell auf der Flucht.

33

Der Zug

Im Sommer 1990 waren die Züge ziemlich anders als heutzutage. Zum einen waren sie schon mal langsamer. Die Wagen waren verbunden mit etwas, was aussah wie eine instabile alte Gummiziehharmonika, die wackelte und bebte und sich echt unsicher anfühlte. Deshalb machte ich immer einen großen Sprung darüber. Aber Charlie schien die Ziehharmonikas zu mögen. Mit ausgebreiteten Armen, beide Hände an den gummierten Wänden, stellte sie sich genau auf die unzuverlässige Nahtstelle, schloss die Augen und bebte, schwankte und wackelte. Sehr lange sogar.

Sumo, Walker, Johnny J und ich saßen uns auf zwei Zweisitzern gegenüber, zwischen uns war ein Tisch. Fast wie bei unserem Geheimplatz im Wald, nur dass die Bänke Rückenlehnen hatten und mit einem rauen Stoff bezogen waren, der sich anfühlte, als säße man auf einem Teppichboden. Der Tisch hatte Brandflecken von Zigaretten, aber wir hatten ihn mit Chips, Schokolade und echt trockenen Sandwiches vom Snackwagen gedeckt.[DDDMWS59]

DDDMWS59

1. In den 1990ern rauchten die Leute so ziemlich überall in öffent-

In unserem Waggon war zwar einiges los, aber er war nicht überfüllt. Uns gegenüber saßen vier Mädchen um die zwanzig. Obwohl es noch früh am Tag war, tranken sie und sangen Lieder über die Liebe. Eins der Mädchen trug einen Schleier und hatte ein paar L-Schilder dabei, die man sonst an Autos klebte, wenn jemand noch nicht viel Erfahrung im Fahren hatte. Sie machten mehr Lärm als die Lok, und die war schon echt laut. Die Mädels versuchten, mit uns ins Gespräch zu kommen.

«Wo fahrt ihr denn hin, Jungs?», fragte die junge Frau mit dem Schleier.

«Ins Nirgendwo», antwortete Walker.

«Ach ja, und wo ist das?», fragte sie.

«Direkt hinter Geht-dich-nichts-an», antwortete er, und ich machte mir Sorgen, dass das ein bisschen unhöflich war, aber die Mädchen lachten.[DDDMWS60]

lichen Transportmitteln, einschließlich Zügen und Flugzeugen, aber sie rauchten auch in Kinos, Restaurants, Pubs, Clubs und sogar in Krankenhäusern. Der Gestank war widerwärtig.

2. Irlands populärstes Sandwich war trockenes Brot, darauf eine dicke Schicht Butter und eine dünne Scheibe Schinken. Auch widerwärtig.
3. Teppichbelegte Sitze können Ausschlag hervorrufen. Ich möchte nicht sagen, wo, aber ich denke, das wisst ihr sowieso schon. Wirklich richtig widerwärtig.

DDDMWS60

1. Walker war der unhöflichste und sarkastischste Mensch, den ich kannte.
2. Ältere Leute fanden ihn oft sehr liebenswert und lustig.
3. Johnny J meinte, der Grund wäre, dass Walker klein war und Locken hatte.

«Hey, Schalgesicht», sagte eine andere zu Sumo. «Wie alt bist du denn?» Sie hatte so viel schwarze Schminke um die Augen, dass es verständlich war, wenn man auf den ersten Blick dächte, ein Panda wäre aus dem Zoo entlaufen.

Sumo erstarrte. «Fünfunddreißig», antwortete Walker für ihn.

«Ist er der Einzige, der sprechen kann?», fragte das Mädchen, aber wir anderen starrten sie nur an, wir hatten Angst, etwas zu sagen. Obwohl wir kriminell waren, hatten wir weder Walkers Selbstbewusstsein, noch waren wir so unhöflich wie er.

«Wir nehmen ein Taxi nach Strawberry Beach Park», flüsterte ich den anderen zu.

«Haben die in Wexford überhaupt Taxis?», fragte Johnny J.

Gute Frage. Ich hatte keine Ahnung. «Bestimmt gibt es einen Bus, oder?», meinte ich, aber jeder merkte mir an, dass ich absolut nicht sicher war.

«Warst du schon mal dort?», fragte Walker. «Das ist ein Bauerndreckloch.»

«Nein, überhaupt nicht, es ist schön da», widersprach Sumo.

«Warum hasst deine Tante es dann?»

«Weil sie kaltherzig ist, sagt meine Mam», erklärte Sumo.

«Wie weit ist es vom Bahnhof?»

«Weiß ich nicht», sagte er. «Ich hab nie aufgepasst.»

In diesem Moment kam Charlie zum Tisch zurück und

nahm sich ein Sandwich. Johnny J versuchte, für sie Platz zu machen, indem er mich an das Fenster schob. Sie setzte sich auf die Armlehne.

«Ich hab nachgedacht», sagte sie. «Wir müssen uns bloß für zwei Wochen verstecken, nur bis Johnny Js Mam das Visum hat und die Post das Ticket ausliefert. Sobald sie losgeflogen ist, können wir uns stellen ...»

«Uns stellen?», fiel Walker ihr ins Wort.

«Na ja, was hast du denn gedacht, was wir vorhaben, du Genie?», fragte sie, und Walker sah sie verblüfft an.

«Eben. Ich weiß ja nicht, wie es euch geht», fuhr sie dann fort, «aber ich war noch nie am Strand, also könnten wir doch einfach Ferien machen, die tollsten Ferien der Welt.»

«Weil wir eingesperrt werden, wenn wir uns gestellt haben?», sagte Walker.

«Wahrscheinlich», antwortete sie. «Aber wenn Johnny Js Mam überlebt, dann hat es sich gelohnt.» Sie sah uns an, einen nach dem anderen. «Stimmt's, Jeremy? Ich meine, das hast du doch auch die ganze Zeit gedacht, oder etwa nicht?»

«Vermutlich schon», sagte ich, und aus irgendeinem Grund wurde ich ein kleines bisschen froher. «Ganz egal, was mit uns passiert, wenn sie gesund wird, hat es sich gelohnt.»

Sumo nickte und schlug mit der Faust auf den Tisch. «Absolut.»

Walker seufzte. «Ja, natürlich, unbedingt», sagte er. «Obwohl es sein kann, dass wir sterben, weil unsere

Mütter uns umbringen, bevor wir ins Gefängnis kommen.»

Wir nickten einhellig. «Ja.»

Johnny J grinste uns an, und er sah aus, als würde er gleich weinen, aber das tat er natürlich nicht. Ich wünschte mal wieder, ich wäre erwachsener, so wie Johnny J. «Beste Freunde für immer», fügte er hinzu und strahlte uns alle an.

«Dann ist mein Vorschlag also angenommen», sagte Charlie. «Wir machen Ferien.»

Plötzlich spürte ich, wie mir ein Stein vom Herzen fiel. Ich musste nicht mehr so tun, als würden wir nicht erwischt, denn es war klar, dass es so kommen würde! Bis dahin würden wir einfach zwei Wochen Ferien machen, und zwar die besten Ferien aller Zeiten – und danach? Tja, daran wollte ich nicht denken, und die anderen wollten das auch nicht. Den Rest der Reise verbrachten wir mit «Ich sehe was, was du nicht siehst», machten Witze, lachten und stimmten sogar ein, als die Mädels von gegenüber zum fünften Mal innerhalb einer Stunde Madonnas «Holiday» sangen.

34

Die Stadt Wexford

In Wexford stiegen wir aus, und wir hätten ebenso gut im Ausland sein können. Schwer zu beschreiben, es war einfach total anders als in Dublin. Zum Beispiel schon mal wärmer – noch bevor wir den Bahnhof verlassen hatten, war ich total durchgeschwitzt. Die Stadt war komisch, die Geschäfte waren alle verschiedenfarbig, und eines hatte sogar ein Strohdach. Wir sahen zwei Pferde, die an Laternenpfählen festgebunden waren und aus einem Sack fraßen, ein Mann ging mit einem Esel mitten auf der Straße, und statt ihn anzuhupen, fuhren alle Autos einfach um ihn herum. Aber das Seltsamste war, dass alle Leute sich zuwinkten und hallo sagten und stehen blieben, um übers Wetter zu reden und wie schön es war. Auch der Akzent war sonderbar, manches konnte ich nicht verstehen. Das einzig Vertraute waren die grün-weiß-goldenen Girlanden, die im Wind über der Stadt flatterten.

An einem Laden, vor dem Eimer und Schaufeln standen und in dessen Schaufenster ein Bild mit einer Auswahl von Eishörnchen prangte, blieb Sumo stehen wie angewurzelt. «Das sind die besten Eistüten, die es gibt», sagte er und streckte mir die Hand hin. «Gib mir Geld.» Ich holte einen Fünfer aus dem Rucksack und gab ihn ihm.

«Ihr werdet es nicht bereuen», versprach er. Wenige Minuten später kam er wieder heraus, fünf große, mit Schokoraspeln bestreute Eistüten in beiden Händen balancierend, und überreichte jedem von uns eine davon. Mit vielen Dingen lag Sumo ja falsch, aber was dieses Eis anging, hatte er absolut recht. Es war das beste Eis, das ich je gegessen hatte.

Wir schlenderten durch die Straßen und nahmen die Umgebung in uns auf. Fremde Menschen sagten uns hallo, und wir sagten hallo zurück. Hier war alles nett, neu, ein bisschen exotisch und verrückt, aber auch cool. Und beängstigend. Schließlich wussten wir ja nicht, ob die Menschen in Wexford wussten, dass fünf Kids aus Dublin auf der Flucht vor dem Gesetz waren. Vielleicht hing unser Foto inzwischen schon auf jedem Polizeirevier in ganz Irland. Womöglich wurde sogar in den überregionalen Tageszeitungen über uns berichtet. Oder im Fernsehen! Einmal sahen wir einen Streifenwagen. Walker jaulte auf und rannte ins nächstbeste Geschäft. Johnny J packte Charlie, und sie duckten sich hinter ein Auto. Ich drehte dem Streifenwagen den Rücken zu und tat so, als schaute ich mir das Schaufenster eines Klamottenladens an. Nur Sumo blieb reglos stehen, mitten auf der Straße, einen rosa Seidenschal über dem Gesicht. Aber das Polizeiauto fuhr an uns vorbei und verschwand. Sofort wandten wir uns alle Sumo zu.

«Du musst echt aufhören mit dem Erstarren, Sumo!», sagte Walker.

«Sorry», antwortete Sumo nur.

Aber als wir zu einem Comicladen kamen, ging Charlie rein und kam mit einer Wookie-Maske aus Star Wars wieder raus, die sie Sumo in die Hand drückte. «Setz lieber das hier auf», wies sie ihn an.

«Cool», sagte Sumo. «Die ist ja noch besser als Vader.» Er setzte die Maske sofort auf und gab Charlie den Schal zurück.

«Besser?», fragte er dann.

«Viel besser», sagte ich.

«Steht dir richtig gut», sagte Charlie, und sie hatte absolut recht.

So wanderten wir eine Weile herum, konnten aber keinen Taxistand entdecken, und da wir nicht wussten, wo die Busstation war, erklärte Walker Sumo zu unserem Wexford-Verbindungsmann und / oder Führer (was bedeutete, dass er mit den Leuten hier die Gespräche führen sollte).

Sumo ging auch sofort auf einen ziemlich jungen Mann zu, der auf einem Traktor saß, aus einem Flachmann trank und eine Zigarette rauchte. Auf dem halb mit Stroh gefüllten Anhänger lag ein dreibeiniger Hund auf einem der eingepackten Strohballen und schlief.

«Hallo, können Sie uns sagen, wie lange es dauern würde, nach Strawberry Beach zu laufen?», fragte Sumo ihn.

«Tja, Wookie, das kommt ganz darauf an, wie schnell ihr zu Fuß seid», erwiderte der Typ.

«Auf alle Fälle schnell genug.»

«Ja, aber auf einer Skala von eins bis zehn? Wobei

eins ‹langsam wie mit einem gebrochenen Bein› bedeutet und zehn ‹schnell wie Steven Roach auf dem Fahrrad›?»[DDDMWS61]

Sumo überlegte. «Ich würde sagen, wir sind eine gute fünf», antwortete er schließlich.

Der Typ nahm einen langen Zug an seiner Zigarette. «Na, dann würde ich sagen, dass ihr ungefähr fünfundvierzig Minuten unterwegs sein werdet», sagte er.

«Welche Richtung?», fragte Sumo. Der Typ deutete mit dem Finger.

«Da.»

«Geradeaus?»

«Mehr oder weniger», antwortete der Typ.

«Wie jetzt?», fragte Sumo verwirrt.

«Na ja, der Weg macht mehr Kurven als ein Stephen-King-Roman.»

«Gut», sagte Sumo. «Danke.»

Dann wandte er sich an uns. «Ist ziemlich schwierig, mit dem zu reden.»

Der Typ lachte. «Ich nehm dich doch nur ein bisschen auf den Arm, entschuldige, Kiddo, so macht man das in Wexford eben. Du kannst gern auf den Anhänger klettern.»

Ich zeigte auf mich und sagte: «Wir wollen da alle hin.»

DDDMWS61

1. Steven Roach war ein berühmter irischer Radfahrer.
2. Er war Sieger bei der Tour de France, beim Giro d'Italia und bei der World Road Race Championship.
3. Er galt als der schnellste Mensch Irlands.

«Na los, ich fahr da sowieso lang.»

Also gingen wir an Bord, und bald fuhren wir durch die kurvenreichen Straßen von Wexford, blinzelten in den blauen Himmel, ließen uns von der Sonne braten, der dreibeinige Hund hechelte uns an, und unsere Bäuche waren voller Eiscreme. Ich vermisste meine Mam und meinen Dad, ich vermisste Rachel und sogar Rich. Ich machte mir ein bisschen Sorgen, weil wir ins Gefängnis mussten, und wusste, dass das Leben nie wieder genauso sein würde wie vorher, aber das Hier und Jetzt machte Spaß.

Schließlich hielt der Typ vor einem Schild, auf das rote Erdbeeren gemalt waren, und darunter stand «trawberr Beach Park», weil das S und das Y fehlten.

«Betty Bloomers wird sich um euch kümmern», erklärte er, während wir vom Anhänger stiegen und uns bedankten.

«Wer ist Betty Bloomers?», fragte ich, und im selben Augenblick kam eine Frau mit einem schwarzen Lockenkopf auf uns zu. Sie trug ein kurzes gemustertes Kleid, unter dem etwas hervorlugte, was aussah wie eine lange weite Unterhose mit Rüschen.

«Das ist Betty Bloomers», erklärte uns Sumo.

«Was kann ich für euch tun?», fragte die Frau.

«Ich würde gern ein paar Tage im Wohnwagen meiner Tante wohnen», sagte Sumo.

«Weiß sie, dass du hier bist?»

«Nein, das ist eine Überraschung», stammelte er.

«Wer ist denn deine Tante?»

Sumo nannte den Namen, erwähnte dann noch seinen Onkel, der gestorben war, und den Hund der beiden, der, soviel er wusste, noch lebte.

«Tut mir echt leid, aber deine Tante hat den Wohnwagen verkauft.»

«Wann?»

«Letztes Frühjahr.»

«Oh.»

«Können Sie uns dann bitte einen freien Wohnwagen vermieten?», fragte Johnny J.

«Tut mir leid, aber wir sind voll.»

«Gibt es denn in der Nähe noch eine andere Anlage, wo wir nachfragen könnten?», fragte Johnny J.

Die Frau dachte kurz nach. «Geht es nur um euch fünf?», fragte sie dann.

«Ja.»

«Wo sind eure Eltern?»

«Zu Hause.»

«Und sie lassen euch ganz allein nach Wexford fahren?»

«Wir sind älter, als wir aussehen.»

«Hmmmmmmmmmmmm.» Die Frau starrte Sumo mit seiner Wookie-Maske an und wirkte nicht überzeugt.

«Das Geschäft boomt hier zurzeit, mit der WM und allem. Das halbe Land macht Ferien, aber ich kenne einen Mann, der einen Wohnwagen auf seinem Grundstück stehen hat. Er wird nicht benutzt, vielleicht lässt er euch eine Weile da übernachten.»

«Wir haben auch Geld», sagte ich.

«Na, das hoffe ich doch. Mein Bekannter ist meistens ziemlich muffelig, aber wartet ruhig mal eine Minute.» Damit ging sie ins Haus, um zu telefonieren.

Wir setzten uns auf den Boden und warteten.

«Meint ihr, sie ruft die Polizei?», fragte Charlie.

«Ich weiß nicht, aber macht euch lieber bereit zum Abhauen.» Nervös warteten wir, alle auf dem Sprung, sofort loszurennen, falls wir etwas Verdächtiges feststellten.

Nach ein paar Minuten war Betty Bloomers wieder da. «Er überlässt euch den Wohnwagen, wenn ihr ihm ein Pfund pro Tag gebt und außerdem noch seine Kühe melkt, die Hühner füttert und ihm helft, einen von seinen Zäunen zu reparieren.»

Darauf waren wir nicht gefasst gewesen. Verdutzt starrten wir Betty Bloomers an und warteten, dass sie sagen würde, sie hätte einen Witz gemacht.

«Im Wohnwagen ist Platz für sechs Personen», sagte sie stattdessen.

«Okay», sagte Johnny J.

«Gut, dann geb ich ihm gleich Bescheid», sagte sie und fügte dann noch schnell hinzu: «Oh, ich soll euch noch ausrichten, wenn ihr bereit seid zu kochen, gibt er euch auch was zu essen.»

«Von uns kann aber keiner kochen», gab ich zu bedenken.

«Ich kann Rührei machen und Schinken- oder Pilz-Omelette», widersprach Charlie.

«Und ich Gemüsesuppe und Spaghetti bolognese», fügte Johnny J hinzu.

«Großartig», sagte Betty Bloomers. «Dann ist es beschlossene Sache.» Sie zog Stift und Papier aus der Tasche. «Also, die Farm heißt Jimbo's, und am Tor steht eine Vogelscheuche», erklärte sie, während sie auf den Zettel kritzelte. «Hier ist eine Wegbeschreibung.» Sie gab mir das Blatt. «Wenn ihr euch verirrt, dann folgt einfach dem Rauch, er macht nämlich auch an heißen Tagen immer ein Torffeuer.»

Wir bedankten uns und wollten gehen, aber die Frau meinte noch: «Und egal, was ihr tut, macht ihn bloß nicht wütend.»

«Warum?», fragte Sumo. «Was passiert denn dann?»

«Na ja, ihr würdet ihn jedenfalls nicht mögen, wenn er sauer ist», antwortete sie in einem Ton, der Böses ahnen ließ.

«Woher wissen Sie das denn?», fragte Sumo, und es klang ängstlich.

«Er ist mein Daddy», antwortete Betty Bloomers fröhlich, zwinkerte uns zu und ging zurück ins Haus. Also hatten wir die Wahl, entweder Sklaven eines fiesen Griesgrams zu werden oder im Freien zu übernachten.

«Ach, so schlimm wird er schon nicht sein», meinte Walker und machte sich als Erster auf den Weg zu dem alten Mann, dem Rauch und der Vogelscheuche.

35

Die Farm

Wir folgten dem Rauch. Wir mussten über Steinmäuerchen klettern, über Zäune springen, um einem großen wütenden Bullen zu entgehen, und uns mitten durch eine Herde sehr ungebärdiger Schafe arbeiten. Vermutlich fanden wir auf Anhieb den längsten und schwierigsten Weg zu Jimbo's Farm. Schließlich kamen wir zu der Vogelscheuche, gingen den schmalen kurvigen Weg zum Haus hinauf, und dort stand unter der Tür der älteste, garstigste und furchterregendste Mann, den ich je gesehen hatte. Jimbo sah aus wie ein Killer aus einem Horror-Comic, und ich wäre echt am liebsten sofort weggelaufen. O *nein, hier werden wir garantiert in einen Käfig gesperrt, gemästet, gekocht und gefressen. Lebt wohl, Mam und Dad. Leb wohl, Rachel. Bis dann, Rich. Wahrscheinlich haben wir es verdient.*

Der alte Mann, der in seinem dunklen Hauseingang stand, war so dünn, dass er aussah wie ein Skelett mit Gesicht. Er hatte einen weißen Bart, der ihm bis auf die Brust hing, und er trug ein rotes Bandana um den kahlen Kopf. Seine Finger waren so lang, dass sie mich an E.T. erinnerten. Als er sprach, kam eine Stimme wie ein Reibeisen aus seinem Mund, und seine Augen waren so wässrig, dass es aussah, als würde er weinen, obwohl es nicht stimmte. Erst nach ein paar Minuten merkte ich, dass er blind war. Er machte mir total Angst, ehrlich. Darauf bin ich überhaupt nicht stolz, aber ich versteckte mich hinter Charlie, die völlig gelassen auf diesen Mann reagierte.

«Meine Tochter sagt, dass ihr für mich arbeiten wollt», begann also die Reibeisenstimme.

«Jawohl, Sir», antwortete Johnny J.

«Jimbo ist mein Name», sagte Jimbo.

«Okay, Jimbo», sagte Johnny J. Zum ersten Mal forderte ein Erwachsener einen von uns auf, ihn beim Vornamen zu nennen.

«Und wie heißt ihr?»

«Äh, ah, ahhhh.» Über falsche Identitäten hatten wir überhaupt noch nicht nachgedacht, aber zweifellos brauchten wir sie jetzt.

«Das ist Alvin», sagte ich, kam hinter Charlie hervor und deutete auf Johnny J, dann auf Walker, der sich gerade die Brille putzte: «Das ist Simon», und schließlich auf Sumo mit der Wookie-Maske: «Und das ist Theo. Ich bin Dave.»

«Und ich Brittney», verkündete Charlie, und ich seufzte erleichtert. Sie hatte verstanden.[DDDMWS62]

«Ihr habt aber komische Namen», bemerkte Jimbo.

DDDMWS62

1. Die Namen kamen von *Alvin und die Chipmunks*.
2. Ich hab den Film fünfmal gesehen.
3. Ich kannte den Titelsong auswendig und sang ihn immer im Kopf, wenn ich nervös wurde. In letzter Zeit sang ich ihn ziemlich oft.

«Danke», sagte ich.

«Na gut, bringt mich zum Wohnwagen», befahl Jimbo dann und nahm den weißen Stock, der neben seinem Stuhl an der Wand lehnte. «Immer der Nase nach – dorthin, wo es nach Kuhmist duftet.» Er streckte die Hand aus, und da ich ihm am nächsten stand, packte er mit seinen Alienfingern meinen Arm, und mir wurde ganz flau im Magen. *O nein. Bleib cool, Jeremy. Bleib cool.*

Der Mistgeruch war heillos (Laura, eine Freundin meiner Mutter, nannte alles, was richtig heftig war, «sündhaft», und der Gestank war wirklich SÜNDHAFT), der Wohnwagen sah aus wie eine echt riesige Blechbüchse. Er war verrostet und stand auf Ziegelsteinen. Ein paar davon waren kaputt oder fehlten, deshalb neigte er sich zum hinteren Ende. Jimbo tastete nach der Tür, zog sie auf, und ein kleiner Vogel flog heraus, begleitet von einem Geruch nach Benzin, verbranntem Toast, einer Spur Kacke und sehr viel Pipi und Lavendel.

«Hier, Kids, trautes Heim, Glück allein», sagte Jimbo. «Also, wenn ihr fertig seid, kommt zum Haus, dann zeige ich euch, was bei den Hühnern zu beachten ist.» Dann schlug er mit der Hand gegen die Tür, drehte sich um, wandte Stock und Nase in Richtung Haus und machte sich allein auf den Rückweg. Wir warteten, bis er außer Hörweite war.

«Ich setz da keinen Fuß rein!», sagte Walker.

«Wir haben keine andere Wahl», entgegnete ich und streckte den Kopf durch die Tür. Der Ofen sah kaputt aus, alles war verdreckt. Die Sitzecke war fleckig und ausgefranst, der Geruch schwer zu ertragen. Ich zog den Kopf wieder zurück und atmete die frische Luft ein.

«Wer geht als Erster rein?»

«Ich mach das», meldete sich Johnny J, atmete tief ein und kletterte in den Wohnwagen. Charlie folgte ihm auf den Fersen. Johnny J öffnete die Tür zu einem winzigen Schlafzimmer, ein Doppelbett mit einer dreckigen Decke und keinen Kissen. Dann machte er die zweite Tür auf, hinter der ein Doppelstockbett zum Vorschein kam, das untere mit, das obere ohne Decke. Dann ging er zum Sofa und hob die Sitzfläche an. Darunter befand sich ein Ausziehbett, aber es machte keinen funktionsfähigen Eindruck.

«Gemütlich werden wir es hier bestimmt nicht haben», sagte er.

Als wir anderen uns schließlich auch in den Wagen gequetscht hatten, standen wir Rücken an Rücken und Seite an Seite wie Sardinen in der Dose.

«Sollen wir jetzt nach den Hühnern schauen?», fragte ich. Alle waren einverstanden, weil sie möglichst schnell wieder raus aus dem Wohnwagen wollten.

Im Haus war es kalt und dunkel, obwohl der Tag sommerlich warm war. Der alte Mann saß am Feuer und hörte uns kommen.

«Fertig?»

«Ja», sagte ich.

«Brave Jungs», sagte er. Charlie erwähnte er nicht. Dann stand er langsam auf und setzte sich stöhnend in Bewegung, wobei er sich die Knie mit seinen langen knochigen Fingern massierte. Ich blieb im Hintergrund, damit er mich nicht wieder packen konnte. Diesmal erwischte es Sumo.

«Na, du bist mir ja ein großer Kerl. Welcher bist du denn?»

Ich formte «Theo» mit den Lippen.

«Ist Theo nicht der Kleine?», murmelte Sumo.

«Wie bitte?»

«Theo», wiederholte Sumo brav.

«Guter Mann, Theo», sagte Jimbo. «Wie alt bist du?» Sumo sah mich fragend an.

«Er ist sechzehn», log ich.

«Ist das deine Stimme, Dave?»

«Ja», antwortete ich.

«Ist Theo taub?», fragte Jimbo.

«Nein.»

«Warum antwortest du dann für ihn?»

«Sorry», murmelte ich.

«Sind Sie blind?», fragte Sumo.

«Ja», antwortete Jimbo.

«Cool», sagte Sumo, und Jimbo lachte. Er sagte, wir sollten uns saubere Bettwäsche aus dem Trockenschrank nehmen, deutete dann mit seinem Stock in Richtung Hühnerstall, und wir machten uns auf den Weg.

36

Die Tiere

Jimbo nahm direkt Kurs auf den Gestank, und wir folgten ihm im Gänsemarsch.

Als das Gegacker der Hühner richtig laut wurde und sie uns bereits umringt hatten, hob Jimbo die Arme in die Luft.

«Mädels», rief er, «sagt den Jungs hallo.» Charlie nahm er noch immer nicht zur Kenntnis, aber keiner sagte etwas dazu. Vielleicht hatte er ja auch vergessen, dass sie da war, dann wäre es unhöflich gewesen, ihn darauf aufmerksam zu machen.

«Sagt hallo, Jungs.»

«Hallo», sagten wir.[DDDMWS63]

Er zeigte uns das Futter, wie man den Hühnerstall sauber machte und wie man die Eier einsammelte. Das Füttern war okay, das Saubermachen ekelhaft, aber das Einsammeln der Eier war cool.

Als Nächstes führte Jimbo uns zum Kuhstall. Ich hatte

DDDMWS63
1. Hühner picken, was ähnlich ist wie beißen, aber mehr weh tut.
2. Manche Hühner laufen seitwärts, das sieht völlig irre aus.
3. Viele von ihnen spreizen die Flügel und hüpfen / flattern Kindern ins Gesicht.

noch nie eine echte Kuh gesehen. Sie waren gewaltig und laut und atmeten schwer, und wenn mich ihre gewaltigen Augen und riesigen nassen Nasen nicht hypnotisiert hätten, wäre ich um mein Leben gerannt.

«Kühe, das hier sind die Jungs. Jungs, das hier sind die Kühe», stellte Jimbo vor. Dabei stand Charlie direkt hinter ihm! Aber sie schwieg, und ich auch.

«Habt ihr schon mal eine Kuh gemolken?»

«Wir sind aus Dublin», antwortete Walker sarkastisch.

«Na schön, aber Premier Dairies, die große Molkerei, ist auch in Dublin. Ob du's glaubst oder nicht, in Dublin gibt es Kühe, kleiner Klugscheißer.» Jimbo war blind, aber anscheinend nicht dumm. Denn Walker war wirklich ein kleiner Klugscheißer. «Welcher bist du denn?»

«Ich bin Simon», antwortete Walker.

«Tja, ab jetzt nenne ich dich aber kleiner Klugscheißer.» Wir lachten alle. Der Name passte viel besser zu Walker als Simon.

«Wer ist sonst noch da?», wollte Jimbo wissen.

«Äh, Alvin und Brittney.»

«Ach ja, stimmt. Hast du schon mal 'ne Kuh gemolken, Alvin?»

«Nein, Sir», antwortete Johnny J.

«Nein, Jimbo», korrigierte Jimbo.

«Nein, Jimbo.»

«Na gut, dann will ich euch mal zeigen, wie das geht.»

Jimbo tastete nach dem Schemel, Charlie schob ihn

mit dem Fuß ein Stück näher zu ihm, er fand ihn und setzte sich darauf. Dann ließ er seinen Stock einfach auf den Boden fallen und griff sich die weichen rosa Teile der Kuh. Mir wurde übel.

«Guten Morgen, Gloria», sagte er zu der Kuh.

Die muhte ein bisschen, aber ich glaube, das machte sie, weil er ihre rosa Teile knetete wie meine Mam ihren Teig.

«Ich stupse, drücke, stauche hier ein bisschen, um die Muskeln zu lockern, Jungs. Die gute alte Gloria muss sich entspannen, damit die Milch kommt.»

Fasziniert traten die anderen einen Schritt näher, nur ich blieb, wo ich war, weil ich mich ekelte. Charlie blickte sich um.

«Hier ist noch Platz», sagte sie und zog mich zu den anderen. *Vielen Dank auch, Charlie.*

«Hat einer von euch vielleicht mal im Fernsehen gesehen, wie man eine Kuh melkt?», fragte Jimbo.

Sumo hob die Hand. Ich schubste ihn. «Was denn?», fragte er.

«Er ist blind, erinnerst du dich?», sagte Walker.

«O ja, sorry. Ich hab das schon mal gesehen, Mr. ... Jimbo.»

Inzwischen machte Jimbo ziehende Bewegungen. «Und die haben es so gemacht? Stimmt's?»

«Stimmt», antwortete Sumo.

«Dabei ist das ganz falsch», erklärte Jimbo. «Zum Melken klemmt man Daumen und Zeigefinger um die Euterspitze und drückt mit der anderen Hand die Milch raus.

Das fängt langsam an, aber sobald die gute alte Gloria anfängt, sich zu entspannen, geht es immer schneller.»

Mit seinen krassen Alienfingern demonstrierte er, was er sagte. Inzwischen war mir richtig flau. Ich sagte nichts, und keiner von den anderen schien sich daran zu stören, dass wir uns mit einem sonderbaren alten Mann und einer riesigen Kuh in einer Scheune befanden, wo Milch in einen Eimer ausgepresst wurde. Als Jimbo mit seiner Vorführung fertig war, fragte er: «Wer möchte es mal ausprobieren?», und alle wollten.

Ich hielt mich weiter im Hintergrund.

Johnny schaute sich zu mir um. «Willst du nach mir drankommen? Ja?»

«Jeremy, ich mach die Kuh für dich, wenn du die Hühner für mich machst», sagte Walker.

Ich nickte heftig.

«Aber die Kuh ist doch so viel cooler», sagte Sumo zu mir.

«Schon, aber die Hühner lösen meine Allergien aus, und dann sterbe ich», erklärte Walker.

Er hatte recht. Wir befanden uns auf einer Farm, umgeben von Stroh, Gras und all den anderen Dingen, die Walker krank machten. Schon jetzt sah er um die Augen herum ein bisschen aufgedunsen aus.

«Hast du dein Medikament?», fragte ich.

«Eine Schachtel Tabletten und einen Inhalator», antwortete er.

«Reicht das?»

«Hoffentlich», sagte er.

Als die Hühner gefüttert und die Kühe gemolken waren, zeigte Jimbo uns noch das Loch im Zaun.

«Schon mal einen Zaun geflickt?»

Man hätte annehmen können, dass er die Antwort kannte. *Natürlich nicht!*

«Nein, Jimbo», sagten Sumo, Charlie und Johnny J wie aus einem Munde. Walker und ich hielten den Mund.

Jimbo holte einen Hammer, Nägel und eine Rolle Maschendraht, und als er den ersten Nagel ins Holz schlug, war es, als beobachteten wir einen Zauberer bei einem besonders waghalsigen Trick. Eigentlich war ich ganz sicher, dass er seine langen dünnen Finger ins Holz hämmern würde, aber das tat er nicht, und als er fertig war, drehte er sich zufrieden zu uns um.[DDDMWS64]

«Vorführung beendet. Noch Fragen?»

Alle schwiegen.

«Na gut, das ist eine Arbeit für morgen. Also, wer von euch kann ein Omelette machen?»

«Ich», antwortete Charlie.

«Ihr anderen könnt die Eier einsammeln, du ...» – er deutete in Charlies Richtung – «... du kommst mit mir.»

Wir sammelten die Eier ein. Es waren eine Menge Eier, aber die Hühner waren beim zweiten Mal deutlich übel-

DDDMWS64

1. Damals gaben Erwachsene den Kindern Hämmer und Nägel in die Hand, ohne zweimal darüber nachzudenken.
2. Kinder verließen morgens das Haus und kamen erst zum Abendessen zurück.
3. Es war eine ganz andere Zeit.

launiger, und ein paar wollten ihre Eier überhaupt nicht hergeben. Ein Huhn ging auf mich los, ein anderes flog Johnny J ins Gesicht. Insgesamt war das nicht so cool, wie ich es mir erhofft hatte, aber immer noch besser, als eine Kuh zu melken.

Vorhin hatten wir noch Eis gegessen, und jetzt waren wir Farmsklaven an einem Ort, der nach allem roch, was irgendwie widerlich war. Walker saß mit seinem Inhalator auf dem Zaun, inhalierte und ließ Johnny J, Sumo und mich die ganze Arbeit erledigen. Aber Sumo war glücklich – als er die Eierjagd übernahm, redete er mit den Hühnern, während er ihnen die Eier unterm Hintern wegzog, als hätte er das schon immer getan.

«Hallo, Lady, was haben wir denn da?» Wenn er dann das Ei oder die Eier in der Hand hielt, bedankte er sich auch noch beim betreffenden Huhn. «Vielen Dank, Lady.»

Als wir zum Wohnwagen zurückschlenderten, drehte Johnny J sich im Kreis, sah zu den Bäumen, den grünen Feldern, den herumzockelnden Tieren, in den freien Raum und den rosa Himmel. «Riecht schlecht, ist aber echt schön hier.»

«Ja», stimmte ich zu, denn er hatte recht.

Walker schniefte nur und wischte sich die Augen. «Ist ganz nett», meinte er. «Aber Dublin ist besser.»

Auch Charlie mochte die Gegend, das musste sie uns nicht mal erklären, schließlich gab es hier genug Bäume, sie konnte hier jahrelang klettern, wenn sie wollte. In der kurzen Zeit, die wir jetzt hier waren, hatte sie bereits zwei davon erklommen und nahm gerade einen dritten aufs Korn.

«Wisst ihr was?», fragte Johnny J. «Wir reden immer von Abenteuern. Jetzt haben wir eines.»

Aber ich hatte mir Raumschiffe und Superhelden vorgestellt, nicht einen Tag auf einem Bauernhof! Trotzdem musste ich zugeben, dass es ein Abenteuer war. Ich hatte bloß große Angst, wie es ausgehen würde.

37

Das Essen

Am Abend, als wir alle unsere Arbeiten erledigt hatten, half Charlie Jimbo beim Eierkochen, ich schnitt Brot, Johnny J deckte den Tisch, Sumo kochte die größte Kanne Tee, die ich in meinem ganzen Leben gesehen hatte, und Walker saß am Torffeuer, nieste und umklammerte seinen Inhalator.

«Alles okay, Simon?», fragte ich. Walker hatte völlig vergessen, dass er einen neuen Namen hatte. Alle anderen übrigens auch.

«Hey, kleiner Klugscheißer.» Ich ging zu ihm und legte ihm die Hand auf die Schulter.

«Was? Ach ja. Was?»

«Alles gut so weit?»

Er lehnte sich in dem großen alten Sessel zurück, legte die Füße auf einen großen Wolfshund, der sich so wenig bewegte, dass man ihn für tot hätte halten können, wenn er nicht alle fünf Minuten gefurzt hätte. Walker nickte. «Ich hab mich noch nie so gut amüsiert, Alvin.» Ich machte mir Sorgen wegen seiner Allergien und er wahrscheinlich ebenfalls, aber er tat so, als wäre alles in Ordnung. Vermutlich taten wir das alle.

Das Omelette war köstlich. Weil meine Mam keine

Eier mag, gibt es bei uns nie Omelette. Charlie und Jimbo füllten das Omelette mit Pilzen, Spinat, Schinken und Käse, und jeder Bissen schmolz mir auf der Zunge. Charlie war eine phänomenale Köchin, das hatte ich nicht von ihr erwartet. Das Brot war dick mit Butter bestrichen, der Tee war zwar viel zu stark, aber mit genügend Zucker schmeckte er echt gut. Wir saßen alle auf langen Bänken um den alten Holztisch herum und fielen über das Essen her.

Das Radio lief, und wenn Jimbo gerade nicht die politisierenden Männer darin anschrie, erzählte er uns Geschichten von früher. Was kein bisschen langweilig war, und wenn er von seiner verstorbenen Frau Denise sprach, dann lachte er leise in sich hinein.[DDDMWS65] Überhaupt lachte er gern über seine eigenen Geschichten, und wir lachten mit. Im schwachen Licht machten mir Jimbos Hände und sein Äußeres nicht so viel Angst. Bis zum Ende des Essens war mir auch klargeworden, dass er weder fies noch sauer war, sondern nett und lustig, und ich mochte ihn ehrlich. Er stellte uns keine Fragen, sondern sagte nur, wenn wir Lust hätten, unsere Eltern anzurufen, könnten wir das Telefon im Korridor benutzen. Allerdings warnte er uns, nicht so lange zu reden, weil Anrufe nach Dublin echt teuer waren. Als wir ihm

DDDMWS65

1. Denise schlief oft in diesem Sessel ein und konnte rülpsen wie ein Weltmeister.
2. Sie furzte manchmal so laut, dass sie den Hund damit aufweckte.
3. Dann sprang der Hund auf und rannte gegen die Wand.

sagten, dass wir niemanden anrufen wollten, drängte er uns nicht weiter. Aber er wollte wissen, wie lange wir in Wexford bleiben wollten.

«Zwei Wochen», sagte ich.

«Zwei Wochen hier bei mir?», hakte er nach.

«Wenn das in Ordnung ist, Jimbo», sagte Johnny J.

Jimbo nickte. «Na, das ist absolut in Ordnung.»

Es war ein langer Tag gewesen, und wir waren meilenweit von zu Hause weg, aber wir hatten es warm, waren satt, hatten Jobs und ein Dach über dem Kopf, auch wenn es nach Benzin, verbranntem Toast, ein bisschen Kacke, sehr viel Pipi und Lavendel roch.

So rannten wir schließlich über die Wiesen zu unserem neuen Heim, und obwohl es draußen dunkel war, war es noch warm, also nahmen wir die frische Bettwäsche, legten uns ins Gras und schauten hinauf zu den Sternen.

«Was glaubt ihr, was jetzt zu Hause los ist?», fragte Sumo nachdenklich.

«Meine Mam und mein Dad tanzen den Kriegstanz», sagte ich.

«Meine Mam weint bestimmt», meinte Sumo und klang dabei echt schuldbewusst und traurig.

«Na ja, ich bin erledigt», sagte Walker. «Meine Mam hat garantiert meine drei Schwestern nach Hause geholt, und ihr wisst ja, wie die drauf sind.»

Walker hatte recht. Sein Leben würde nicht mehr wirklich lebenswert sein.

«Was ist mit dir, Charlie?», fragte Johnny J. «Was glaubst du, was bei dir los ist?»

«Mein Bruder Louis ist einmal einen ganzen Tag verschwunden. Meine Mam, Ben und Sean haben ihn überall gesucht. Mam hatte schreckliche Angst, aber sie hat dauernd gesagt, alles wird wieder gut, sie weiß es. Ich möchte denken, dass sie jetzt auch weiß, dass alles gut wird.»

«Wo war dein Bruder denn?», fragte ich.

«Auf einem Konzert in Slane Castle», antwortete sie.

«Was wir getan haben, ist viel schlimmer», sagte ich.

«O ja», stimmte sie sofort zu. «Ich bin eine lebende Tote.»

Wir lachten alle, Charlie konnte echt komisch sein. Auf einmal fragte ich mich, warum ich das bisher nie mitgekriegt hatte.

«Und du, Johnny J?», fragte sie.

«Ich mach mir Sorgen, aber ich mach mir immer Sorgen», antwortete er, und ich wusste, was er meinte. Im Mondschein glitzerten seine Augen. *Fängt er an zu weinen? Nee, Johnny J weint nicht, das ist bloß das Licht.*

«Gute Nacht, Dave», sagte Johnny J.

Ich lachte. «Gute Nacht, Alvin.»

«Gute Nacht, Chipmunks», sagte er zu Sumo, Walker und Charlie.

«Gute Nacht, Alvin», sagten sie und kicherten.

Und so schliefen wir unter einer Million Sterne einfach ganz friedlich ein.

38

Die Arbeit

Als wir am nächsten Morgen erwachten, stand uns ein neuer sonniger und arbeitsreicher Tag bevor. Arbeit ist eine sehr gute Ablenkung, sie hilft in fast jedem Fall. Zwar dachte ich immer noch die ganze Zeit ans Gefängnis und daran, wie enttäuscht meine Mam sein würde, aber meinem Bauch ging es besser, die frische Luft tat mir gut, und da ein alter Gummireifen ins Wohnwagenklo gestopft war, half mir die Tatsache, dass ich mein Geschäft im Freien erledigen musste, schnell und effizient vorzugehen. Ich hatte einfach keine Zeit, auf der Toilette zu sitzen und mich im Selbstmitleid zu suhlen.

Charlie und Walker erboten sich, den Wohnwagen zu putzen. Betty Bloomers kam in einem Truck mit einer Batterie Putzmittel und einem Bündel sauberer Laken und Decken angefahren. Johnny J und ich flickten vormittags den Zaun, und Sumo übernahm alle Pflichten bei Hühnern und Kühen. Jimbo blieb immer in unserer Nähe. Der Kühlschrank war gut bestückt mit Limonade, Milch und Käse, in der Speisekammer gab es reichlich braunes Brot und Scones. Wenn wir Lust hatten, konnten wir in der Küche einen Snack zu uns nehmen, was bedeutete, dass Sumo sehr viel Zeit dort verbrachte.

«Ich glaube, diese Scones schmecken noch besser als Spam-Sandwiches», sagte er.

«Alles ist besser als Spam-Sandwiches», sagte ich.

Es war Samstag, der 22. Juni 1990, ein glorioser Tag. Normalerweise verbrachte ich samstags den Vormittag damit, meiner Mam beim Einkaufen zu helfen, im Bett zu lesen oder in der Gegend rumzufahren und zu schauen, ob die Jungs schon wach und unterwegs waren. An manchen Samstagen ging ich auch allein in Sumos Häuschen, spielte am Computer oder las Comics, aber an diesem Samstag war ich auf einer Farm in Wexford und flickte zusammen mit meinem besten Freund einen Zaun. Abgesehen davon, dass wir gesuchte Verbrecher waren, fühlte sich das echt gut an.

«Wer ist cooler – Indiana Jones oder James Bond?»[DDDMWS66]

«Indiana», antwortete Johnny J.

«Bist du sicher? Bond ist auch ziemlich cool.»

«Ja, schon, aber er muss immer einen Anzug tragen. Indy zieht an, was er will», argumentierte er.

Das war ein gutes Argument. Eigentlich waren Anzüge einfach blöd, selbst bei James Bond. «Ja, ich glaube, du hast recht, obwohl Indy Lehrer ist und Bond ein Spion ...»

«Ja, aber Indy findet einen Schatz, und Bond bringt bloß Leute um.»

DDDMWS66

1. James Bond ist ein Spion mit der Lizenz zum Töten.
2. Indiana Jones ist ein Professor mit einer Lederpeitsche.
3. Bei Spionage- und Abenteuerfilmen waren wir Nerds.

Sehr guter Punkt. «Okay, dann Indy. Und wer von beiden würde einen Kampf gewinnen?»

«Bond», antwortete Johnny J wie aus der Pistole geschossen.

«Ja, garantiert – er ist brutal», sagte ich. «Obwohl Indy absolut genial ist, wenn es um Ablenkung und Fluchttechniken geht.»

«Stimmt, aber keiner entkommt James Bond.»

«Ja, aber wenn Indy entkommt und am Leben bleibt, dann ist das unter den gegebenen Umständen auch ein Sieg, finde ich.»

Johnny J dachte nach. «Ja, richtig. Sie sind gleichwertig.»

Wir redeten über jede Menge solcher Dinge und auch über Zombies. «Wer in unserer Gruppe würde als Erster von Zombies gefressen werden?», fragte ich.

«Sumo», antwortete Johnny J, ohne auch nur eine Sekunde nachzudenken, und hämmerte weiter den Nagel ins Holz, während er fortfuhr: «Er ist langsam, und man hat an ihm viel zu essen. Außerdem würde er sich wahrscheinlich weigern, sich zu wehren, weil gehirnfressende Zombies ja Gefühle haben könnten.»

Ich lachte. «Ja!»

«Was ist mit Charlie?», fragte ich, und er hörte auf zu hämmern. «Ich glaube, sie wäre nicht in Gefahr. Wahrscheinlich würde sie auf Bäumen leben, außerdem ist sie schnell. Und ich glaube, wenn es nötig wäre, würde sie ohne Bedenken alle Zombies töten, die ihr in die Finger kommen.»

«Du magst sie, stimmt's?», fragte ich.

«Ich weiß nicht. Sie ist anders. Ich hänge gern mit ihr rum. Du weißt schon.»

«Aber *magst* du sie?», beharrte ich. Er warf mir einen Blick zu und fragte: «Warum?»

«Ohne Grund, ich frag nur», antwortete ich.

«Na, dann frag lieber nicht.»

«Also magst du sie.»

«Halt den Mund und schwing deinen Hammer», sagte er.

Eine Weile hielten wir beide den Mund, und ich war sauer, weil ich tief im Innern wusste, dass er sie mochte. Sie mochte ihn definitiv, und ich überlegte, warum mir das so viel ausmachte. *Wen kümmert das denn?*, dachte ich. *Wen kümmert das denn schon?*

Mich. Nach einer Weile fragte Johnny J, wer in einem Kampf zwischen einem Vampir und dem Terminator gewinnen würde. Echt gute Frage. Ein Vampir gegen eine Maschine! Wir redeten lange darüber, kamen aber zu keiner befriedigenden Lösung.

Um die Mittagszeit war der Zaun repariert. Als wir zum Wohnwagen zurückkamen, war der Geruch nach Benzin, verbranntem Toast, ein bisschen Kacke, viel Pipi und Lavendel einer Mischung aus Bleiche und Zitrone gewichen. In den Scheunen und auf den Wiesen standen gemolkene Kühe, die Hühnerställe waren sauber, die Hühner gefüttert und die Eier eingesammelt. Darüber war Jimbo so glücklich, dass er uns mit einem großen Mittagessen verwöhnte – Aufschnitt, braunes Brot und

Pommes, die er in einer Pfanne mit Öl auf seinem riesigen Herd briet. Eigentlich fand ich, dass blinde Menschen lieber die Finger vom Feuer lassen sollten, aber er erklärte mir, dass er nur zu neunzig Prozent blind war und außerdem schon Pommes gemacht hatte, als er noch ein kleiner Junge gewesen war. Das Radio lief, und die Berichterstatter berichteten über die Spiele Kamerun gegen Kolumbien und Tschechoslowakei gegen Costa Rica, die später am Abend stattfinden würden.

«Ich hab früher selber Fußball gespielt, Jungs», erzählte Jimbo.

«Echt, Jimbo? Warst du richtig gut?», fragte Sumo. Inzwischen hatte ich mich an seine Wookie-Maske gewöhnt, und sie schien ihn auch in der Sonne nicht zu stören.

«Himmel, nein, ich war schrecklich. Meine Denise hat besser gespielt als ich.»

«Oh. Das tut mir leid, Jimbo», sagte Sumo.

«Ach, das braucht dir doch nicht leidzutun – bei allem anderen war ich ja brillant», entgegnete er, lachte in sich hinein, und wir lachten mit, weil sein Lachen so lustig und ansteckend war. Charlie beschrieb es als Mischung zwischen einem Niesen und einem dreckigen Wiehern.

Als wir alle pappsatt waren, ging Jimbo aufs Klo. «Entschuldigt mich, Jungs», sagte er. «Der Thron wartet.»

«Der Thron?», wiederholte ich.

«Ja, er meint das Klo. Mein Dad sagt das auch immer», erklärte Walker. «Und meine Mam kann das überhaupt nicht leiden.»

Als wir mit dem Abwasch fast fertig waren, kamen die Nachrichten. Eigentlich hörten wir gar nicht richtig zu, ich spülte, Johnny J trocknete ab, Charlie wischte den Boden, Sumo den Tisch, Walker tat so, als quälten ihn seine Allergien, und saß gemütlich am Feuer. Alle machten wir viel Lärm, aber im Hintergrund hörte ich, wie der Sprecher eine Fahndung nach den «Furchtlosen Fünf» erwähnte. Doch als Jimbo wieder reinkam, schalteten wir das Radio schnell aus.

«Na, Jungs, ihr habt heute Vormittag gut gearbeitet, also kommt mal alle mit.»

Wir folgten ihm nach draußen, und er deutete mit seinem Stock nach Süden.

«Da runter geht's zum Strand», erklärte er. «Folgt dem Geruch des Meers und habt Spaß. Seid aber um fünf wieder hier, für die Kühe und die Hühner, und passt auf, dass ihr mir nicht ertrinkt.» Die Aussicht, im Meer zu schwimmen, machte uns so aufgeregt, dass es uns gar nicht in den Sinn kam, dass Johnny J, Sumo, Walker, Charlie und ich die «Furchtlosen Fünf» sein könnten!

39
Der Strand

Wir rannten zum Meer und hielten nicht an, bis wir am Ziel waren.

Natürlich hatten wir keine Badesachen, sondern nur die Klamotten, die wir am Leib trugen, und unsere Jacken. Es war so schön gewesen, im Freien zu schlafen, und die Jacken eigneten sich gut als Kissen. Wir hatten auch nichts zum Waschen dabei, und weil es so heiß war, rochen wir ein bisschen. Wenn Charlie nicht gewesen wäre, hätten wir jetzt einfach unsere Jeans und T-Shirts ausgezogen und wären in der Unterhose ins Wasser gerannt, aber ihretwegen blieben wir am Rand des glitzernden Wassers stehen und sahen uns etwas ratlos an. *Was machen wir jetzt? Was machen wir jetzt?*

«Komm, wir gehen rein», sagte Johnny J.

«In Klamotten?», fragte ich.

«Vielleicht werden sie dann wenigstens sauber», meinte Walker.

Sumo beschnüffelte sich. «Ja, das wäre nicht schlecht, Jungs – wenn ich mal ganz ehrlich bin.»

«Ich bin schon drin», sagte Charlie, und noch ehe die Worte aus ihrem Mund waren, stand sie bis zum Bauch im glitzernden Wasser und verschwand im nächsten

Augenblick kopfüber darin. Unwillkürlich hielt ich die Luft an, bis sie mit weit ausgebreiteten Armen wieder zum Vorschein kam.

«Worauf wartet ihr denn, Jungs?», rief sie, und das reichte. Ich war drin, rannte, bis das Wasser tief genug war, um unterzutauchen, auf einmal war ich unter Wasser, mein Körper prickelte vom Scheitel bis zur Sohle, ich hörte und fühlte das Donnern der Wellen, und es war wunderbar. Als ich die Augen wieder aufmachte, stand Johnny J mir gegenüber, sah mich an, reckte die Daumen in die Höhe, und für eine Sekunde schien die Welt vollkommen stillzustehen.

Walker versteckte seine Brille hinter einem großen Stein und ging dann sehr langsam, die Arme eng um sich geschlungen, ins Wasser, bibberte und klagte über die Kälte.

«Oh, das ist aber richtig kalt ...»

«Oh, oh, oh, oh, oh, oh, nein. O nein ...»

Dagegen marschierte Sumo einfach geradeaus ins Wasser und blieb, mitsamt seiner Wookie-Maske, erst stehen, als es ihm bis zur Brust ging, Dann fing er an, an seinen Kleidern rumzurubbeln, hüpfte aber immer wieder hoch, um einer Welle auszuweichen. Nebenbei redete er Walker gut zu.

«Du machst das großartig, Walker. Weiter so, weiter so, weiter so.»

«Ach, halt den Mund, Sumo», sagte Walker alle paar Minuten.

«Gleich bist du bis zu den Knien drin.»

Zu Hause in Dublin schwamm ich gern im Kanal, aber

das Meer war die reinste Glückseligkeit. Johnny J, Charlie und ich planschten eine Weile, bis Walker es auch endlich bis zum Bauch ins Wasser geschafft hatte, aber da waren unsere Klamotten schon ganz schön schwer.

«Ich zieh mich aus», verkündete Johnny J.

«Ich auch», sagte Charlie.

Ich war unschlüssig. Nacktbaden kam für mich nicht in Frage, auf gar keinen Fall. Nicht in Charlies Gegenwart! Ganz zu schweigen davon, dass es am Strand von Menschen aller Altersstufen wimmelte.

Doch Johnny J und Charlie rannten an Sumo und Walker vorbei zum Strand und zogen sich aus. Johnny bis auf die Boxershorts, und Charlie trug tatsächlich einen BH! So rannten sie zurück ins Wasser, wieder vorbei an Walker und Sumo, die nicht mal zu bemerken schienen, dass Charlie einen BH trug, weil sie so damit beschäftigt waren, sich über das Problem mit Sumos rotem Gesicht zu unterhalten.

«Vielleicht sollte ich mal probieren, es mit Salzwasser abzuwaschen.»

«Das funktioniert nicht», entgegnete Walker.

«Warum denn nicht?»

«Ist der Sinn von nicht abwaschbarer Farbe.»

«Dann muss ich für den Rest meines Lebens eine Wookie-Maske tragen?» Sumo klang nicht mal abgeneigt.[DDDMWS67]

DDDMWS67

1. Als Sumo acht war, ist er mal den ganzen Sommer in einem Superman-Umhang rumgelaufen.

«Nee, in siebenundzwanzig Tagen hat deine Haut sich komplett regeneriert.»

«Woher weißt du das?»

«Weil ich ein Genie bin.»

«Wenn du ein Genie wärst, dann hättest du von der Farbe gewusst, und ich würde jetzt hier nicht mit einer Wookie-Maske rumstehen», sagte Sumo, und Walker lachte.

«Vermutlich ist das ein Fakt», räumte er ein.

Inzwischen tauchten und schwammen Johnny J und Charlie in Richtung Horizont. Das sah aus, als würde es Spaß machen, aber meine Klamotten waren echt schwer. Nachdem ich eine Weile nachgedacht und gezögert hatte, watete ich an den beiden anderen vorbei ebenfalls zum Strand.

«Alles klar, Dave», sagte Sumo, als ich vorbeiging.

«Wenn Jimbo nicht in der Nähe ist, kannst du mich ruhig Jeremy nennen.»

«Nee, das ist mir zu verwirrend», entgegnete er.

«Ziehst du dich etwa auch aus?», wollte Walker wissen, und seine Stimme hatte einen leicht besorgten Unterton.

«Das ist die einzige Möglichkeit», antwortete ich. Am Strand fing ich an, mich auszuziehen, aber erst als mir meine Jeans schon um die Knöchel hingen, fiel

2. An seinem Geburtstag verkleidete er sich jedes Jahr als Batman.
3. Wenn es im Winter richtig kalt wurde, setzte er eine Pelzmütze mit Puscheln auf, die seine Mutter 1976 im Handarbeitsunterricht gemacht hatte.

mir ein, dass ich Papa-Schlumpf-Unterhosen anhatte. *O nein!*

Natürlich bemerkte Walker es sofort, zeigte auf mich und fing an zu lachen. «Hey, Sumo, schau dir mal die Schlumpfine dadrüben an!» Auch Sumo lachte, und da es zu spät war, meine patschnassen Jeans wieder hochzuziehen, schlüpfte ich schnell wieder in mein T-Shirt, das gerade lang genug war, um Papa Schlumpf zu überdecken. Dann ignorierte ich die beiden Lacher und rannte, so schnell mich meine dünnen weißen sommersprossigen Beine trugen, zurück ins Meer.

Inzwischen stand Walker endlich bis zur Brust im Wasser und wusch sich und seine Kleider auf ähnliche Art wie Sumo. Als ich an ihnen vorbeikam, begann Walker das Schlumpflied zu singen, und Sumo stimmte natürlich augenblicklich mit ein. Walker ahmte Papa Schlumpfs Stimme nach und wiederholte ständig: *«Hey, kommt ins Schlumpfenland und lasst uns schlumpfen gehn.»* Tierisch nervig.

Im Kopf erklärte ich meiner Mam voller Wut, was ich davon hielt. *Ich bin nicht sechs, Mam. Warum bestehst du darauf, mir Unterhosen mit Schlümpfen drauf zu kaufen? Ja, ich mochte sie früher sehr, aber ich bin jetzt dreizehn! Ich brauche Unterhosen wie Johnny J – einfach schwarz oder weiß oder sogar blau. Und noch was, Mam, wo kriegst du überhaupt Schlumpfunterhosen her, die einem Dreizehnjährigen passen?* Ich schwamm auf Johnny J und Charlie zu, die zusammen Wasser traten und sehr weit draußen waren, mitten im Ozean. So bemerkten sie wenigstens nicht, dass auf meiner Unterhose Papa Schlumpfs Gesicht prangte, und ich nahm mir vor, im Wasser zu bleiben, bis die beiden angezogen und weg waren. Um keinen Preis sollten sie meine blamable Unterhose zu Gesicht bekommen.

Sie lachten über irgendetwas, als ich zu ihnen schwamm. «Was ist denn so komisch?», fragte ich.

«Ach, nichts», antwortete Charlie und lachte wieder. Johnny J lachte natürlich mit.

«Nichts ist aber nie komisch», sagte ich.

«Du hättest hier sein müssen», sagte Charlie.

«Ich bin doch hier.»

«Vor ein paar Minuten», erklärte Johnny J, also fragte ich nicht weiter.

«Na gut», sagte ich und war eingeschnappt. Vor noch nicht mal einer Woche hätten Johnny J und ich die Köpfe zusammengesteckt und über einen Insiderwitz gelacht, aber jetzt war auf einmal Charlie der Insider und ich der Outsider. Als ich weiterschwamm, rief mich keiner zurück, die beiden traten bloß weiter Wasser und flüsterten miteinander. Klar, dass ich unerwünscht war. Im Wegschwimmen redete ich im Kopf mit ihnen. *So wollt ihr es also. Kein Problem, ich brauch euch nicht, ich amüsiere mich genauso gut mit …* Tja, mit wem denn? Das war es doch, ich hatte niemanden. Ein Stück weit weg sah ich Walker auf Sumos Schultern stehen. Sie vermissten mich auch nicht, sie machten ihr eigenes Ding, und für Johnny J und Charlie war ich praktisch Luft gewesen. Ich war allein. Schlimmer noch, ich war ein einsamer Junge auf der Flucht vor dem Gesetz. Am liebsten hätte ich geweint, aber ich tat es nicht, sondern trat Wasser und wiederholte in Gedanken: *Tu's nicht. Nicht weinen.* Dann ließ ich mir alles noch mal durch den Kopf gehen, und auf einmal wurde ich wütend. *Nach allem, was ich für ihn getan habe! Das ist also der Dank? Oh, oh, oh, ich spüre eine Träne. Stopp! Aufhören! Zu spät.* Weil mir die Tränen über mein nasses Gesicht liefen, tauchte ich schnell den Kopf unter Wasser und blieb dort, solange meine Lungen es zuließen.

Als ich wieder hochkam, sah ich, wie Johnny J auf den Strand zuging, Charlie dümpelte immer noch dort, wo ich die beiden vorhin allein gelassen hatte. Johnny J wühlte in einer Tüte, holte ein paar Dosen raus und biss in einen Schokoriegel. Sumo und Walker gesellten sich zu ihm, Charlie lag jetzt flach auf dem Rücken und ließ sich treiben.

Ich überlegte, ob ich zu den Jungs an den Strand gehen sollte, aber ich war viel zu wütend auf Johnny J, um einen Schokoriegel mit ihm zu teilen oder mit ihm aus derselben Dose zu trinken. Also schaukelte ich auf dem Wasser herum, rauf und runter, und meine Augen sausten zwischen den schmausenden Jungs und der dahindümpelnden Charlie hin und her. Alle schienen glücklich zu sein. Aber ich wollte schreien: *Das ist total unfair!*

Keine Ahnung, wie lange ich woandershin gesehen hatte, vielleicht dreißig Sekunden, vielleicht auch eine ganze Minuten, aber als ich wieder in Charlies Richtung schaute, war sie nicht mehr da.

40

Der Held

Ohne lange nachzudenken, schwamm ich los, auf die Stelle zu, wo ich Charlie vorhin noch hatte dümpeln sehen, und plötzlich entdeckte ich sie. Sie schlug mit den Armen wild um sich, aber als ich sie rief, reagierte sie nicht. Kein Zweifel, sie war in Schwierigkeiten. Im nächsten Moment verschwand sie wieder unter Wasser, und mein Herz zog sich erschrocken zusammen.

«Alles okay, Charlie», rief ich, «ich komme! Keine Panik, ja?» Ich schwamm zu ihr, so schnell ich konnte. Sie drosch weiter um sich, und ich näherte mich ihr, vorsichtig, denn ich erinnerte mich an die Anweisung meines Schwimmlehrers.[DDDMWS68] «Nicht auf mich draufsteigen, okay?»

Ich war nicht sicher, ob Charlie mich überhaupt hören konnte, sie kämpfte immer verzweifelter. Inzwischen war

DDDMWS68

1. Die erste Reaktion eines Ertrinkenden ist, dass er oder sie versucht, auf den, der ihn retten will, raufzuklettern.
2. Am besten sollte man eine Schwimmboje benutzen, aber wenn man keine hat, geht auch ein T-Shirt oder ein Handtuch.
3. Man darf nur so nahe an die ertrinkende Person rankommen, dass sie danach greifen kann.

ich fast bei ihr. Eine Schwimmboje hatte ich natürlich nicht bei mir, aber ich trug noch mein T-Shirt. Kurz entschlossen riss ich es mir vom Leib und drehte es zu einer Art Seil. Charlie ruderte, gurgelte und tauchte immer wieder unter.

«Halt dich daran fest, Charlie!», rief ich und warf ihr das provisorische Rettungsseil zu. Sie schlug um sich, aber als ich ein bisschen näher heranschwamm, bekam sie das T-Shirt zu fassen. «Ich hab dich», rief ich ihr zu. «Halt dich einfach fest.»

Dann schwamm ich auf direktem Weg auf den Strand zu, genau wie mein Lehrer es mir beigebracht hatte. Alle paar Meter drehte ich mich um, um mich zu vergewissern, dass Charlie sich noch festhielt, achtete aber auf den Sicherheitsabstand zwischen uns. Als die Jungs endlich merkten, dass etwas nicht stimmte, waren wir schon fast am Ufer.

Johnny J kam als Erster angelaufen und half mir, Charlie an den Strand zu tragen. Ihre Lippen waren eine Mischung aus knallrot und blau. Der Überfall war schrecklich gewesen, aber so viel Angst wie jetzt hatte ich überhaupt noch nie gehabt. Mein Herz raste, meine Hände zitterten.

«Ruf einen Krankenwagen», sagte ich und rollte Charlie auf die Seite. Johnny J und ich hatten den gleichen Kurs gemacht wie ich – seine Mam hatte ihn gezwungen –, und er checkte jetzt Charlies Luftwege, ihre Atmung und ihren Kreislauf. Sie hustete, spuckte und hob die Hände.

«Nein, bloß keinen Krankenwagen», stieß sie hervor,

aber es war nicht mehr als ein heiseres Flüstern, das mich kein bisschen beruhigte.

«Ich glaube aber, wir sollten», beharrte ich.

Auch Johnny J machte ein besorgtes Gesicht, aber dann setzte Charlie sich auf und atmete langsam und regelmäßig ein und aus. «Wenn ich ins Krankenhaus gehe, sind wir erledigt», erklärte sie. «Mit mir ist alles okay, ehrlich.» Dann sah sie mich an und lächelte mit ihren knallrot-blauen Lippen.

«Danke, Jeremy, du bist mein Held», sagte sie, und obwohl ich in meiner Schlumpfunterhose an einem Strand voller Menschen stand, war es ein tolles Gefühl.

«Gern geschehen», sagte ich, und wir sahen uns ein paar Sekunden an, bis ich rot wurde und wegschauen musste, aber es fühlte sich trotzdem gut an. Dann fing Charlie auf einmal an zu weinen, und zwar richtig. Ich hatte gar nicht gewusst, dass Charlie zu so einem lauten, verrotzten, schonungslos gesichtsentstellenden Heulen fähig war.

Johnny J nahm sie in den Arm, redete ihr gut zu, dass alles wieder gut werden würde, und als sie schließlich aufstand und zum Wohnwagen zurückwollte, begleitete er sie. Ich hatte sie gerettet, aber mit ihm ging sie weg. Als ich ihnen nachschaute, war mir ganz eng in der Brust.

Walker war fassungslos. «Das ist doch verrückt, total verrückt», sagte er immer wieder. Aber schließlich boxte er Sumo in den Arm und fragte: «Pommes?»

«Au ja», antwortete Sumo.

Mich fragten sie nicht, ich weiß nicht, ob sie einfach

davon ausgingen, dass ich mitkommen würde, oder ob sie womöglich gar nicht bemerkten, dass ich da war. Sie zogen einfach los, und ich blieb allein und in meiner Schlumpfunterhose am Strand zurück. Es war deprimierend.

Mir war nicht danach, zum Wohnwagen zurückzugehen, also legte ich mich in den Sand und ließ mein T-Shirt und meine Unterhose trocknen. Obwohl es so warm war, dauerte es ziemlich lange, und mein T-Shirt war obendrein verklebt und voller Sand. Ich klopfte es ab, so gut es ging, und als ich endlich in meine nasse Jeans schlüpfen konnte, ging ich noch eine Weile am Strand entlang, beobachtete das Kommen und Gehen der Leute, kratzte und schüttelte Sand von Rücken, Brust, Flanken und Achselhöhlen und dachte an meine Familie zu Hause in Dublin. Meine Mam war wahrscheinlich am Verrücktwerden. Ich vermisste sie. Ich vermisste ihr Essen und dass sie immer meine Klamotten wusch. *Wie kriege ich Sand aus meinem T-Shirt raus?*

Ich vermisste ihr Lächeln, ihr Lachen und sogar ihr Gezeter. Meinen Dad vermisste ich auch. Er war bestimmt beunruhigt, das war er immer, wenn Mam beunruhigt war. Er ertrug es nicht, wenn sie traurig war. In Gedanken sah ich ihn den Korridor auf und ab wandern, wie er es immer tat, wenn er besorgt, traurig oder frustriert war oder wenn er Angst hatte.

Ich fragte mich, was Rich wohl dachte. Wie würde ich mich fühlen, wenn Rich eine Tankstelle überfallen hätte? Ich würde mir Sorgen machen. Vielleicht machte er sich auch Sorgen. So ein Pech, dass Johnny J wahrscheinlich ins Gefängnis musste, das würde die Band wieder komplett über den Haufen werfen. Ich vermisste Rich. *Seltsam.* Ich hoffte, dass Rachel nicht zu Hause blieb und sich um meine Eltern kümmerte, denn sie musste doch in die Schwesternschule. Das war sehr wichtig für sie.

Ich dachte an meine Freunde und an den Schlamassel, in dem wir steckten. Charlie hätte sterben können. Wenn sie heute ertrunken wäre, wäre ich schuld daran, denn sie wäre nicht im Meer gewesen, wenn sie nicht eine Tankstelle und einen Geldtransport überfallen hätte und mit uns geflohen wäre. Eigentlich sollte ich im September auf die neue Schule gehen, aber jetzt würden meine Freunde und ich uns wohl auf den Weg in irgendeine Jugendstrafanstalt machen müssen. Ich war wütend auf die Welt und auf Gott und auf mich selbst, auf Tante Alison und auf Johnny J und sogar auf die arme Mrs. Tulsi. Ich dachte daran, richtig wegzulaufen, von allem und von allen – weg von meinen Freunden, meiner Familie, vom Gefängnis, von meinem Leben. Aber ich konnte nicht. Ich konnte nirgendwohin, ich konnte nur warten. Also wanderte ich zum Wohnwagen zurück, voller Sand und mit bleischwerem Herzen.

41

Der Streit

Es war schon fast dunkel, als ich den Wohnwagen erreichte. Die Jungs saßen um den Tisch und spielten Snap. Charlie kauerte, in eine von Betty Bloomers' Decken eingewickelt, auf dem Bett, die Tür stand offen, sodass sie die Jungs sehen konnte und die Jungs sie sehen konnten. Sie wirkte ziemlich mitgenommen, kein Wunder, nachdem sie fast ertrunken war. Ich ging zur Tür ihres winzigen nach Bleiche und Zitrone riechenden Wohnwagenzimmers.

«Alles in Ordnung mit dir?», fragte ich.

«Ja, mir geht's ganz gut», sagte sie. «Danke.» Aber sie schniefte, ihre Augen waren rot, und sie sah aus, als wäre sie immer noch den Tränen nahe. Es machte mich traurig und ärgerte mich zugleich. Keine gute Gefühlsmischung.

«Wo warst du denn?», fragte mich Johnny J.

«Als würde es dich kümmern», antwortete ich.

«Wie bitte?», sagte er und lachte. Das tat echt weh. «Was ist denn los mit dir?», fuhr er fort.

Was mit mir los ist? Ach, ich weiß nicht. Vielleicht habe ich Angst und bin einsam und durcheinander und krank und verloren und müde und ... mehr fiel mir nicht ein.

«Was ist denn los mir *dir?*», konterte ich.

Walker schob seine Brille auf seiner geschwollenen Nase hoch und setzte sich aufrecht hin. Sumo starrte mich ausdruckslos durch seine Wookie-Maske an. Die beiden hatten keine Ahnung, was hier los war. Ich war ja selbst nicht sicher. Aber tief in meiner nervösen Magengrube spürte ich eine Mordswut.

Johnny J stand auf und bot mir die Stirn. «Mit mir ist gar nichts los. Mir geht's gut», behauptete er.

«Schön, dann bist du der Einzige», sagte ich.

Sumo hob seine knallrote Hand. «Mir geht's auch gut», widersprach er.

«Stimmt nicht, Sumo. Du, ich, Walker und Charlie stecken alle in einem großen Schlamassel. Wir haben etwas Furchtbares getan.» Zum ersten Mal sprach ich es aus. Zum ersten Mal gab ich es vor mir selbst zu. WIR HATTEN ETWAS FURCHTBARES GETAN.

«Ich hab das auch getan», wandte Johnny J ein. Jetzt klang er nicht mehr ganz so großspurig.

«Deine Mam ist krank, deshalb wirst du allen leidtun. Aber wir anderen sind echt ein Risiko eingegangen.»

Walker hielt sich den Kopf. «Warum habe ich daran nicht gedacht? Er hat recht, weißt du», sagte er zu Sumo. «Wir sind erledigt. Den Preis für den besten Jugendwissenschaftler selbst zu kriegen, kann ich jetzt vergessen. Danke sehr, Johnny J.» Dann ließ er den Kopf auf den Tisch sinken und schlug dreimal zwar sanft, aber effektvoll mit der Stirn auf die Tischplatte. «Mein Leben ist gelaufen.» Zum Glück achtete er sorgfältig darauf, seine Nase nicht noch mehr zu beschädigen.

«Es ist auch deine Schuld, Walker! Du hast darauf bestanden, dass wir den Geldtransport überfallen! WAS HAST DU DIR NUR DABEI GEDACHT?», schrie ich ihn an.

«DU HAST DAMIT ANGEFANGEN!» Jetzt schrie Walker ebenfalls. Und er hatte nicht unrecht.

«Jeremy, warum sagst du denn so was?», mischte sich Charlie ein, und ich drehte mich zu ihr um.

Sie saß aufrecht im Bett, immer noch in die Decken gewickelt. Ihre wilden roten Haare waren ein einziges Chaos, aber wenigstens waren ihr Lippen nicht mehr dunkelrot und blau, auch wenn sie noch nicht ganz wieder ihre normale rosige Farbe angenommen hatten.

«DU HÄTTEST HEUTE STERBEN KÖNNEN!», schrie ich sie an. «DU WÄRST UM EIN HAAR ERTRUNKEN, UND DEINE MAM, DEIN DAD UND DEINE BRÜDER WISSEN NICHT MAL, WO DU BIST!»

Sie zuckte zurück und fing wieder an zu weinen.

Wenn Charlies Brüder wollten, konnten sie uns windelweich prügeln, uns alle, sogar Sumo, und wenn Charlie heute gestorben wäre, hätten sie jedes Recht dazu gehabt. Ich hätte ihnen jedenfalls deswegen bestimmt keinen Vorwurf gemacht.

Charlie konnte von Glück sagen, dass sie noch am Leben war. Und ich, dass ich nicht ebenfalls ertrunken war. Ich war kein Held und nicht mal ein richtiger Gangster, ich war einfach nur ein dummer Junge, ein wirklich richtig dummer Junge. Wir alle waren dumm! Und mir war übel, weil ich schuld war. Ich war wütend auf die anderen, weil sie auf mich gehört hatten, und auf die Welt, die Mrs. Tulsi krank gemacht hatte, und auf Tante Alison, weil sie damit drohte, mir meinen besten Freund wegzunehmen.

Johnny Js Gesicht hatte nicht mehr seine übliche coole Karamellfarbe, sondern war knallrot geworden. Walker hatte aufgehört, mit der Stirn auf die Tischplatte zu schlagen, und war ganz still, mit großen Augen wie ein toter Fisch. Wegen der Wookie-Maske konnte ich nicht beurteilen, was Sumo dachte.

«Er hat recht, wir sind alle dumm», sagte Walker.

Sumo hatte ihm die Hand auf den Rücken gelegt und tätschelte ihn hin und wieder beruhigend.

«Wir hätten das alles nicht tun sollen», sagte Johnny J laut.

«Da hast du vollkommen recht», sagte ich ebenfalls sehr laut.

Im nächsten Moment stürmte Johnny J aus dem Wohnwagen. Charlie versuchte, sich aus ihren Decken zu befreien. Ich stand regungslos mitten in dem winzigen Wohnwagen, unter Schock. Es war der erste Streit, den Johnny J und ich je gehabt hatten, und es war schrecklich.

«Er ist dein bester Freund», sagte Charlie zu mir, als sie sich an mir vorbeidrängte. Dann rannte sie aus der Tür, um Johnny J zu suchen. Ich wandte mich den beiden Jungs zu.

«Sorry», sagte ich.

«Wir sind erledigt», murmelte Walker.

«Aber wenn wir Johnny Js Mutter retten, hat es sich trotzdem gelohnt, richtig?», sagte Sumo.

«Aber was, wenn wir sie nicht retten können, Sumo?», fragte ich. Sie war so krank, und ich fragte mich, ob es nicht zu spät war. Ich hatte Angst, dass alles umsonst gewesen war.

«Aber nein, sie wird gesund», beharrte Sumo. «Alles wird gut.»

Walker fing wieder an, mit der Stirn auf den Tisch zu schlagen. Als ich einigermaßen sicher war, dass sich Johnny J und Charlie nicht in der Nähe herumtrieben, verließ ich den Wohnwagen und ging in Richtung Dorf. Als ich es erreichte, war es endgültig dunkel. Weil ich das Abendessen bei Jimbo verpasst hatte, war ich am Verhungern und ging in eine Pommes-Bude.

«Einen Burger mit Pommes bitte», bestellte ich und gab dem jungen Typen an der Theke das ganze Geld, das ich in der Tasche hatte. Er reichte mir ein Pfund zurück, und ich nahm mir vor, mir zu merken, wie viel der Burger mit Pommes kostete, damit Walker es in sein Notizbuch schreiben konnte. Wir mussten das Geld im Auge behalten, wenn es die ganzen zwei Wochen reichen sollte.

An einer Wand der Pommes-Bude standen große orangefarbene Stühle und weiße Plastiktische, darüber hing eine große Uhr, die halb elf anzeigte. Ich setzte mich direkt darunter und wartete auf mein Essen. Dann bemerkte ich die Zeitung auf dem Platz gegenüber. Sie war zerknittert und leicht eingerissen, aber ich schnappte sie mir, weil der picklige Teenager hinter der Theke nicht sehr redselig war und weil meine eigenen wütenden Gedanken mich nervten. In meinem Kopf schrie ich Johnny J im einen Moment an, und im nächsten bat ich ihn inständig um Verzeihung. Das war ziemlich anstrengend.

Auf der ersten Seite ging es nur um das irische Fußballteam und das bevorstehende wichtige Spiel gegen Rumänien. In diesem Spiel würde sich entscheiden, ob Irland ins Viertelfinale der Fußballweltmeisterschaft kam oder nicht, und das war natürlich eine richtig große Sache. Für mich allerdings nicht, ich hatte andere Sorgen, zum Beispiel, meinen besten Freund zu verlieren und meine ganze Zukunft kaputtzumachen. Auf Seite 2 gab es einen Bericht über das tolle Wetter, auf Seite 3 und 4 ödes Politikgeschwafel. In einem Land, von dem ich noch nie etwas gehört hatte, war etwas Schreckliches passiert, über das auf Seite 5 berichtet wurde. Doch als ich auf Seite 6 umblätterte, setzte mein Herz einen Schlag aus. Denn vor mir sah ich das Foto, das Sumos Mam von uns gemacht hatte, als wir in unserer Fußballverkleidung in Sumos Garten standen, und die Schlagzeile darüber lautete: «Wer hat die Furchtlosen Fünf gesehen?» *Oh, das sind wir!* Alles an mir zitterte, Herz, Hände, Füße, Beine, Körper und Geist. Der Artikel erwähnte unsere Namen, unser Alter, wo wir wohnten, unsere Eltern, unsere Schule, einfach alles! [DDDMWS69] Und dann wurde die Welt oder

DDDMWS69

1. Sie buchstabierten meinen Namen als Jermy. Rich fand das brüllend komisch und versuchte mir den Spitznamen Germy (von Keimen befallener) Jeremy anzuhängen, aber es funktionierte nicht.

zumindest ganz Irland ausführlich darüber informiert, was wir getan hatten, und die Leser wurden aufgefordert, die Augen nach uns offen zu halten. Am Schluss war noch die Telefonnummer der Polizeistation abgedruckt, die man kontaktieren sollte.

Der picklige Teenager reichte mir meinen Burger. Ich versteckte mein Gesicht.

«Danke», murmelte ich.

«Kein Problem», sagte er.

Der Artikel endete mit einem Appell unserer Eltern, dass wir bitte nach Hause kommen sollten. Meine Eingeweide zogen sich zusammen, und ich musste über so viel nachdenken. Unser Foto in der Zeitung! Wir hatten einen Banditennamen! *Die Furchtlosen Fünf.* Das ganze Land suchte uns, es würde garantiert nicht lange dauern, bis jemand uns erkannte. Dass Jimbo blind war, war für uns eindeutig von Vorteil, er zumindest konnte uns nicht identifizieren. Aber Betty Bloomers war nicht blind. Vielleicht las sie keine Zeitung, wie meine Mam. Hoffentlich. Mam sagte immer, da stehen nur schlechte Nachrichten, deshalb löste sie lediglich die Kreuzworträtsel. Ich wusste nicht, was ich tun sollte. Wenn ich den anderen von dem Artikel erzählte, wurde es zwischen uns womöglich noch schlimmer, also beschloss ich, erst mal darüber zu schlafen. Ich riss den Artikel aus der Zeitung, faltete ihn

2. In der Hälfte des Artikels war Charlie ein «er». Aber das schien sie nicht zu stören.
3. Walker wurde als kleiner, kränklicher Junge beschrieben und flippte deswegen total aus.

zusammen und steckte ihn in die hintere Jeanstasche. Meinen Burger und meine Pommes ließ ich stehen, stand auf, klopfte noch ein bisschen Sand ab und ging zur Tür.

«Hey, du hast dein Essen ja nicht mal angerührt!», rief der picklige Teenager mir nach.

«Kein Problem», sagte ich, schubste die Schwingtür auf und stolzierte die Straße runter. Ich war einer von den Furchtlosen Fünf!

Als ich zum Wohnwagen kam, war alles still. Die anderen schliefen, ich griff mir eine von Betty Bloomers' Decken und ging nach draußen. Ich lag gern unter den Sternen, selbst wenn es ein bisschen kalt war. In die Decke gemummelt, zählte ich die Sterne, und nachdem ich sehr viele gezählt hatte, merkte ich plötzlich, dass ich keine Angst mehr spürte. Ich weiß, das klingt verrückt. Aber unser Bild in der Zeitung zu sehen, war eine Erleichterung, denn jetzt hatte ich die Gewissheit, dass der Wahnsinn bald vorbei sein würde. Was immer passieren würde, würde passieren, ich konnte nichts dagegen machen. Als ich noch klein war, hatte meine Mam mir immer diesen Song vorgesungen, «Que Sera Sera». Das sollte Französisch sein oder Italienisch oder Spanisch. Nur Dad behauptete immer, dass das nicht stimmte (er hatte die Antwort im Pub-Quiz falsch verstanden), aber wie auch immer, es ging weiter mit: «*Whatever will be will be.*» *Was sein wird, wird sein.* Und das sang ich mir beim Einschlafen in meinem Kopf vor. Es kommt, wie es kommt.

42

Das Geheimnis

Lautes Gezwitscher weckte mich, und ich war nicht sicher, ob die Vögel fröhlich oder traurig waren oder ob sie sich stritten, aber auf alle Fälle tat es meinen Ohren weh.

«Ganz schön laut, stimmt's?», sagte Charlie, die so plötzlich vor mir stand, dass ich vor Schreck zusammenzuckte. Es war noch sehr früh, goldgelber Sonnenschein quoll aus einem silbernen Riss zwischen dem blauen Himmel und den weißen Wolken. Ich setzte mich auf, ordnete meine zerzausten Haare zu einem straffen Pferdeschwanz, stopfte Kuli und Bleistift, die neben mir auf dem Boden lagen, wieder rein, rieb mir den Schlaf aus den Augen und schniefte, um meinen muffigen Kopf zu klären. Charlie setzte sich neben mich und schlug die Beine übereinander, wie meine Mam es immer bei ihren Yogaübungen tat.

«Schön hier, stimmt's?», sagte sie und schaute zum Himmel hinauf.

«Ja», antwortete ich.

«Bist du okay?», fragte sie.

Ich zog die Schultern hoch. «Mir geht's hervorragend», antwortete ich.

«Aber du benimmst dich nicht wie jemand, dem es hervorragend geht.»

«Spielt doch sowieso keine Rolle», sagte ich. «Bald sind wir wieder zu Hause.»

«Was meinst du damit?»

Ich holte den Zeitungsartikel aus der Hosentasche und gab ihn ihr. «Wir sind erledigt», sagte ich.

Als sie den Artikel sah, bekam sie große Augen. «‹Die Furchtlosen Fünf›?», stieß sie hervor und grinste dann ein wenig. «Das ist ja richtig cool.»

«Ich weiß, aber es heißt, dass jetzt auch außerhalb von Dublin nach uns gesucht wird», erklärte ich feierlich.

«Wow, wie echte Gangster.»

«Ich dachte eher, wir sind Vogelfreie.»

«Ja, vogelfrei ist besser.»

«Was passiert mit dir, wenn wir verhaftet werden?», fragte ich.

«Na, das Gleiche wie euch vermutlich.»

«Aber wir sind wenigstens zusammen, wenn sie uns in eine Strafanstalt für Jungs stecken.»

«Vielleicht auch nicht. Vielleicht trennt man euch und steckt euch in verschiedene Anstalten.»

«Und dann lande ich womöglich in einer Zweierzelle mit einem Ganoven namens Bauchspeckschlitzer», sagte ich.

«Wahrscheinlich bin ich in einer Mädchenstrafanstalt besser dran als zu Hause, weil meine Brüder mich umbringen würden.»

«Und was ist mit deiner Mam und deinem Dad?»

«Meine Brüder sind schlimmer.»

«Ich hab aber gehört, dass sie Angst vor dir haben», wandte ich ein.

«Oh, das stimmt auch», sagte sie.

«Hm. Meine Schwester ist auch furchterregend», sagte ich.

«Ja?», sagte sie.

«Einmal hat sie die Tür so zugehauen, dass sie aus den Angeln gefallen ist.»

Charlie grinste. «Sean hat mal ein Loch in eine getreten. Da hat meine Mam ihn am Ohr gepackt und ihn nach oben abgeführt.»

«Meine Mam zerrt Rich dauernd am Ohr die Treppe rauf und runter», erzählte ich, und wir lachten beide bei der Vorstellung. Dann wurden wir wieder still und schauten beide stumm in den anbrechenden Morgen.

«Wir dürfen nicht aufgeben», sagte Charlie nach einer Weile.

«Ich glaube, es wäre besser für uns, wenn wir es täten», wandte ich ein.

«Aber wir müssen uns noch mindestens eine Woche verstecken», sagte sie.

«Woher wissen wir denn, dass Johnny Js Mam das Ticket überhaupt benutzt?»

«Das wissen wir nicht, aber wenn wir aufgeben, bevor Mrs. Tulsi wenigstens die Chance hat, das Ticket zu benutzen, dann nehmen sie es ihr weg», sagte Charlie.

Ich nickte. Sie hatte recht.

«Wir stecken in einem Riesenschlamassel, egal, was

wir machen, also lass uns noch nicht aufgeben», sagte Charlie.

«Okay. Versprochen», sagte ich.

«Und Jeremy, ich finde dich toll», sagte sie, und mein Gesicht wurde so heiß, dass ich dachte, mir würde der Kopf platzen. *Blödes Gesicht.*

«Ich dachte, du wärst gemein, aber ich habe mich geirrt», sagte sie. In diesem Moment begriff ich, dass ich Charlie Eastman mochte. *O NEIN!*

«Ich hab mich bei dir auch geirrt», sagte ich, und inzwischen war ich bestimmt mindestens so rot wie Sumo. *Dieses blöde, blöde Gesicht!* DDDMWS70

«Dann halten wir also zusammen?», fragte sie.

«Ja. Wir bleiben in der Nähe der Farm – keine Strandausflüge mehr», antwortete ich, und sie lächelte und stimmte mir zu, dass es das Beste war, wenn wir bei Jimbo auf der Farm blieben, umgeben von nichts anderem als Wiesen, Zäunen und Tieren.

«Außerdem habe ich so schnell auch keine Lust mehr zu ertrinken.»

«Du bist nicht ertrunken», sagte ich.

«Das hab ich nur dir zu verdanken. Jedenfalls hat Jimbo eine Arbeitsliste für uns, die ist so lang wie sein Arm», sagte sie und gab mir den Zeitungsartikel zurück. «Lass uns den anderen lieber nichts davon sagen.»

DDDMWS70

1. Ich hatte vorher noch nie ein Mädchen gemocht.
2. Ich hätte am liebsten gekotzt, aber gleichzeitig wollte ich rumtanzen.
3. Es gefiel mir überhaupt nicht, und gleichzeitig gefiel es mir total gut.

Ich nickte. Walker würde ausflippen, und Johnny J fühlte sich ohnehin schon schlecht genug. Wegen unseres Streits fühlte ich mich auch schrecklich, und in Gedanken entschuldigte ich mich schon die ganze Zeit. Ich faltete den Artikel wieder zusammen und stopfte ihn in die Tasche.

«Unser Geheimnis», sagte ich, und Charlie nickte.

«Wo gehst du hin?», fragte ich, als sie aufstand.

«Wieder ins Bett», antwortete sie, winkte mir zum Abschied zu, kletterte in den Wohnwagen und schloss leise die Tür hinter sich.

43

Die Wahrheit

Weil ich nicht mehr einschlafen konnte, stand ich auf, schüttelte den letzten Sand aus meinem T-Shirt und schlenderte zum Farmhaus. Den ganzen Weg dorthin grinste ich vor mich hin.[DDDMWS71]

Jimbo war schon auf und kochte in der Küche Teewasser. Ich war hungrig wie ein Wolf, weil ich ja am Abend zuvor nichts gegessen hatte. Als ich durch die Tür kam, fragte Jimbo sofort: «Wer ist da?»

«Jer- ...». *Oh-oh, ich heiße doch angeblich Dave.* «Rave. Ich meine, Dave.»

«Ah, Dave. Und wo sind die anderen Chipmunks?»

«Oh, Dave war kein Chipmunk», korrigierte ich ihn, und dann begriff ich. Er wusste, dass unsere Namen erfunden waren. «Kennen Sie die Fernsehsendung?»

«Ich habe Enkel», erwiderte er.

«Ah.»

DDDMWS71

1. Ich wusste, dass Johnny J mich hassen würde.
2. Ich hoffte, er würde mir verzeihen, hatte aber den Verdacht, dass er es nicht tun würde.
3. Ich hatte inzwischen schon viel Angst ausgestanden, aber jetzt war es am schlimmsten.

«Bist du allein?», fragte Jimbo.

«Die anderen sind noch im Bett.»

«Gut. Also, ich mache jetzt Tee, du kümmerst dich um den Bacon, und wir unterhalten uns ein bisschen darüber, was jetzt passieren soll.»

Mir wurde schwer ums Herz. *Er weiß Bescheid.* «Wie haben Sie es rausgefunden?»

«Meine Betty hat euch gestern Abend in der Zeitung gesehen.»

«Wir sind aber nicht wirklich kriminell», sagte ich. «Sie brauchen keine Angst zu haben.»

Er lachte. «Ich hab vor vielem Angst, Junge, aber du und deine Freunde, ihr steht nicht auf meiner Liste.»

Die Pfanne zischte. «Los, leg den Bacon rein», sagte er. «Sobald er rosarot wird, drehst du ihn um. Und wenn die andere Seite auch rosarot ist, drehst du ihn noch mal rum, bis das Fett schön verschmort ist.»

«Was heißt denn verschmort?»

«Verschmort heißt nicht verbrannt.»

«Das hilft mir aber nicht.»

«Dann ist der Speck knusprig, aber nicht zäh», erklärte Jimbo und rieb sich die Finger. Das half auch nicht, aber ich sagte trotzdem: «Okay.»

«Und du kannst auch den Toast machen, wenn du schon mal dabei bist.»

«Aber ich pass doch schon auf den Bacon auf.»

«Ich kann Tee kochen, auf Bacon aufpassen und Toast machen, alles gleichzeitig, und ich bin ein blinder alter Mann», sagte er.

«Wie passen Sie dann auf den Bacon auf?», fragte ich.

«Mit den Fingern», antwortete er.

«Krass», murmelte ich und rannte quer durch die Küche, um vier Scheiben Brot in den größten Toaster zu stecken, den ich je gesehen hatte. Dann rannte ich zurück und seufzte erleichtert – der Bacon war immer noch schön rosarot.

«Und – schmort er?», fragte Jimbo.

«Ich glaube schon», antwortete ich und drehte die Scheiben mit einer Gabel um. Jimbo nahm die Teekanne, und ich konnte an seinen Mundbewegungen sehen, dass er die Schritte zum Tisch zählte. Sieben. Dann stellte er den Tee gekonnt auf dem Tisch ab und schnupperte.

«Fast fertig», verkündete er, griff nach einer Tasse, von der er anscheinend ebenfalls genau wusste, wo sie stand, und goss Tee ein. Genau die richtige Menge. Mit der zweiten Tasse machte er das Gleiche.

«Möchtest du Milch?», fragte er und tastete nach dem Milchkrug, der ebenfalls auf dem Tisch stand.

«Ich kann das machen», rief ich, aber die Milch war schon in den Tassen, ehe ich mich in Bewegung gesetzt hatte. Im gleichen Moment sprang der Toast aus dem Toaster, und der Bacon schien mir auch fertig zu sein.

«Legen wir los», sagte Jimbo, ich legte Bacon und Brot auf einen Teller, stellte ihn auf den Tisch, und Jimbo schnupperte wieder.

«Bacon-Sandwiches sind meine Leibspeise, glaube ich», sagte er.

Jeder machte sich sein eigenes Sandwich, und Jimbo

schmierte viel zu viel Butter auf seines. Aber als er roch, dass ich mir Ketchup über meines goss, nannte er mich einen Banausen.

«Was heißt das?»

«Das heißt, es gibt eine Kunst des Bacon-Sandwich-Machens, und Ketchup ist nicht daran beteiligt.»

«In Dublin schon.»

«Banausen.»

Ich biss in mein Sandwich, und es schmeckte so gut, dass ich mir wünschte, der Augenblick würde ewig dauern. Denn wenn er ewig gedauert hätte, hätte Jimbo nicht das gesagt, von dem ich wusste, dass er es gleich sagen würde. Aber der Moment ging vorüber, und Jimbo räusperte sich. *Gleich ist es so weit ...*

«Was werde ich jetzt wohl sagen?», fragte er.

«Sie werden sagen, dass Sie die Polizei rufen», antwortete ich und beschloss, einen Fluchtversuch zu unternehmen. Erst würde ich das Sandwich aufessen, dann würde ich zum Wohnwagen rennen, die anderen wecken, und wir würden zusammen weglaufen und uns verstecken. Schwierig, aber wir würden es schaffen. Das wusste ich.

«Nein. Ich rufe nicht die Polizei.»

«Wirklich?»

«Du rufst sie.»

«Kann ich nicht.»

«Aber man wird dich erwischen, Junge.»

«Ich weiß.»

«Und?»

«Wir müssen noch ungefähr eine Woche warten.»

«Wie das?»

«Johnny Js Mam ist sehr krank.»

«Welcher von euch ist Johnny J?»

«Alvin», antwortete ich.

«Wie krank?»

«Die Chemo funktioniert nicht. Die Ärzte sagen, sie stirbt.»

«Oh», sagte Jimbo und schien plötzlich sehr traurig zu werden. «Das tut mir leid.»

«Schon okay, wir werden sie retten», sagte ich.

«Indem ihr Geld klaut?»

«Wir haben ein Flugticket nach Amerika für sie gekauft. Aber wir müssen noch warten, bis das Reisebüro es ihr zuschickt, und sie braucht auch ein Visum, aber Walker – das ist Simon beziehungsweise Klugscheißer – ist sicher, dass man sie dort retten kann.»

Jimbo legte sein Sandwich ab und seufzte tief. «Darum geht es also?»

«Ja.»

«Ach, Dave.»

«Jeremy. In Wirklichkeit heiße ich Jeremy.»

«Ach, Jeremy. Es tut mir sehr leid, dass dein Freund das durchmachen muss.»

«Danke, aber wenn wir hier eine Weile länger bleiben können, kommt alles wieder in Ordnung.»

«Ich wollte, das wäre wahr. Ich wollte, ich könnte euch helfen, die Mutter eures Freunds zu retten. Ich wollte, dass sie in ein Flugzeug nach Amerika steigt und man sie dort heilt, sodass sie fast wie neu zurückkommt. Aber das ist unmöglich, Junge.»

«Warum?», fragte ich und merkte plötzlich, wie meine Augen zu brennen anfingen. Und ich hatte ein Stechen in der Brust.

«Weil wenn sie wirklich so krank ist, wie du sagst, fliegt sie nirgendwohin, und selbst wenn sie die Reise machen könnte, ist es zu spät.»

«Woher wollen Sie das wissen?»

Er wischte sich etwas aus den Augen, was aussah wie eine kleine Träne. «Bei Denise hat die Chemo auch nicht mehr gewirkt.»

«Das tut mir leid.»

«Danke.»

«Aber Ihre Frau hatte nicht uns, sie konnte nicht nach Amerika – nehmen Sie es mir nicht übel.»

«Schon gut, und natürlich hast du recht, sie hatte euch nicht, aber sie hatte mich und Betty, und wir wären zum Mond und wieder zurückgereist, um sie zu retten, wenn es etwas geholfen hätte. Glaubst du mir das, Jeremy?»

«Ja», antwortete ich. Jimbo war ein richtig netter Mann, ich wusste, dass er mich nicht anlügen würde.

«Aber wenn die Chemo nicht mehr wirkt, kann niemand mehr helfen, nicht hier und auch nicht in Amerika.»

«Meinen Sie damit, dass Johnny Js Mam sterben wird?», fragte ich, und auf einmal waren meine Augen voller Tränen, mein Gesicht war heiß, und meine Ohren taten weh.

«Ja, das meine ich», antwortete er. «Und es tut mir sehr, sehr leid.»

«Oh», sagte ich, und dann fing ich an zu weinen, und als Jimbo die Arme ausbreitete, fiel ich direkt hinein. Seine langen Alienfinger bemerkte ich gar nicht mehr, ich schluchzte nur in sein schönes frisches Hemd. Als ich fertiggeweint hatte, erklärte er mir, es sei ganz wichtig, dass Johnny J keine Zeit mehr ohne seine Mutter verplemperte.

«Sie braucht ihn jetzt», sagte er, und das leuchtete mir sofort ein.

«Okay.»

«Ich mach dir einen Vorschlag. Ihr habt ja jetzt den ganzen Fußball verpasst, wie wäre es denn, wenn du, ich, Betty, die Jungs, Brittney und meine Enkel heute Abend in Peter's Pub gehen und uns das Spiel anschauen? Das erste, das du ganz sehen kannst.»

«Brittney heißt in Wirklichkeit Charlie. Und was ist mit der Polizei?»

«Überlass das mir. Ich rede mit denen und erkläre ihnen die Lage, aber wir können doch alle noch einen schönen Tag zusammen brauchen, oder nicht?», meinte er.

«Das wäre großartig», sagte ich. Irland spielte am Abend gegen Rumänien, und wenn wir gewannen, war Irland im Viertelfinale, zum ersten Mal überhaupt. Das war doch etwas Positives.

«Wir behalten das alles für uns, Jeremy. Sorgen wir dafür, dass Johnny J noch einen schönen Tag in der Sonne verbringen kann.»

«Gute Idee», sagte ich.

«Guter Mann», sagte er. «So, aber die Pferde werden sich wahrscheinlich nicht selbst ausreiten.»

«Welche Pferde denn?», fragte ich.

«Na ja, die Kühe und Hühner sind eigentlich nur Nebensache, mein Geld verdiene ich mit den Pferden», sagte er augenzwinkernd. Ich hatte noch nie einen blinden Menschen zwinkern sehen.

«Hol die anderen, vergesst die Arbeit, wir machen Bacon-Sandwiches, und dann geht ihr reiten.»

Ich hatte noch nie in meinem Leben auf einem Pferd gesessen. «Okay», sagte ich trotzdem.

So schnell mich meine Beine trugen, rannte ich zurück zum Wohnwagen. Kurz vor der Tür blieb ich stehen. Es würde schwierig werden, Johnny J gegenüberzutreten, aus dreierlei Gründen.

1. Der Streit gestern Abend.
2. Die Wahrheit, die ich ihm verheimlichte.
3. Ich war ziemlich sicher, dass ich Charlie Eastman MOCHTE.

Dann fiel mir ein, was Jimbo gesagt hatte. Johnny J verdiente einen letzten wunderbaren Ferientag, also stürzte ich in den Wohnwagen, schüttelte ihn wach und lächelte ihn an.

«Beste Freunde aller Zeiten, egal, was», sagte ich, und er grinste und nickte.

«Beste Freunde aller Zeiten», wiederholte er.

44

Der Sturz

Im Handumdrehen waren Walker und Sumo angezogen.

«Moment noch, Charlie!», rief Sumo und zog den Reißverschluss an seiner Hose hoch.

«Nur die Ruhe», antwortete sie aus ihrem kleinen Zimmer. Ich erklärte, dass wir heute alle auf Jimbos Pferden ausreiten würden.

Johnny J war richtig aufgeregt. «Ich liebe Pferde, ich meine, ich hab noch nie auf einem gesessen, aber ich liebe Pferde», sagte er. Dann runzelte er die Stirn. «Aber was ist mit der ganzen Arbeit auf der Liste?»

«Jimbo möchte, dass wir die Pferde bewegen.»

«Jimbo ist der Beste», sagte Johnny J, hüpfte im Wohnwagen auf und ab und rief den anderen zu: «Wir gehen reiten!»

Walker schüttelte seinen Inhalator. «Oh, cool. Pferde mag ich am allerliebsten.» Natürlich meinte er das sarkastisch.

«In echt?», fragte Sumo.

«Dreimal darfst du raten», sagte Walker.

«Also nicht in echt», folgerte Sumo, als er sah, wie Walker seine Antihistaminpillen öffnete und eine davon schluckte. «Und ich bin zu groß für Pferde.»

«Warum sagst du das?», fragte Charlie.

«Weil ich zu groß für alles bin», antwortete er, und wir lachten.

Nachdem Jimbo und ich gemeinsam Bacon-Sandwiches für Charlie und die Jungs gemacht hatten, rief Jimbo jemanden an, und kurz darauf erschien ein Mann namens Brennan vor dem Haus, mit einem Traktor samt Anhänger. Jimbo kletterte mühelos auf den Traktor und forderte uns auf, ebenfalls an Bord zu gehen. Johnny J half Charlie beim Einsteigen, und sie ließ es sich gefallen, obwohl sie wirklich keine Hilfe gebraucht hätte. Sumo half Walker, ich war der Letzte und sehr glücklich, mit meinen gut gelaunten Freunden hier zu sein. An die Zukunft wollte ich lieber nicht denken.

Brennan wandte sich zu uns um. «Mögt ihr Musik, Leute?»

«Ja», rief Charlie.

«Gut.» Er stellte das Radio an, und auf einmal dröhnte uns AC/DCs «That's the Way I Wanna Rock 'n' Roll» in die Ohren. Sumo headbangte, Walker hielt seine Brille auf seiner malträtierten Nase fest und machte hin und wieder mit, bis er Nackenschmerzen bekam, über die er sich prompt beklagte.

Jimbos Farm war so riesig, dass man den Eindruck bekommen konnte, ihm gehörte halb Wexford – sie hörte einfach nicht auf. Schließlich kamen die Ställe in Sicht, und dort erwartete uns Betty Bloomers, umgeben von Pferden. Sie trug weder Rock noch Pumphosen, sondern eine Reitkappe, Reithosen und eine Jacke. Sah cool aus.

«Das seid ihr ja, Kids», begrüßte sie uns. Dann deutete sie auf die Ponys auf der Koppel hinter sich. «Lasst uns doch mal diese Schönheiten satteln, damit ihr gleich losreiten könnt.»

Sie nahm Walker genau in Augenschein und wandte sich an einen großen, dünnen Mann mit einem Schnurrbart. «Barry, ich glaube, für ihn brauchen wir eine Box.» Dann warf sie einen Blick auf Sumo. «Und für ihn was Größeres.»

«Betty, eine Box und Freda. Kommt sofort.»

«Freda? Meinst du, auf Freda kommt er zurecht?», fragte sie, und Barry sah sich Sumo nachdenklich an. «Ah, das wird gehen, richtig, Junge?»

«Ich weiß nicht», antwortete Sumo.

Wie sich herausstellte, war der einsame blinde Farmer, der die Hilfe von irgendwelchen Kids brauchte, die seine Tiere fütterten und seinen Zaun reparierten, eigentlich gar nicht so einsam. Sechs Männer arbeiteten für ihn, außerdem drei Teenager, die seine Ställe sauber machten, und eine Frau namens Jessie, die das Büro managte. Gerade als Barry mit Freda eintraf, tauchte sie auf.

«Ihr seid also die Aushilfen, die Jimbo eingespannt hat?»

«Ja», antwortete ich.

«Tja, ihr habt Barry zu einer Pause vom Melken und Hühnerfüttern verholfen», sagte Betty.

«Dafür bin ich euch sehr dankbar», sagte Barry.

«Und Zäuneflicken ist extrem unbeliebt», erklärte Betty.

Ich konnte gut verstehen, warum, meine Blasen waren noch nicht verschwunden.

«Wenn ihr Kids also jemals einen Job auf einer Farm sucht, dann könnt ihr gern zu mir kommen», fügte Jessie hinzu. Dann nahm sie Jimbos Arm.

«Echt jetzt?», fragte Sumo.

«Ja, echt. Viel Vergnügen, Kids», sagte er, dann schlenderten die beiden in Richtung des Büros hinter der Arena.

«Ah, toll. Darauf komm ich zurück, definitiv», sagte Sumo, und wir glotzten ihn schockiert an. Ich wäre nie auf die Idee gekommen, dass Sumo sich auf einer Farm so wohl fühlen könnte. Andererseits hatte ich mir überhaupt nie vorgestellt, dass Sumo etwas anderes machte, als einfach Sumo zu sein.

Ich bekam ein Pony namens Juniper. Sie war kastanienbraun und stampfte gern mit den Hufen auf, was mich etwas nervös machte. Aber Betty rubbelte ihr den Rücken, und sie wurde sofort ruhiger.

«Sie ist ein Schätzchen, unsere Juniper», hatte Betty gesagt. Als ich aufgestiegen war, klopfte Betty mir auf den Rücken. «Gut gemacht, Dave», sagte sie und zwinkerte. Sie wusste genau, dass ich nicht Dave war. Sie wusste alles. Deshalb war sie so nett zu uns.

Ich sah zu Johnny J hinüber, der auf einem Pony namens Bruno saß und es lächelnd streichelte, während Barry den Steigbügel justierte. Ganz offensichtlich war Johnny J glücklich. *Sorgen wir dafür, dass Johnny J noch einen schönen Tag in der Sonne verbringen kann*, hörte ich in Gedanken Jimbos Stimme. *Noch einen Tag.* Mein Steigbügel war bereits richtig eingestellt.

Walker versuchte immer noch, auf sein Pony zu steigen, das Frank hieß, er schwitzte und keuchte. «Also, ich weiß wirklich nicht, ob das so eine gute Idee ist», murmelte er, ließ aber trotzdem nicht locker.

«Setz dich aufrecht in den Sattel, bevor du die Füße in die Steigbügel steckst», wies Betty mich an, und ich richtete mich auf.

«So?»

«Genau, so ist es richtig.»

Als ich beide Füße in den Steigbügeln untergebracht hatte, hob Juniper das rechte Vorderbein und wieherte. Betty rieb ihre Flanke. «So ist es brav.» Ich streichelte Junipers Nacken. «Gut, Juniper, sehr gut», lobte ich sie, und Betty nickte anerkennend. Juniper setzte das Vorderbein wieder auf den Boden und schüttelte den Kopf. Betty drückte mir die Zügel in die Hand.

«Halt sie nicht zu fest und drück die Beine zusammen.»

Ich drückte, so kräftig ich konnte.

«Nicht zu doll, sonst landest du womöglich auf der anderen Seite des Zauns dadrüben», riet Betty und deutete auf einen ziemlich weit entfernten Zaun, und ich mäßigte den Druck sofort.

Dann kam Sumo auf Freda aus dem Stall, Barry führte das Pferd am Zügel. Freda war riesig. Inzwischen hatten wir uns ganz daran gewöhnt, dass Sumo eine Wookie-Maske trug, und auch Betty und Barry erwähnten es nicht. Sumo war begeistert, und ein Wookie auf einem Pferd sah richtig cool aus.

«Ich reite auf einem Pferd, Jungs, Freda ist super. Schaut sie euch an!»

Charlie saß auf einem Pony namens Racer, rieb ihm die Ohren und flüsterte ihm nette Dinge zu. Offensichtlich mochten die beiden einander. Zumindest kam es mir so vor.

«Pack zu mit den Beinen, zwischen deinen Knien und dem Sattel sollte kein Spielraum sein.»

Ich tat, was Betty mir sagte.

«Und lass die Ferse unten.»

«Okay.»

Schließlich setzten wir uns in Bewegung. Walker sah reichlich kipplig aus.

«Wenn du dich unsicher fühlst, kannst du dich einfach an Franks Mähne festhalten.»

Betty schwang sich mühelos auf ihr Pferd Ginger, Barry auf eines namens Loopy, und sie ritten rechts und links neben uns her.

Betty war für die Anweisungen zuständig. Sumo und Johnny J hüpften auf und ab wie Gummibälle.

«Im Schritt sitzt ihr im Sattel und passt euch dem Rhythmus des Pferdes an. Dann hüpft ihr nicht so auf und ab», erklärte sie. «Seht ihr? So wie Dave und Brittney es machen.» Charlie und ich lächelten uns an. Johnny J bemühte sich, weniger zu hüpfen, Sumo hüpfte unbeirrt weiter. Walker hielt sich, weit vornübergebeugt, an Franks Mähne fest und hatte den Kopf auf seinen Hals gelegt.

«Es ist echt besser, wenn du aufrecht sitzt und die Zügel hältst.»

«Alles gut, danke», sagte er, und Betty lachte. «Möchtest du lieber nicht traben?»

«Nein, mir geht's gut so, wie es ist.» Genau genommen sah er aber nicht danach aus.

Eine Weile ritten wir noch im Schritt weiter, dann fand Betty wohl, dass wir reif waren zu traben.

«Beim Trab zählt ihr immer *eins, zwei* im Kopf. Bei eins nach oben, bei zwei zurück auf den Sattel.» Ich versuchte, Bettys Anweisung zu folgen, und sie nickte. «Gut. Weiter so.»

Ich tätschelte Junipers Hals, aber gerade als ich ihr sagte, dass sie ein gutes Mädchen war, verfiel Freda aus heiterem Himmel in einen richtig schnellen Galopp. Betty rief Sumo zu, den Zügel nach links zu ziehen, was er versuchte, aber nicht ganz schaffte. Freda galoppierte, als hätte sie ein Rennen zu gewinnen. Sumo brüllte: «Oje, oje, ojemine …»[DDDMWS72]

Betty galoppierte ihm nach, aber Freda war schnell. Sumo ließ die Zügel los, klammerte sich an ihren Hals, und so näherten sie sich in Windeseile dem Zaun. In-

DDDMWS72

1. Bisher gehörten zu Sumos seltsamen Ausdrücken «Potztausend» und «Menschenskinder». Jeder andere wäre dafür von fiesen Kids umgebracht worden.
2. Und er sagte «Bitte danke», wenn er rülpste.
3. Einmal pupste sein Dad, als er im Gartenhäuschen eine neue Glühbirne anschraubte. Er sagte: «Ich nehme es nachher mit.» Sumo war seinem Dad sehr ähnlich.

zwischen konnte ich nicht mehr hören, was Sumo sagte, er war schon zu weit weg, aber vermutlich war es immer noch «Oje, oje, ojemine …». Womöglich weinte er dabei. Ich hätte jedenfalls garantiert geweint.

Charlie, Walker, Johnny J und ich saßen still auf unseren Ponys. Barry blieb bei uns, während Betty Sumo folgte. Dann sahen wir Freda elegant über den Zaun setzen. Sumo hielt sich zwar fest, hing aber jetzt seitlich an ihr, und Charlie schnappte erschrocken nach Luft. Aber dann saß Sumo plötzlich wieder auf Fredas Rücken und umklammerte ihren Hals. Auch Ginger sprang mit Betty mühelos über den Zaun, folgte der verrückten Freda, und schließlich verschwanden alle aus unserem Blickfeld.

«Keine Sorge, Kids – Betty kriegt das hin», beruhigte uns Barry, allerdings sah er selbst ziemlich besorgt aus.

«Ich möchte bitte runter von diesem Ding», sagte Walker, und Barry half ihm beim Absteigen. Wir trabten zu den Ställen zurück, Walker führte sein Pony am Zügel und ging hinter uns her. Dann zeigte Barry uns, wie wir die Ponys striegeln und füttern sollten. Juniper liebte das Striegeln, und mir machte es Spaß, obwohl ich die ganze Zeit Angst hatte, dass wir Sumo nie wiedersehen würden. Doch dann hörte ich ihn, bevor ich ihn sehen konnte.

«So was Tolles hab ich noch nie erlebt!», rief er.

«Na, du solltest das aber lieber nicht wiederholen!», entgegnete Betty.

«Habt ihr gesehen, wie schnell ich war?»

«O ja, ich hab's gesehen. Ich war dabei», antwortete ich.

Sumo hatte seine Maske in der Hand und war vom Scheitel bis zu Sohle mit Pferdemist beschmiert.

«Irgendwann bin ich runtergefallen, na ja, ein Bein hat sich im Steigbügel verfangen, und Freda hat mich durch ein paar Pferdeäpfel geschleift, aber vorher sind wir noch über drei Zäune gesprungen!» Er grinste, das ganze knallrote Gesicht voller Pferdemist.

«Und das hat dir gefallen?», fragte ich.

«Gefallen? Es war das Beste, was mir in meinem ganzen Leben passiert ist. Wenn ich groß bin, werde ich Jockey», verkündete er. Betty musterte ihn kopfschüttelnd.

«Nein, kein Jockey, Junge, aber wir finden schon was für dich.»

«Ehrlich? Weil ich nämlich zurückkommen werde, das schwöre ich. Heute ist der schönste Tag meines Lebens!»

Johnny J bog sich vor Lachen über den mit Pferdemist überzogenen glücklichen Sumo, und auch Walker und Charlie hielten sich den Bauch. Aber ich lächelte nur, denn es fiel mir schwer zu lachen. Ich wusste ja, was uns bevorstand.

45
Der Verräter

Gegen fünf am Nachmittag gingen Jimbo und Betty mit uns zum Spiel Irland gegen Rumänien in den Pub. Es war gerammelt voll, aber Betty und Jimbo ergatterten Hocker, und wir setzten uns alle vor der großen Leinwand auf den Boden. Die Pub-Wirtin verteilte Würstchen, Pommes und seltsamerweise auch eimerweise Krautsalat.

«Leute vom Land mögen Krautsalat», erklärte Sumo mit einer Autorität, die er für gewöhnlich nicht hatte, und Walker nickte zustimmend: «Fakt.»

Das Spiel begann, und es war echt aufregend, inmitten eines ganzen Dorfs vor einem Fußballspiel zu sitzen. Es gab viele Ooohs und Aaahs, und manche riefen Dinge, die ich hier lieber verschweige.

«Los jetzt, Jungs, macht was, ja?», sagte ein Mann neben uns immer wieder. In der Ecke saß eine Frau und betete, in der Hand einen Rosenkranz. In der Halbzeitpause sprenkelte sie Weihwasser auf die Leinwand.

«Bleib gefälligst mit dem Wasser von dem Projektor weg, Bernie, du jagst ihn noch in die Luft.»

«Mein Dad hat recht – alle sind auf irgendeine Art verrückt», sagte ich zu Charlie, und sie lachte. «Aber es ist toll hier, oder nicht, Jeremy?», sagte sie.

«Ja, es ist toll.»

Ich hatte mir Sorgen gemacht, dass die anderen womöglich gar kein Interesse haben würden, zu dem Spiel zu gehen, denn wir hatten uns ja vorgenommen, uns möglichst versteckt zu halten, um nicht erwischt zu werden, aber Jimbo riet mir, ihnen zu sagen, dass uns während des Spiels sowieso niemand anschauen würde, weil ja alle wie gebannt das Spiel anschauten. Er hatte recht. Niemand bemerkte uns – wir fügten uns nahtlos ein. Aber es spielte auch keine Rolle – als das Spiel begann, wusste ich, dass Jimbo die Polizei alarmiert hatte und dass sie unterwegs war. Ich schaute zu meinen Freunden, sie waren so glücklich, und ich fragte mich, wie lange es wohl dauern würde, bis sie jemals wieder so glücklich sein würden.

Das Spiel ging 0:0 aus, es gab Elfmeterschießen, um den Sieger zu ermitteln. Beide Seiten trafen die ersten vier Male, aber den nächsten Elfmeter hielt der irische Torhüter, eine geniale Tat, wie es später überall heißen würde, und nun lag es an einem Spieler namens David O'Leary, Irland mit dem nächsten gelungenen Elfmeter ins Viertelfinale der Fußballweltmeisterschaft zu schießen! In Peter's Pub erstarrten alle[DDDMWS73], die Welt wartete.

DDDMWS73

1. Die Zeit blieb stehen. Kein Würstchen, kein Pommes, kein Löffel Krautsalat wurde verzehrt.
2. Kein Tropfen wurde getrunken, kein Atemzug war zu hören.
3. Sogar Bernie hörte auf zu beten, und einen Augenblick vergaß ich, dass ich meine Freunde verraten hatte und wir in eine Jugendstrafanstalt gesperrt werden würden.

David O'Leary stand auf und knallte den Ball ins rumänische Netz. Wir hatten es geschafft. IRLAND WAR IM VIERTELFINALE!

Die Menge sprang auf, riss die Arme hoch, schrie, lachte, jeder umarmte jeden, es wurde geweint, getanzt, gebrüllt und gesungen. Was für ein Augenblick, was für ein Gefühl! Sumo und Charlie hatten recht – es war der beste Tag unseres Lebens. Sogar Jimbo vergoss eine Freudenträne, Betty stand auf und tanzte einen Jig, wobei sie ihre Röcke warf und man ihre altmodischen langen Unterhosen darunter sah, die sie so sehr liebte. Johnny J und Charlie tanzten den Jig mit ihr, und dann zeigte Betty ihnen einen Square Dance. Zusammen mit vielen anderen wirbelten sie durch den Pub – und genossen jede Sekunde. Mir machte es nichts mehr aus, dass Johnny J mit Charlie feierte und ich allein war, ich war überhaupt nicht mehr eifersüchtig.

Gegen neun leerte sich der Pub, und Betty fuhr uns zurück zur Farm.

«Habt ihr euch gut amüsiert, Jungs?»

«Und wie», antwortete Johnny J. «Es war einfach toll.»

Wir alle bestätigten, dass es großartig gewesen war, und bedankten uns für den schönen Tag. Als wir auf den Hof der Farm einbogen, stand ein Streifenwagen mit flackerndem Blaulicht in der Auffahrt. Und ich sah die Panik in Johnny Js Augen.

«Alles wird gut», sagte Betty mit ruhiger Stimme.

«O nein, es ist noch zu früh», entgegnete Johnny J und wurde ganz blass.

«Sie wissen über alles Bescheid, Junge», erklärte Jimbo, «und es wird alles gut.»

«Das geht nicht, es ist noch nicht Zeit, wir brauchen noch eine Woche. Wir müssen weg. Lasst mich raus», flehte Johnny J.

Dann überfiel ihn endgültig die Panik, er versuchte, die Beifahrertür zu öffnen, und ich versuchte, ihn davon abzuhalten. Damals gab es keine Zentralverriegelung, Betty konnte also nichts tun, um einen Jungen, der aus einem fahrenden Auto springen wollte, daran zu hindern. Die Tür ging auf, und Johnny J wäre um ein Haar aus dem Auto gefallen, aber ich hielt ihn fest, und Betty machte eine Vollbremsung. Die beiden Polizisten kamen in unsere Richtung gerannt, Johnny J befreite sich aus meiner Umklammerung und kroch auf den Kiesweg hinaus.

«Jetzt ist es aus für sie», schluchzte er. «Für meine Mam ist es aus und vorbei.» Tränen liefen ihm in Strömen übers Gesicht.

Im Auto weinte Charlie ebenfalls, Walker kaute auf der Unterlippe, Sumo konnte Johnny J nicht mal ansehen, nahm seine Wookie-Maske ab und konzentrierte sich auf die Hühner. Ich stieg aus und beugte mich über Johnny J, der weinend am Boden kniete.

«Nur noch eine Woche», jammerte er, und er schluchzte so, dass man ihn kaum verstehen konnte.

«Es tut mir so leid», sagte ich.

«Jeremy», sagte Jimbo, «es wird alles gut.» Dann wandte er sich an Johnny J. «Johnny J, deine Mammy braucht dich jetzt.»

Mit tränennassem Gesicht blickte Johnny J zu mir empor. «Du hast es ihm gesagt?»

«So war es nicht, Junge», erklärte Jimbo. «Euer Bild ist überall. Betty hat es in der Zeitung gesehen.»

«Du wusstest, dass sie kommen», schluchzte Johnny J und sah mich an, als wäre ich ein Fremder.

«Wir müssen nach Hause, Johnny J», sagte ich.

Aber er schubste mich weg. «Geh weg. Geh weg, Jeremy», schrie er mich an. Noch immer kniete er mit gesenktem Kopf auf dem Boden, alle standen um ihn herum, und er schluchzte zum Steinerweichen. Ich konnte nicht hinschauen, mein Herz fühlte sich in meiner Brust an wie eine explosionsbereite Granate. So etwas Trauriges hatte ich noch nie erlebt.

Nach ein paar Minuten halfen die Polizisten Johnny J auf die Füße. Schweigend saßen wir hinten in ihrem Van. Es war kein großer Van, aber die anderen quetschten sich demonstrativ zusammen, um mich nicht zu berühren. Niemand wollte in der Nähe eines Verräters sein. Auf der ganzen langen Heimfahrt drehte Johnny J sich kein einziges Mal zu mir um. Er starrte aus dem Fenster auf die vorbeisausenden Lichter. Und auch keiner von den anderen würdigte mich eines Blickes.

Die Polizisten saßen schweigend vorn und stellten keine Fragen. Wahrscheinlich wollten sie damit warten, bis wir wieder in Dublin waren. Einer warf uns eine Flasche Wasser nach hinten und sagte, wir sollten schlafen.

«Ruht euch ein bisschen aus», meinte er. «Die Fahrt ist lang genug.»

Aber niemand antwortete, und auf dem ganzen Weg schlief auch niemand ein.

46

Das Revier

Auf dem Polizeirevier wartete mein Vater. Rechts neben ihm saßen Onkel Ted und Charlies Dad, links von ihm Sumos Dad und Walkers Mam und Dad. Mr. Brown war sofort aus Italien zurückgeflogen. Als wir im Gänsemarsch ins Gebäude geführt wurden, standen sie alle auf. Einer der Polizisten ging an der Spitze, dann ich, Johnny J, Charlie, Walker, Sumo und zuletzt der andere Polizist. Es gab kein Entkommen. Sie stellten uns vor unseren Eltern auf, und ich schaffte es nicht, meinem Vater in die Augen zu sehen, ich wusste nichts zu sagen. Aber ich hörte Walker schniefen und seinen Inhalator herausziehen. Seine Mam fing an zu weinen.

«Genau deshalb wollte ich nicht, dass du mitkommst, Sheila. Du bist viel zu emotional», sagte Mr. Brown.

«Emotional? Wir haben einen Kriminellen großgezogen! Wie soll ich da nicht emotional werden?», rief sie und fing wieder an zu weinen. Zum ersten Mal in seinem Leben wusste Walker nichts zu sagen. Und nicht, was er tun sollte. Keiner von uns wusste das. Vermutlich unsere Eltern auch nicht. Schließlich trat Onkel Ted vor.

«Ist es in Ordnung, wenn wir unsere Kinder jetzt mit nach Hause nehmen?», fragte er die Polizisten. Es war schon nach Mitternacht, der Tag war lang gewesen, und als ich die anderen anschaute, wurde mir klar, wie schmutzig und müde wir alle aussahen. Außerdem rochen wir.

«Ja, bringen Sie sie ins Bett. Aber ich möchte, dass Sie sie morgen früh um neun wieder herbringen.»

«Kein Problem», sagte Ted.

«Alles klar, danke», sagte mein Dad.

«Raus mit dir», sagte Sheila Brown zu Walker. Alle außer Charlies Mutter machten sich auf den Weg zur Tür.

«Entschuldigen Sie», wandte Tina Eastman sich an die Polizisten, und alle drehten sich zu ihr um. «Sollten wir nicht vielleicht einen Anwalt mitbringen?»

«Das überlasse ich Ihnen», antwortete der Polizist.

«Ach, kommen Sie, es sind doch bloß Kinder», meinte mein Dad.

«Aber sie haben das Gesetz gebrochen», erwiderte der Polizist.

«Und wie viel kostet so ein Anwalt?», fragte Sheila Brown mit schriller Stimme.

«Oh, die nehmen einen Haufen Geld», antwortete der andere Polizist. «Ich sag Ihnen, ich wünschte, ich wäre Anwalt geworden.»

«Eine Runde Mitleid», sagte Mr. Brown.

«Jetzt werd bloß nicht frech zur Polizei, Denis», wies seine Frau ihn zurecht, und Walker lachte.

«Wag du es nicht zu lachen», fuhr Denis Brown seinen Sohn an. «Ich sollte jetzt in Italien sein, und was die

Leute in meinem Job angeht – ich kann froh sein, dass man mich nicht gefeuert hat!»

«Und wenn wir uns keinen Anwalt leisten können …?», fragte mein Dad und schluckte krampfhaft wie immer, wenn ihm etwas sehr unangenehm war.

«Wenn nötig, bekommen Sie einen Pflichtverteidiger. Bis dahin können Sie sich zu ihren Kindern setzen, wenn sie vernommen werden.»

«Ah gut, großartig, das ist doch schon mal was», sagte mein Dad. Er versucht immer, an jeder Situation auch das Positive zu sehen. Das mag ich echt gern an ihm.

«Schauen Sie, ich rate Ihnen, dass Sie die Kinder jetzt mitnehmen und sie schlafen lassen, dann kann morgen die Vernehmung beginnen. Da haben sie nämlich einen langen Tag vor sich», sagte der Polizist, und die Eltern nickten einhellig.

Als wir zum Parkplatz kamen, verabschiedeten die anderen sich voneinander, aber von mir wollte keiner etwas wissen. Alle wandten mir den Rücken zu. Klar, ich war schließlich der Verräter.

«Johnny J?», rief ich, als er sich auf den Beifahrersitz im Auto seines Onkels setzte. «Es tut mir leid!» Aber er drehte sich nicht um, und das Auto fuhr davon.

Ich setzte mich nach vorn, mein Dad umklammerte das Lenkrad so fest, als wollte er es ausquetschen. Aber er machte weder den Motor noch das Licht an, sondern saß sehr lange einfach so im Dunkeln, quetschte das Steuer und knirschte mit den Zähnen.

«Ist mit dir alles in Ordnung, Dad?», fragte ich

schließlich, weil ich Angst hatte, es könnte sich um einen medizinischen Notfall handeln.

«Ob mit mir alles in Ordnung ist?», fragte er zurück. «Ist mit *dir* alles in Ordnung, Jeremy?» Es klang wütend.

«Ja», sagte ich, aber es stimmte nicht.

«Ah, gut. Na, dann will ich dir mal erzählen, wie es deiner Mammy geht, ja? Seit Tagen heult sie sich die Augen aus dem Kopf. Sie isst nicht, sie schläft nicht, sie lässt das Telefon und die Haustür keine Sekunde aus den Augen. Sie ist fix und fertig. Deine Mammy ist mit den Nerven echt am Ende.»

«Sorry.»

«Sorry? Sorry?! Ich erzähl dir was von sorry. Dein Bruder hat zwei blaue Augen.»

«Was? Warum?»

«Weil er sich deinetwegen mit irgendeinem Knilch geprügelt hat.»[DDDMWS74]

«Oh.»

«Ja! Oh, und deine Schwester geht nicht mehr zur Schwesternschule und wohnt wieder bei uns, weil sie sich um eure Mammy kümmert, und sie hat King Rupert mitgebracht.» (Mein Dad nennt Rachels Freund Rupert immer ‹King Rupert›, weil er so einen noblen Akzent hat.)

DDDMWS74

1. «Knilch» war das Wort, das mein Vater für Leute männlichen Geschlechts benutzte, die er nicht kannte.
2. Der Knilch beschimpfte uns übel.
3. Und er versuchte, das Wort «Gauner» in die Seite von Dads Auto zu kratzen.

«Jetzt kriegen wir ständig Anrufe von seinen Eltern, die Zeter und Mordio schreien, weil ihr Sohn zur Uni gehen und Medizin studieren soll, statt in einem übel beleumundeten Haus mit schlechtem Ruf rumzuhängen.»

«Was heißt das?»

«Das heißt, diese Schickimickis halten uns für einen Haufen Gangster. Was wir dir zu verdanken haben.»

«Sorry.»

«Na, dann ist wohl alles in Ordnung, was?», sagte er, aber es war klar, dass er das überhaupt nicht meinte. Immerhin ließ er den Motor an, und wir fuhren schweigend nach Hause.

Mam saß unten auf der Korridortreppe, als Dad mich durch die Haustür schob. Mit müden Augen sah sie mich an, ihre Haare waren ein einziges Chaos. Sehr langsam stand sie auf und strich sich mit beiden Händen ihre Hose glatt.

Dad hob die Hände. «Bleib weg von ihm, Debbie. Er riecht nach Kuh.»

Aber sie hörte nicht auf ihn, sondern kam zu mir, und ich hatte sofort das Gefühl, dass ich sie umarmen und gleichzeitig ganz schnell weglaufen wollte. Am liebsten hätte ich geheult. Sie zupfte sanft an meinem Pferdeschwanz und sah mir ins Gesicht.

«Bist du verletzt?»

«Nein.»

«Hat dir jemand was Schlimmes getan?»

«Nein.»

«Hast du was gegessen?»

«Ja.»

«Na gut, dann geh rauf und ins Bett, bevor ich dich umbringe», sagte sie, ließ meine Haare los, und ich rannte die Treppe hinauf, so schnell meine Beine mich trugen.

Wenn mich jemand gefragt hätte, ob ich würde schlafen können, nachdem ich meinen besten Freund verraten hatte und mit Strafverfolgung rechnen musste, hätte ich geantwortet: «Garantiert nicht!», aber meine Augenlider waren genauso schwer wie mein Herz, und mein Kopf hatte kaum das Kissen berührt, da schlief ich auch schon.

47
Das Paket

Am nächsten Morgen wachte ich früh auf, weil Rich mich schüttelte, und zwar wie ein Wilder.

«Wach auf, Doofkopparschgesicht, wach auf!»

«Ich bin ja wach», sagte ich und schaute ihn verschlafen an. Seine beiden geschwollenen blauen Augen zu sehen, war ein Schock.

«Na, na, na, was habt ihr denn da angerichtet?», fragte er und grinste breit.

«Ich hab alles versaut», sagte ich und fing wieder an zu weinen, ich konnte einfach nicht anders. Dabei wünschte ich mir so, ich könnte es sein lassen. *Hast du irgendeinen Grund zu heulen, Jeremy? Also hör auf damit!*

«Wie meinst du das – warum hast du alles versaut?», fragte Rich und hielt zwei Zeitungen mit Schlagzeilen über die Furchtlosen Fünf in die Höhe. «Du bist berühmt!»

«Bin ich nicht.»

«O doch – es waren jede Menge Reporter hier und alles.»

«Ja?»

«Ja», bestätigte er. «Es war verrückt. Hier – meinst du, ‹The Fearless Five› wäre ein guter Bandname? Ich weiß nämlich nicht, ob ‹Fingers & the Fudge› wirklich cool ist.»

«Ihr seid aber nur vier.»

«Nicht mit Johnny J.»

«Er wird nicht in eure Band eintreten.» *Weil er in England wohnen wird. Oder im Jugendgefängnis sitzt.*

«Doch, das wird er, glaub mir.»

«Okay», sagte ich, immer noch halb heulend und überhaupt nicht in der Stimmung zu streiten.

«Also ‹The Fearless Five› – was hältst du davon?»

«Das funktioniert nicht.»

«Vielleicht. Aber es klingt trotzdem gut, oder nicht?»

«Ja», gab ich zu.

«Und weshalb habt ihr das alles eigentlich gemacht?»

«Weil ich dumm bin», antwortete ich und steckte den Kopf unter mein Kissen.

«RICH! Lass den Kriminellen allein!», rief Mam von unten.

«Mam hat Father Maloney geholt. Du hast Glück, dass er dich nicht exorziert.»

«Was heißt exorziert?», fragte ich von unter dem Kissen.

«Wenn man die Dämonen aus den Leuten raustreibt. Ich hab so was mal im Fernsehen gesehen. Irgendwie irre, aber keine Sorge, er will nur eine Messe im Haus abhalten.»

«Gut.»

«Ja. Mam ist total durchgedreht, Jeremy. Du solltest ihr am besten aus dem Weg gehen.»

«Okay.»

«Rich! Raus jetzt, sonst komm ich nach oben und bring euch beide um!»

«Ich muss gehen», sagte Rich. «Mam möchte nicht, dass du mich mit deiner Bosheit ansteckst.» Leise in sich hineinlachend, stand er auf und ging zur Tür. Ich hob das Kissen von meinem Kopf.

«Hey, Rich?»

«Ja?»

«Das mit den beiden Veilchen tut mir leid.»

«Es muss dir nicht leidtun, Esther Banbridge hat gesagt, ich bin echt tapfer.[DDDMWS75] Und bevor es passiert ist, wusste sie nicht mal, dass ich existiere.»

«O schön», sagte ich und versuchte zu lächeln, aber mein Gesicht wollte nicht.

Rich streckte die Daumen für mich in die Höhe, dann ließ er mich allein, um darüber zu grübeln, was mir bevorstand.

Als ich mich endlich aus dem Bett hievte und das Zimmer zu verlassen wagte, begegnete ich Rachel auf dem Treppenabsatz, die darauf wartete, mich zu umarmen.

«Ich weiß nicht, was los ist, Jeremy, aber ich kenne dich und du bist ein guter Junge, also lass uns ein Abkommen schließen – du gibst die Überfälle auf und ich das Rauchen», sagte sie, lächelte, und ich nickte.

DDDMWS75
1. Esther Banbridge war das hübscheste Mädchen in Richs Klasse.
2. Und auch noch das klügste.
3. Völlig andere Liga als mein Bruder.

«Abgemacht», sagte sie.

Rupert kam aus Richs Zimmer. Er hatte lange Haare wie ich, aber keinen Pferdeschwanz, und zum ersten Mal spielte ich ernsthaft mit dem Gedanken, mir die Haare schneiden zu lassen.

«Hey-ho, Revolverheld», begrüßte er mich, und Rachel sah ihn kopfschüttelnd an. «Nicht jetzt, Rupert.»

«Ich hab doch nur hallo gesagt», entgegnete er und küsste meine Schwester auf die Stirn. «Ich nehme an, jetzt, wo das Paket wohlbehalten wieder da ist, können wir verschwinden?» Rachel lächelte ihn an und nickte. «Na gut.» Er ging langsam die Treppe hinunter.

«Welches Paket denn?», fragte ich.

«Du», antwortete er und lachte. «Die Furchtlosen Fünf – man hätte es nicht besser erfinden können.»

Ich konnte Rupert wirklich nicht leiden.

48

Das Geständnis

Beim Frühstück redeten meine Eltern kein Wort mit mir. Sie befolgten damit die Anordnung der Polizei, aber ich merkte, dass sie darauf brannten zu erfahren, was passiert war. Meine Mam war zappelig, mein Dad tat so, als würde er Zeitung lesen. Rich sang vor sich hin.

Keiner sprach mit mir, ich sprach mit keinem. Stattdessen befolgte ich Richs Rat und verhielt mich möglichst unauffällig.

Johnny J und sein Onkel Ted waren schon auf dem Revier, als mein Dad und ich ankamen.

«Hi, Johnny J», sagte ich, aber er ignorierte mich.

Dad deutete auf einen Stuhl, und ich setzte mich hin.

«Wie geht es Vanessa heute, Ted?», fragte er dann.

«Die Ärzte meinen, sie sollte ins Krankenhaus.»

«Das tut mir leid», sagte mein Dad.

«Danke», antwortete Onkel Ted.

Ich starrte zu Johnny J und flehte ihn in Gedanken an, meinen Blick zu erwidern. Aber er saß einfach nur da und starrte stumm an die Wand.

Walker kam in Anzug und Krawatte an der Hand seiner Mutter. Kurz darauf erschien auch Sumo, und Charlie war die Letzte, aber diesmal mit ihrem Vater. Ich hatte ihre Mam schon oft gesehen, sie ging ja in Johnny Js Haus aus und ein und kümmerte sich um seine Mam, aber ihren Dad kannte ich nur von weitem. Er war stämmig, hatte einen langen roten Bart und erinnerte mich irgendwie an den Nikolaus, nur dass er überhaupt nicht fröhlich war.

«Jungs», begrüßte er die anwesenden Männer knapp. «Hallo, Sheila.»

«Hallo, Declan», antwortete sie.

«Welcher von euch kleinen Lausbuben ist denn jetzt dafür verantwortlich, dass meine Tochter eine Tankstelle und einen Geldtransport überfallen hat und von zu Hause weggelaufen ist?», fragte er uns.

«Ach, mach halblang, Declan, ich bin sicher, so ist es nicht», sagte Onkel Ted.

«O doch, das glaube ich für dich mit», beharrte Declan Eastman.

«Nach dem, was ich gehört habe, war es dieses kleine Mädchen, das alles in die Wege geleitet hat», meldete sich Sheila zu Wort.

Schockiert hob ich den Kopf. Warum erzählte Walker seiner Mam, dass Charlie uns den ganzen Schlamassel eingebrockt hatte, wo ich es doch gewesen war?

«Das ist ja wohl die Höhe», sagte Declan Eastman und stand auf.

Schon war auch Denis Brown auf den Beinen, und Sheila Brown richtete den Finger auf Declan Eastman. «Sie ist gar nicht so heilig, wie sie aussieht, also wenn du schon anfängst, mit dem Finger auf jemanden zu zeigen, dann würde ich mich an deiner Stelle mal in deiner Nähe umschauen.»

«Wag du es bloß nicht, mit dem Finger auf mich zu zeigen, Sheila Brown.»

«Wir sollten die Kids doch nicht ausfragen», sagte Dad.

«Ich stell meinem Kind Fragen, wann und wo ich will», erwiderte Sheila Brown, ohne ihn auch nur anzusehen.

Walker fummelte an seiner Krawatte herum und schniefte. Auf seiner Nase klebte ein fettes weißes Pflaster, er hatte den gehetzten Blick eines in die Enge getriebenen Tiers, wirkte erschöpft und war wahrscheinlich total verängstigt. Mir tat er leid – Sheila Brown hätte einen Gladiator das Fürchten lehren können.

«Jetzt kommt schon», sagte Onkel Ted. «Beruhigt euch mal wieder.»

«Können wir uns bitte alle einigermaßen zivilisiert benehmen?», sagte mein Dad, und ich merkte, dass er sich sehr unbehaglich fühlte.

Die Kids saßen nur da, hypnotisiert und erschrocken, dass die Erwachsenen sich stritten. Sheila und Denis Brown setzten sich wieder neben Walker, der den Kopf senkte, um den wütenden Blicken von Johnny J und Charlie auszuweichen. Ich war ein bisschen erleichtert, dass ich nicht mehr die einzige Zielscheibe des Ärgers war, und versuchte, Blickkontakt mit ihm aufzunehmen, aber er reagierte nicht. Allmählich fragte ich mich, was die anderen ihren Eltern wohl alles erzählt hatten. Warum Sheila Brown dachte, alles wäre Charlies Schuld. *Was hat Walker gesagt? Warum beschuldigt er sie? Es liegt doch alles an mir, es war mein Plan, ich hab das zu verantworten.*

Sumo und seine Eltern trafen als Letzte ein. Eigentlich dachte ich, wenn überhaupt einer von meinen Freunden mir verzeihen würde, dann wäre es Sumo, aber als ich ihn ansah, schüttelte er den Kopf und setzte sich demonstrativ neben Johnny J. Seine Eltern sagten niemandem hallo, sie nickten und winkten nicht, sondern setzten sich einfach hin und hielten den Blick gesenkt. Beunruhigend, Mary und Gerry Lane so niedergeschlagen zu sehen, normalerweise waren sie so freundlich und gesprächig. Mir wurde klar, dass wir vermutlich im Gartenhäuschen ihres Sohnes nicht mehr willkommen sein würden. *Wir sind Ausgestoßene.* Und selbst wenn die anderen wieder hindurften, ich bestimmt nicht. Niemand mochte mich mehr. *Ich bin der Ausgestoßene.* Andererseits spielte es ja eigentlich keine Rolle mehr, weil ich mit Bauchspeckschlitzer in einer Zelle sitzen würde. *Schlimmer als ausgestoßen.*

Schweigend warteten alle auf einen Polizisten, der uns sagen würde, was jetzt passieren sollte. Mein Magen grummelte und krampfte, und ich fragte mich, ob ich mich womöglich würde übergeben müssen. *Wird man bestraft, wenn man in ein Polizeirevier kotzt? Können die mich dann gleich in eine Zelle stecken? Wenn ja, hoffe ich, sie geben mir wenigstens einen Eimer.*

Als Johnny Js Tante Alison hereinschwebte, war sie nicht allein, sondern hatte einen Mann in einem teuren Anzug, mit runder Brille und Aktentasche dabei. Vermutlich einen Anwalt. Er ging sofort zum Schalter des diensthabenden Polizeibeamten. Da war aber keiner. Der vermutliche Anwalt klingelte.

Johnny Js Tante Alison war mitten im Raum stehen geblieben, sah sich um und war eindeutig nicht erfreut von dem, was sie sah. Wir saßen alle nur da und starrten sie an wie ein exotisches Tier. Schließlich stand Onkel Ted auf.

«Was machst du denn hier, Alison?»

«Mein Neffe steckt in Schwierigkeiten, Ted.»

«Wer ist bei Vanessa?»

«Ich habe eine Krankenschwester eingestellt.»

«Du solltest nicht hier sein», sagte Ted und sah verärgert aus.

Aber sie ignorierte ihn. «Na, ist das nicht perfekt?», sagte sie in die Runde, ohne jemanden direkt anzusprechen. «Als hätten wir nicht schon genug Probleme.»

«Tante Alison …», begann Johnny J, aber sie hob einhaltgebietend die Hand und brachte ihn zum Schweigen. «Du hast schon genug angerichtet, Johnny.»[DDDMWS76]

«Lass den Jungen in Ruhe», sagte Onkel Ted.

«Warum lassen wir ihn nicht mit einem Raubüberfall davonkommen, während seine Mutter …» Sie brach ab, spitzte die Lippen, holte tief Luft und zwang sich zur Ruhe. «Der Junge braucht Struktur», fuhr sie fort. «Stabi-

DDDMWS76

1. Tante Alison nannte Johnny J immer nur «Johnny».
2. Er hasste das.
3. Und in diesem Moment hasste ich sie auch.

lität. Jemanden, der ihm den Unterschied zwischen Recht und Unrecht beibringt.»

«Wag es nicht ...» Jetzt sah Ted richtig wütend aus.

«Er kommt mit mir, Ted», sagte sie, und als ich zu Johnny J rübersah, waren seine Augen vor Angst groß wie Untertassen. Er hatte richtig Panik und ich auch. Mein Magen verknotete sich. *Möglicherweise brauche ich den Eimer.* Charlies Hand begann zu zittern, und ich hatte das dringende Bedürfnis, etwas Tröstliches zu sagen, damit sie sich okay fühlte. Aber ich konnte nicht, denn nichts war okay, und sie hasste mich.

«Bitte sei jetzt still», sagte Onkel Ted in ruhigem, aber bestimmtem Ton zu Tante Alison, und sie hielt tatsächlich den Mund. Ted setzte sich wieder.

«Ted?», sagte Johnny J, und seine Stimme klang seltsam, als wäre sie kaputt.

«Schon okay, Johnny J, du gehst nirgendwohin.»

«Außer vielleicht ins Gefängnis», sagte Tante Alison leise, aber so, dass alle sie hörten.

«Also wirklich, hören Sie auf damit, das ist doch nicht nötig», sagte mein Dad.

«Und ob das nötig ist», beharrte sie.

«Diese Kids sind ein schlechter Einfluss.» Sie zeigte auf Ted. «Genau genommen bist auch du ein schlechter Einfluss für den Jungen.» Ich fand das ziemlich heftig. Schließlich hatte Onkel Ted keine Tankstellen überfallen (soweit ich wusste). Onkel Ted senkte den Kopf, aber mein Dad stand auf.

«Ted Tulsi war für den Jungen sein Leben lang eine

Vaterfigur. Er ist einer der besten Männer, die ich kenne», sagte er. «Ich will kein schlechtes Wort mehr über ihn hören, kein einziges.»

Plötzlich sprang auch Mr. Brown auf, und Mr. Lane folgte seinem Beispiel. Dann erhob sich Mr. Eastman und sogar Sheila Brown, sodass alle Erwachsenen im Raum jetzt neben Onkel Ted standen und Tante Alison die Stirn boten.

Keine Ahnung, was sie als Nächstes vorhatten, aber ich war inzwischen so panisch, dass ich ebenfalls aufsprang und herausplatzte: «Es war nicht Johnny J. Es war nicht Onkel Ted und auch nicht Charlie oder Walker. Ich war es! Ich hab die anderen angestiftet!» Alle wandten sich mir zu und starrten mich an, und ich dachte, ich würde in Ohnmacht fallen. Aber im gleichen Augenblick kamen zwei Detectives aus einer Seitentür.

«In Ordnung, Sonnenscheinchen, dann fangen wir doch gleich mal mit dir an.»

Ach, Mist!

49

Das Verhör

Mein Dad und ich schluckten beide schwer und folgten den Detectives in einen kleinen grauen Raum. Dort nahmen wir ihnen gegenüber Platz.

«Das hat er nicht so gemeint», sagte Dad als Erstes.

«Und – hast du?», fragte der ältere Detective, dem Haare im Ohr wuchsen.

«Ich war es», wiederholte ich, fasziniert von den Ohrhaaren.[DDDMWS77]

«Sag das doch nicht dauernd», sagte Dad.

«Warum fangen wir nicht einfach am Anfang an?», meinte der Jüngere mit den Fangzähnen.[DDDMWS78]

DDDMWS77

1. Er war der Ältere der beiden.
2. Er trug einen Anzug, der aber ziemlich abgewetzt aussah, und roch ziemlich stark nach Aftershave.
3. Seine Ohrenhaare waren grellorange.

DDDMWS78

1. Er leckte sich hin und wieder über die Spitze eines seiner Fangzähne.
2. Er trug eine Lederjacke über einem weißen Hemd und um den Hals eine superbreite rote Krawatte.
3. Er sah aus wie eine Comicfigur, nur war er weder lustig noch cool und nicht mal sonderlich furchterregend.

Also erzählte ich ihnen die Geschichte der Furchtlosen Fünf. Ich erzählte von Johnny Js Mam und wie krank sie war. Ich erzählte, dass das irische Gesundheitssystem versagt hatte, das amerikanische aber so brillant war, dass man ihr dort bestimmt helfen konnte. Detective Ohrhaar schaute in seine Notizen. «Ja, eine Mrs. Shanley hat in ihrer Aussage Amerika erwähnt.»

«Wer ist Mrs. Shanley?», fragte mein Dad.

«Tulsis Nachbarin, eine liebe alte Dame ...», erklärte Detective Ohrhaar.

«Eigentümerin von rund fünfzehn Katzen», fügte Detective Fangzahn hinzu.

«Wir wollten sie retten, und in Amerika können sie es», sagte ich. Mein Dad seufzte abgrundtief und nahm meine Hand.

«Wer hat euch das erzählt?», wollte Detective Ohrhaar wissen.

«Walker.»

«Ist das der Kleine?», fragte er und schaute erneut in seine Notizen.

«Er ist sehr intelligent», erklärte ich und erzählte, dass er für seine ältere Schwester den Young Scientist Award gewonnen hatte. Aber das interessierte niemanden.

«Bleiben wir bei den Überfällen», sagte Detective Ohrhaar nur.

Ich erläuterte ihnen also die beiden Überfälle in allen Einzelheiten, dann den Brief, das Ticket, die Flucht und unsere Zeit in Wexford. Als ich fertig war, sah mein Dad mich völlig entgeistert an.

«Das habt ihr alles für Mrs. Tulsi getan?», fragte er fassungslos.

«Und für Johnny J», fügte ich hinzu.

«Himmel», sagte er. «Also, das ist ja eine wilde Geschichte», wandte er sich dann an die beiden Männer vor uns und sah dabei aus, als wollte er weinen oder so was. Er drückte meine Hand ganz fest und kam mir überhaupt nicht mehr sauer vor.

«Ja, wild stimmt», bestätigte Detective Fangzahn. «Raubüberfall und schwere Körperverletzung.»

«Ach, den Raubüberfall sehe ich ein, aber wer wurde denn schwer körperverletzt?», fragte mein Dad.

«Sie haben einen Sicherheitsmann gefesselt, festgehalten und mit Pfefferspray bedroht», antwortete Detective Fangzahn.

«Woher hattet ihr denn das Pfefferspray?», fragte Detective Ohrhaar, und ich sah meinen Dad an. Er wurde knallrot.

«Das hat meine Frau in Amerika gekauft», antwortete er.

«Wussten Sie, dass es in Irland illegal ist?», fragte Detective Fangzahn meinen Dad.

«Äh, nein. Wir hatten keine Ahnung», sagte mein Dad. Er ist ein furchtbar schlechter Lügner.

«Sorry, Dad.»

«Schon gut, Junge.»

«Die schwere Körperverletzung bezieht sich außerdem darauf, dass sie Mrs. Roland in die Toilette gesperrt haben.»

«Aber das ist doch keine schwere Körperverletzung!», rief mein Dad.

«Schon okay, Dad», beruhigte ich ihn. «Ich sitze meine Zeit dafür ab.»

«Wirst du nicht. Alles wird gut, Junge. Dein Dad wird schon dafür sorgen», entgegnete er und zwinkerte mir zu. Ich war echt erleichtert.

«Danke, Dad», sagte ich, und mir lief eine Träne über die Wange. Aber ich schwor mir, dass ich von nun an nie mehr weinen würde. Wenn ich nicht ins Gefängnis musste, würde ich im September auf die weiterführende Schule gehen! *Also komm, Jeremy, das Heulen muss endlich aufhören!*

«Wo ist dieser Brief, den Johnny J angeblich geschickt hat?», fragte Detective Ohrhaar.

«Das weiß ich nicht. Den haben wir vor ein paar Tagen in den Briefkasten gesteckt.»

«Kümmerst du dich darum?», sagte Ohrhaar zu Fangzahn, der nickte und sich eine Notiz machte.

«Jeremy, ist dir eigentlich klar, wie ernst das alles ist?», fragte Detective Ohrhaar.

«O ja», antwortete ich und heulte schon wieder.

«Hast du früher schon mal was gestohlen?»

«Nein, NIE!»

«Und hast du vor, wieder mal etwas zu stehlen?»

«NIEMALS!», antwortete ich.

Detective Ohrhaar nickte vor sich hin und machte sich ebenfalls Notizen. «Die Sache ist wirklich sehr ernst», wiederholte er dann und schüttelte traurig den Kopf.

Ich spürte, wie mein Magen sich umdrehte, dann wurde in mir alles ganz heiß, und es kam über mich wie eine Welle. So schnell ich konnte, hielt ich mir mit den Händen den Mund zu, um es zurückzuhalten, aber die Kotze quoll zwischen meinen Fingern hervor und ergoss sich auf den Schreibtisch. In Sekundenschnelle war Detective Fangzahn aufgesprungen. Detective Ohrhaar rührte sich nicht, er seufzte nur tief und sah meinen entsetzten Vater an.

«Tja, die gute Nachricht ist, dass dieser Junge hier niemals einen Kriminellen abgeben könnte. Dafür hat er nicht genug Mumm, und sein Magen spielt auch nicht mit.»

Mein Dad nickte, zog ein Taschentuch heraus und wischte sich meine Kotze vom Schuh.

50

Die Verwarnung

An diesem Tag wurden wir alle verhört.

Onkel Ted fand den Brief mit dem Geld und den Anweisungen für die Nutzung des Tickets und die Beschaffung des Visums. Der Umschlag hatte in einem Riesenstapel ungeöffneter Post gelegen, denn Johnny Js Mam war zu krank gewesen, als dass sich irgendjemand in der Familie darum gekümmert hätte, Briefe zu öffnen. Deshalb hatte er in dem Stapel gesteckt, der sich auf dem Polster der Bank neben der Haustür türmte. Selbst wenn wir uns die vollen zwei Wochen hätten versteckt halten können, wäre der Brief wahrscheinlich nicht geöffnet worden. Daran hatten wir überhaupt nicht gedacht. Die Polizisten nahmen den Brief als Beweismittel für den Generalstaatsanwalt an sich.[DDDMWS79]

Später am Abend bekamen wir alle eine Verwarnung

DDDMWS79
1. Der Generalstaatsanwalt ist der Chef der Anklage.
2. Er entscheidet, ob Leute, die ein Verbrechen begehen, angeklagt werden.
3. Ein Staatsanwalt hat Freaky Fitzers großen Bruder wegen Ladendiebstahl ins Gefängnis geschickt (er hatte sehr oft geklaut). Aber wir waren bewaffnete Räuber!

(das bedeutet, die Polizei teilte uns mit, dass wir etwas wirklich sehr Schlimmes getan hatten), aber die gute Nachricht war, dass alle viel netter zu uns waren, seit sie erfahren hatten, warum wir die Überfälle gemacht hatten. Detective Ohrhaar nannte unsere Beweggründe altruistisch, was so viel heißt wie selbstlos. Mein Dad meinte, altruistisch würde uns optimal beschreiben, und man müsste uns eigentlich «Die Altruistischen Fünf» nennen.

Doch Sheila Brown war überhaupt nicht beeindruckt. Ihr war es egal, warum wir es getan hatten, sie sagte, es war einfach dumm, und es wäre und bliebe ein Verbrechen, das die Zukunft ihres Sohnes gefährdete. Deshalb sollte Walker nicht mehr mit uns rumhängen, und sie war froh, dass er demnächst auf eine schicke Schule für Geniekinder gehen würde.

Alle anderen Eltern waren sehr erleichtert und plauderten ganz entspannt miteinander.

«Sie hatten gute Absichten», sagte Mrs. Lane und seufzte.

«Ja, großartige Absichten», bestätigte Mr. Eastman.

«Die allerbesten Absichten, Gott segne sie», steuerte mein Dad bei.

Onkel Ted konnte nicht sprechen, er war zu aufgewühlt, sein Gesicht war knallrot, und er kaute auf der Unterlippe. Aber er hielt sich an Johnny J fest und strich ihm immer wieder durch die Haare.

Mr. Brown nickte bei allem, was die anderen sagten, bis Mrs. Brown ihn zurechtwies. «Von wegen gute Absichten», sagte sie, dann wandte sie sich Walker zu.

«Wie kann ein intelligenter Junge wie du bloß dermaßen dumm sein?»

«Schlechter Einfluss», sagte Tante Alison, dann wurden sie und ihr Anwalt ins Hinterzimmer geführt, um mit der Polizei über irgendetwas Geschäftliches zu reden, und unsere stolzen und erleichterten Eltern blieben allein zurück.

«So eine kaltherzige Frau», sagte mein Dad, und Onkel Ted nickte. «So war sie aber nicht immer», murmelte er, zauste dann Johnny J wieder die Haare und drückte ihn an sich. «Lass uns nach Hause gehen, Johnny J. Deine Mammy wartet.»

Doch ehe sie sich in Bewegung setzen konnten, erschien Tante Alisons Anwalt an der Tür. «Johnny, könntest du bitte kurz mal zu uns reinkommen?» Unschlüssig sah Johnny J seinen Onkel Ted an. «Dauert nicht lange, versprochen», sagte der Mann und sah Onkel Ted lächelnd an: «Ich kümmere mich um ihn.»

Ted nickte. «Ich warte im Auto», sagte er.

Auf dem Parkplatz umarmte mich Mrs. Lane und sagte, ich sei jederzeit in ihrem Gartenhäuschen willkommen. Aber Sumo redete immer noch nicht mit mir, also irrte sie sich wahrscheinlich.

Ich stieg in Dads Auto und setzte mich auf den Beifahrersitz. Johnny J war noch mit seiner Tante Alison auf dem Revier, und ich hätte gern gewusst, was da passierte. Mein Dad hatte seine Jacke vergessen, also saß ich eine Weile allein da und wartete. Als Onkel Ted mich entdeckte, kam er zu mir.

«Hallo, Jeremy», sagte er.

«Hallo, Onkel Ted.»

Er grinste mich an. «Das war also dein Plan?»

«Ja, sorry.»

«Nein, es braucht dir doch nicht leidzutun, du wolltest Johnny Js Mammy nicht aufgeben. Du dachtest, du könntest etwas tun, um ihr zu helfen. Was ihr getan habt, war wirklich nicht gut, aber du hast ein großes Herz, und ich wollte dir sagen, dass ich stolz bin, dich zu kennen.»

Er streckte mir die Hand entgegen, und ich schüttelte sie. Obwohl er dabei lächelte, sah er sehr traurig aus.

«Glaubst du, Johnny J wird mir jemals verzeihen?», fragte ich ihn.

«Was?»

«Jimbo hat gesagt, ich muss Johnny J nach Hause bringen.»

«Jimbo hatte recht.»

«Aber Johnny J glaubt, ich hätte aufgegeben.»

«Johnny J macht eine sehr schwere Zeit durch, er ist wütend und hat Angst, das ist alles.»

«Dann meinst du, er wird mir verzeihen?»

«Ganz bestimmt.»

«Okay. Und ... Onkel Ted?»

«Ja?»

«Wird Johnny Js Mam bald sterben?», fragte ich.

«Ja, sie wird bald sterben», antwortete er, seine Stimme zitterte ein wenig, und er blinzelte heftig.

«Das tut mir so leid.»

«Mir auch», sagte er und sah mich mit seinem traurigen Lächeln an.

«Nimmt Tante Alison Johnny J dann mit?»

«Nicht, solange ich noch am Leben bin», antwortete Onkel Ted.

«Wirklich?», fragte ich, aber mein Herz wurde ein bisschen leichter.

«Ich werde um Johnny J kämpfen», sagte Onkel Ted. «Schließlich war ich sein Leben lang ein Ersatzvater für ihn.»

«Stimmt genau», sagte ich.

«Behalten wir das erst mal für uns», sagte er.

«Okay. Ich schwöre, dass ich kein Wort sage. Du kannst mir vertrauen, ich bin eigentlich kein Verräter.»

«Das weiß ich, Jeremy.»

Und da wusste ich zum ersten Mal, dass es, obwohl alles schrecklich und traurig und chaotisch war, irgendwann wieder gut werden würde.

51

Die Zukunft

Als die Presse herausfand, warum wir getan hatten, was wir getan hatten, zog die Geschichte immer weitere Kreise, und innerhalb weniger Tage waren die Furchtlosen Fünf fast so beliebt wie die irische Nationalmannschaft (na ja, jedenfalls in unserem kleinen Vorort von Dublin). Reporter klopften an unsere Tür, Fotografen kamen, um uns zu fotografieren. Am Ende machten sie Fotos von sämtlichen Mitgliedern unserer Familien, alle in Sonntagsklamotten, jeder wollte erfahren, wie es der armen Vanessa Tulsi ging, und wildfremde Menschen überall in Irland beteten für sie. Wir bekamen Postkarten, meistens sehr nette, nur ganz wenige meinten, wir würden in die Hölle kommen. Leute, die wir nicht mal kannten, lächelten und winkten uns zu und reckten die Daumen in die Höhe. Damals vermutete ich, dass der Generalstaatsanwalt eine Meinungsumfrage gemacht hatte, denn unser Fall wurde rasch abgeschlossen, und wir waren frei! DDDMWS80

DDDMWS80

1. Weder Roland noch die Sicherheitsfirma wollten Anzeige gegen uns erstatten.
2. Das Reisebüro zahlte den Preis des Tickets zurück.

Als Sheila Brown merkte, dass es für Walker ganz positiv war, mit den Furchtlosen Fünf in Verbindung gebracht zu werden, kam sie zu dem Schluss, dass wir gar nicht so übel waren. Gute Neuigkeiten, denn es bedeutete, dass Walker wenigstens noch den Sommer mit uns rumhängen konnte, selbst wenn er uns womöglich vergessen würde, sobald er auf seine schicke Schule ging.

An dem Tag, als die irische Nationalelf eine Audienz beim Papst hatte, bestand meine Mam darauf, mich zu einem Besuch bei Johnny Js Mam im Krankenhaus mitzunehmen.

«Aber Johnny J spricht nicht mit mir, Mam.»

«Natürlich tut er das, sei kein Idiot.» Meine Mam war nicht so stolz auf meinen Plan wie mein Dad und Onkel Ted. «Ein Raubüberfall ist ein Raubüberfall, und Körperverletzung ist Körperverletzung», sagte Mam nach dem Familienfoto, das der Fotograf für die Zeitung gemacht hatte. «Glaub jetzt bloß nicht, du bist so eine Art Held. Gute Absichten oder schlechte Absichten – kriminell ist kriminell.»

Ich wollte wirklich nicht zu Johnny Js Mam gehen, der Gedanke machte mir große Angst, aber Mam ließ mir keine Wahl. Also ging ich mit, und im Nachhinein bin ich sehr froh darüber.

3. Onkel Ted gab das Geld zurück, das wir für Johnny Js Mam in den Umschlag gepackt hatten, um ihre Ausgaben zu decken, und unsere Eltern zahlten das Geld zurück, das wir für Bahntickets, Eis, Pommes und Burger ausgegeben hatten.

An der Krankenhaustür wartete Onkel Ted schon auf uns.

«Wie geht es ihr, Onkel Ted?»

«Heute hat sie einen guten Tag», antwortete er, und sofort heiterte sich die Stimmung meiner Mam auf. Johnny J war bei seiner Mutter im Zimmer.

«Vanessa möchte dich unbedingt sehen, Jeremy», sagte Onkel Ted.

«Warum?», fragte ich.

«Sei nicht so unhöflich», tadelte mich meine Mam.

«Sie möchte sich bei dir bedanken.»

«O nein, das ist schon okay. Ich warte lieber hier.» Ich hatte panische Angst. Bei unserer letzten Begegnung hatte sie so krank ausgesehen, und diesmal war sie höchstwahrscheinlich noch blasser und kränker, womöglich waren ihre Venen noch dicker. Das würde ich nicht ertragen. Ich wollte sie nicht sehen.

«Sag ihr, gern geschehen», fügte ich hinzu, aber Mam schob mich in das Zimmer, und plötzlich stand ich vor Mrs. Tulsi und Johnny J. Mrs. Tulsi saß, von zahlreichen Kissen gestützt, im Bett und hatte in der Hand eine Nadel mit einem Schlauch dran, der mit einem über ihrem Kopf befestigten Plastikbeutel mit einer Flüssigkeit verbunden war. Mein Magen wollte sich umdrehen, deshalb schaute ich schnell weg. Johnny J saß in einem Sessel neben dem Bett und senkte die Augen, als ich hereinkam. Aber Mrs. Tulsi lächelte mich an, ein großes, herzliches Lächeln, genauso wie sie gelächelt hatte, bevor sie krank wurde. Wenn sie lächelte, sah sie gar nicht so schlimm aus.

«Da ist er ja», sagte sie.

«Hallo, Mrs. Tulsi.»

«Hallo, Jeremy.» Sie klopfte auf das Bett. «Setz dich doch ein bisschen zu mir.»

Am liebsten wäre ich weggelaufen, aber ich tat es nicht, sondern kauerte mich auf die äußerste Bettkante. Es war schrecklich unbequem.

«Ich muss mich bei dir bedanken», sagte sie.

«Ein Raubüberfall ist ein Verbrechen», sagte ich, keine Ahnung, warum. Ich war nervös und hatte noch die Stimme meiner Mam im Kopf: «Vergiss nicht, du bist kein Held – wer ein Verbrechen begeht, ist ein Verbrecher.»

«Ja, das stimmt schon», stimmte sie zu, «aber dass du meinen Sohn zu mir zurückgebracht hast, das war gut.»

Jetzt blickte Johnny J auf, und seine Augen blitzten – er war immer noch sauer auf mich.

«Es war mutig von dir, das Risiko einzugehen, dass du deinen besten Freund verlierst, um das Richtige zu tun. Bestimmt hat es sich falsch angefühlt, aber es war trotzdem das Richtige. Ich glaube, du bist der beste Freund, den mein Sohn jemals haben wird.»

Ich wollte weinen. *Hör auf zu heulen! Bitte hör auf!* Johnny J schaute weg.

«Vertragt euch wieder, ihr beiden», fuhr Mrs. Tulsi fort, «und macht Schluss mit dem ganzen Quatsch.»

«Ja, Mrs. Tulsi», sagte ich, und sie schaute zu Johnny J. «Und?»

«Okay, Mam.»

Sie zog einen Fünfpfundschein unter ihrem Kopfkissen

hervor. «Kauft euch zusammen ein Eis. Und jetzt schick bitte deine Mammy zu mir rein, ja, Jeremy?»

«Ja, Mrs. Tulsi.»

Im Klinikshop kaufte Johnny J uns zwei Schokoeis, wir schlenderten hinaus auf die Wiese und setzten uns unter einen Baum. Wir redeten nicht über Johnny Js Mam und auch nicht über das Medieninteresse, das wir auf uns gezogen hatten. Obwohl Letzteres ja richtig cool gewesen war. Wir redeten auch nicht über unseren Streit, und er sah auch nicht mehr so wütend aus. Wir redeten einfach.

«Hast du gehört, dass Father Maloney will, dass wir Buße tun?»

«Was denn für Buße?», fragte Johnny J.

«Wir sollen irgendwelche Jobs für ihn erledigen», antwortete ich.

«Wie bitte?»

«Ja, Mam und Sheila Brown haben das für uns alle organisiert. Mam hat gesagt, es wird uns lehren, dass gute Menschen gute Dinge tun. Sheila Brown meint, es wird einen guten Eindruck auf die Presse machen.»

«Wenn wir alle Buße tun?»

«Ja.»

«Womöglich werde ich nicht da sein. Tante Alison ist wild entschlossen, mich nach England mitzunehmen.»

«Kommt nicht in Frage», sagte ich.

Johnny J schüttelte den Kopf und gab sich Mühe, die Tränen zurückzuhalten. Ich schaute schnell weg.

«Hier bist du zu Hause», fuhr ich fort und schaute in

den blauen Himmel empor. «Du gehörst hierher, zu uns, zu Sumo, zu Walker, zu mir und zu ...»

«. . Charlie?», ergänzte er fragend, und ich nickte.

«Und Charlie», wiederholte ich, und er lächelte.

«Aber was sollen wir denn für Jobs erledigen?», fragte er.

«Keine Ahnung – die Kirche putzen, alten Menschen helfen, im Chor singen.»

«O nein.»

«Ja, ich weiß.»

«Das wird bestimmt ganz schrecklich», meinte er.

«Ja», stimmte ich zu. «Machst du bei Richs Band mit?»

«Würde es dich stören?»

«Nein, es würde mir gefallen», antwortete ich, und es stimmte. Ich hatte ja gesehen, wie glücklich Johnny J auf der Bühne war. Und ich wollte, dass er glücklich war.

«Ehrlich?»

«Ja. Vielleicht will ich euch managen», sagte ich.

«Echt?» Es klang, als freute er sich.

«Ich glaube, ich wäre ein guter Manager», sagte ich.

«Du wärst toll», sagte er.

«Cool.»

«Vielleicht wird alles doch nicht so schlimm», sagte er, aber dann verdunkelten sich seine Augen, und ich wusste, dass er an seine Mam dachte.

«Irland hat es ins Viertelfinale der Fußball-WM geschafft, also ist alles möglich. Richtig?»

«Ja, das stimmt», sagte er. «Father Maloney hat auch gesagt, es ist ein Wunder, als er meine Mam besucht hat.»

«Na bitte», sagte ich und grinste. Wunder passieren. «Aber komme, was wolle, alles wird okay.»

Wir hatten einen letzten gemeinsamen Sommer vor uns, ehe sich wahrscheinlich alles ändern würde. Ich schwor mir, mich zu entspannen und mir nicht so viele Sorgen zu machen. Natürlich gab es Dinge, über die man sich Sorgen machen konnte, an erster Stelle das Tante-Alison-Problem. Onkel Ted hatte einen schweren Kampf vor sich.

Father Maloney verlangte von uns, dass wir Buße taten. *Auch ein bisschen besorgniserregend.* Rich war richtig nett zu mir. *Definitiv besorgniserregend.* Wir waren jetzt als die Furchtlosen Fünf bekannt, und überall, wo wir hingingen, kannte uns jemand. Auch das konnte zum Problem werden. *Wie sollen wir Spaß haben, wenn uns dauernd jemand zuschaut?* Gerade eben hatte ich meinem besten Freund versprochen, dass alles okay werden würde, komme, was wolle. Ich brauchte einen neuen Plan.

Einen Tag später verlor Irland im Viertelfinale gegen Italien, und der Traum, dass Irland die Fußballweltmeisterschaft gewinnen könnte, musste begraben werden. Trotzdem wurde weitergefeiert. Bei ihrer Rückkehr wurden die Jungs in Grün wie Helden empfangen, und es spielte keine Rolle, dass sie verloren hatten, es zählte nur, dass sie es versucht hatten. Als meine Mam mir sagte, ich müsste einen ganzen Tag damit verbringen, Wachs vom Boden der Holy Mary Mother of Sorrows Church abzukratzen, sagte ich ihr, es würde vielleicht gar keine Rolle spielen, dass meine Freunde und ich etwas Schlechtes getan hatten, denn wichtig war nur, dass wir versucht hatten, etwas Gutes zu tun. Sie dachte nicht mal eine Sekunde darüber nach. «Nein, das spielt sehr wohl eine Rolle! Jetzt mach dich an die Arbeit!»

Und so ging die Zeit zu Ende, in der wir gesuchte Verbrecher waren, aber vor uns lag noch immer ein ganzer Sommer, in dem wir lachen, weinen, gewinnen, verlieren und lieben konnten. Wisst ihr, selbst wenn wir Johnny Js Mam nicht würden retten können, war es vielleicht doch noch möglich, Johnny J und Onkel Ted vor Tante Alison und England zu retten. Unser Sommer hatte gerade erst begonnen. Wir hatten eine Band, die auf den Durchbruch hoffte, eine Familie, die es zu retten galt, und einen echt nervigen Pfarrer, den wir abschütteln mussten, und ich hatte einen neuen Plan. Aber das ist eine ganz andere Geschichte.

MIX
Papier aus verantwortungsvollen Quellen
FSC® C083411

Das für dieses Buch verwendete Papier ist FSC®-zertifiziert.